意林
成长卷

何以为青春

《意林》编辑部 编

海豚出版社
DOLPHIN BOOKS
CICG 中国国际传播集团

图书在版编目（CIP）数据

何以为青春/《意林》编辑部编. -- 北京：海豚出版社，2024.12. -- （意林：成长卷）. -- ISBN 978-7-5110-7097-5

Ⅰ. Ⅰ217.1

中国国家版本馆 CIP 数据核字第 2024FU5184 号

出 版 人	王 磊		
出 品 人	杜普洲	出 版	海豚出版社
责任编辑	肖惠蕾 王 婵	地 址	北京市西城区百万庄大街 24 号
丛书策划	王立莉 崔 龙	邮 编	100037
图书策划	崔 龙	电 话	010-68325006（销售）
执行编辑	崔 龙		010-68996147（总编室）
美术编辑	郭 宁	传 真	010-68996147
封面设计	马骁尧	开 本	1/16（710mm×1000mm）
封面供图	小莲子插画	印 张	16
运营总监	王俊杰	字 数	269 千
责任印制	于浩杰 蔡 丽	版 次	2024 年 12 月第 1 版
法律顾问	中咨律师事务所 殷斌律师		2024 年 12 月第 1 次印刷
印 刷	嘉业印刷（天津）有限公司	标准书号	ISBN 978-7-5110-7097-5
经 销	全国新华书店及各大网络书店	定 价	59.80 元

版权所有 侵权必究

启 事

本书编选时参阅了部分报刊和著作，因联系方式变更等原因，我们未能与部分作品的文字作者、漫画作者以及插画作者取得联系，在此深表歉意。请各位作者见到本书后及时与我们联系，以便按国家相关规定支付稿酬及赠送样书。

地址：北京市朝阳区南磨房路37号华腾北搪商务大厦1501室《意林·作文素材》编辑部（100022）电话：010-51900054

目录 MULU

第一辑

少年灌风的校服，裹着青春里盛大的秘密

002　作为中文系教授的我，教不会儿子写作文
004　写给儿子的《打架指南》
006　写作，从神经衰弱开始
008　22岁的高中生
010　我是大学教师，我仍羡慕别人的成功
011　梦想一定要萌芽滋长
012　一个"差生"哺育了我
016　哭得最惨的那一天，你一定长大不少吧
018　想去就去，你也可以
020　给数学考了29分的小朋友
022　就算是爬，我也要爬进"985"的大门
024　所有前提都是进步的起点
026　你与人生赢家，只差一个"侥幸心理"
028　河堤上的武术队
031　打不倒的父亲
032　我不知道将去何方，但我已在路上
034　在变好之前，你可能会变得更糟糕
035　用文字去读一段路
036　那堂铭记一生的美术课
038　会有一只麻雀为你展开全世界

1

第二辑 这一生的温柔，请记得给家人一份

- 040　成长是悄无声息的巨变
- 041　你那不是延迟满足，是自找苦吃
- 042　七块红烧肉
- 044　父亲路上的故事
- 046　野心和荣华无法报答母爱
- 048　枕钱而眠的母亲
- 050　穷爸爸给我的"富养"
- 052　爱是山长水阔，最后是你
- 055　高考录取波折，让我第一次懂得了父亲
- 058　与那些练琴的苦日子握手言和
- 062　母亲的想象力，可以无穷大
- 064　为你，我说过多少颠三倒四的话
- 066　那些珍藏在抽屉里的爱与惊喜
- 068　原生家庭拒绝为你的失败背锅
- 071　我梦见了逝去的亲人
- 072　父亲与牛
- 074　那些年，我们为学才艺吵过的架
- 076　开　窍
- 078　原来成长就是一个又一个的"再也不"
- 080　每一位沧桑的老父亲都曾是白马少年

第三辑 别再胡思乱想，被人喜欢是门玄学

- 082　这次，我拒绝了给舍友带饭……
- 084　别找了，幸福藏在你的心里
- 086　我随时可以单枪匹马，为梦想而战
- 087　不要对自己视而不见
- 088　独食记
- 090　我一直都渴望以写作的方式交朋友
- 092　正因有人讨厌你，所以才有人喜欢你

094	假如你什么都不学
096	给儿子的三条人生建议
098	我希望你们野一点儿
100	跑起来,真的管用吗
102	手机"马孔多"陷阱
104	这个谎言,差点儿毁了我
106	人生,是一串数字吗
108	我还亏欠世界一些画作
109	才能与命运
110	找到属于自己的星辰
112	等那个你接不住的东西
114	《黑神话:悟空》爆火,"真身"是他
116	有心为匠
118	我不是"播神"
120	疲惫是因为姿势错了
122	100岁那年,你还会立下志愿吗
124	成为中学老师后,北大博士与世界和解
126	你的新年目标为什么总实现不了
128	管好自己的三只青蛙

第四辑

风在迷茫中吹来夏天,迷了少年的心

第五辑

长大的瞬间，留在了时光里

130	父亲的皮带
132	阿勒泰的木耳
134	爸妈一刻也没有停止对我的改造
136	童年的最后一天
138	不确定的世界，确定的勇气
140	成绩最差的学习委员
143	谦逊如水
144	我也曾热衷游戏，但我很快戒掉了
146	不及格的课代表
148	一个叛逆青年的三封家书
151	我要用一生来证明我爸是错的
152	我也曾是个被遗忘的孩子
154	一场疾病"治愈"了母亲和我
156	没有像样的足球，我们却踢过最像样的球
158	我做过一节课的英雄
160	留在时光里的玩具熊
162	意外的荣光
164	"高级词"和学生腔
166	好朋友"身份认证"
168	馒头小姐你好！我是不勇敢的菜团子
170	披着刀子的童年
172	写什么都可以，就是不要写作文

176	儿子的固执
178	我们还需要阅读文学吗
179	不同之处在心灵
180	从废品站捡回来的"老师"
182	学习的四大场景
183	就这一辈子吧,没打算有下辈子
184	多得很就了不起了吗
185	站着长
186	既卑又亢的我,为何执意离开50万粉丝
188	母亲的稗草
191	不必对你的情绪感到羞耻
192	路上捡到一个标点符号
193	与什么样的事打交道,你就会成为什么样子
194	弓循节制
196	当所有人都在往前赶,我建议你输在起跑线
198	最后一堂语文课
200	拿什么来爱你,我的顽固自然卷
202	讲真,你担心的事到底哪件发生了
204	优秀第一,成功第二
206	不能立马解决的,静下心来等等吧
208	不爱吃饭的我被苏轼治愈
210	711号园里的流浪猫
212	孩子,请摘下你的面具
214	我是谁不重要,我知道我是谁才重要
216	人的舒服定律,鱼也喜欢
218	长大要开蛋糕店的女孩,为什么要学物理
220	比正确更愉快的事

第六辑

答案在路上,自由在风里,风吹哪页读哪页

第七辑

捡起一束光，日落时还给太阳

- 222 高人一头的诀窍：又"慢"又"笨"
- 224 读书不是求高雅，只是怕腐烂
- 226 我的大学
- 228 学中文有什么用
- 230 因看书而受的，都不叫委屈
- 232 人从什么时候开始好好读书最管用
- 234 你有责任保卫自己的才华
- 236 我们还需要背诵并默写全文吗
- 238 小城里的古典文学
- 240 每个字都孤悬如梦
- 242 阅读的才华比写作的才华更重要
- 244 学习曲线决定你的学习力
- 246 成长是个渐进的过程

第一辑

少年灌风的校服，裹着青春里盛大的秘密

何以为青春

乱糟糟的桌洞里不只有小纸条，还能装得下迎风少年未完成的梦想。远方花枝绚烂，青春赋予了我们寻梦的权力，即使不是每一粒种子都能长成参天大树，但都可以努力生根发芽；也不是每一条小河最终都能汇入大海，但总可以流入深湖大江。我们可以成为任何想成为的人，生无所息，梦想不弃。

作为中文系教授的我，教不会儿子写作文

□戴建业

我的专业是中国古代文学，我儿子在国外读的是数学专业；我天天读那些发黄的中国古书，儿子天天看西方那些"蝌蚪洋文"。那么，我是如何在儿子身上培养出与自己专业完全相反的兴趣的呢？

为了不让后代"输在起跑线上"，孩子还在妈妈肚子里的时候，我和太太就没有让这个宝贝闲着，开始教小孩"背"唐诗。儿子在她肚子里就已经被胎教整得骨瘦如柴，出生时那么长的婴儿只有3.1公斤。不过，从儿子1岁之前不会说话这点判断，太太胎教的成效似乎不佳。

等他2岁以后我就开始教他认字，太太教他英语单词。由于我性子太急，他还不到4岁的时候，我就恨不得要他背熟《康熙字典》。上幼儿园后，我每天教他背唐诗宋词，教学方法和我父亲当年教我的一模一样，稍有不同的是父亲常用拳头，我则多用巴掌，最后弄得儿子一听到唐诗宋词就起条件反射——想吐。从小学一年级开始，我就教他写作文，还是采用魔鬼式训练法，最后弄得他最害怕的就是写作文，小学、中学没有写过一篇像样的东西，我对他失望至极，他对我讨厌至极。

记得他在中学时期历次写游记都是这样开头："天还没有亮，妈妈就起来给我做早餐，吃完早餐，我就出发了。"每篇游记都是这样结尾："这个地方玩够了，我们就坐车回家了。"这样的开头和结尾看多了，太太就暗暗摇头叹气。有一次她委婉地对儿子说："儿子，不必每篇游记的开头都写'出发了'，结尾都写'回家了'，可以考虑换一种写法。"儿子看着妈妈，两眼茫然："妈妈，我要是不写回家，那回到哪里去呢？"太太无语，我连摇头的心情也没有了。

有一次他的作文让老师震怒："你父亲是干什么的？怎么生出你这么个不会写作文的儿子？"

儿子老实地告诉老师："我父亲是华中师范大学中文系教授。"

语文老师火气更大了:"戴伟,你连撒谎也不会,大学教授的儿子会写出这么烂的文章吗?明天叫你爸爸来见我。"

幸好天无绝人之路,"失之东隅,收之桑榆",我们老祖宗发明的这个成语真是道尽了人间的悲喜。我在家天天批评儿子作文的时候,小学那个白发苍苍、教他数学的张老师,天天表扬儿子的数学成绩。小学三年级的时候,儿子碰巧在学校全年级数学竞赛中得了第一名,他不仅在学校大会上得到了表扬,张老师还自己另买奖品来我家道贺。这时我才看到儿子容光焕发,双眼炯炯有神。于是,随着越来越喜欢数学,他也就越来越讨厌语文。

有天夜晚我对他说:"喜欢学数学是好事,但轻视语文就不对了。"他对我的话不屑一顾。

儿子从小学到高中对数学都有一点儿发狂,在中学阶段全国最高级别的数学竞赛中,一次得二等奖,两次得三等奖。高中三年级就开始自学北京大学教授张筑生的三卷本《数学分析新讲》。

现在你听明白了吗?这就是我培养儿子数学兴趣的奇妙方法。

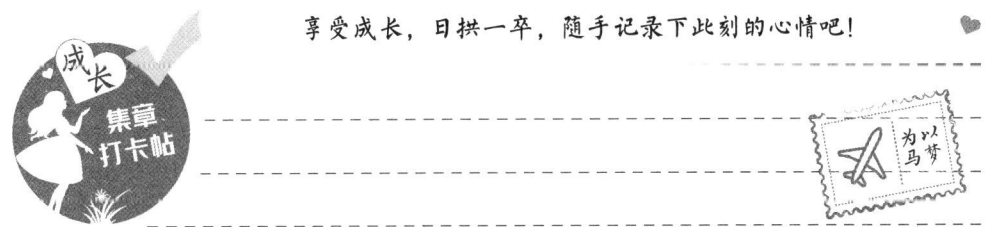

写给儿子的《打架指南》

□金建云

亲爱的儿子：

今天，你进门的时候情绪低落，眼角和嘴角有瘀痕。我打圆场说："你这么大的人了，还摔成这样。"其实，我知道你挨打了，而且吃了不小的亏，所以，我打开电脑写这封邮件告诉你——男人这一生中有些架总是要打的。

如果是10年前，我会告诉你："挨打了要告诉家长，必要时要告诉老师、报警和逃跑。"但是，10年的光阴，你已经长成比我还要高大的男子汉了。岁月的魔杖悄悄拉开了我们的距离，我不能再随心所欲地拥抱你，不能像从前一样将你举过头顶，更不能打开《家长手册》找到你需要的答案……我只能以含蓄得体的方式默默关注你。

说实话，写的时候我心里也很矛盾。我矛盾的是应该教你"受胯下之辱，小不忍则乱大谋"呢，还是教你"该出手时就出手，不回避真实的感受"呢？前一种方式造就了不少韩信一样的成功者——他们忍耐、成功，然而也有可能心理扭曲、郁郁寡欢；后一种方式可能会吃亏、鱼死网破，甚至小命不保，但是经历过的人也未必后悔。

你从幼儿园起所接受的教育就是"好好学习，团结友爱；真有矛盾，也要大事化小、小事化了"。但是，我想告诉你：成熟的标志就是，有一天你认识到

这样的教育与现实有较大偏差时,也能坚韧地活着、自我调适,并且继续热爱生活。

最近,我陪你弟弟去看了电影《天才眼镜狗》。这只"智商超常、哈佛毕业、做总统顾问和实业巨头"的天才狗,收养了人类小男孩舍曼。为了保护舍曼,它用尽各种技巧、知识,甚至高科技,最终在舍曼被人强行抱走时,冲上去咬了对方一口。这个情节戳到了我的泪点——最伟大的爱,或许只是出于本能。也只有出于本能的发泄,才能将深沉的爱表现得淋漓尽致。

我这么说绝非鼓励你去打架,我只是想告诉你要学会与自己的内心对话。你要常常问自己:"做这件事,我心里面过得去吗?""我真的快乐吗?""这是我真实的想法吗?"不要欺骗自己,更不要活在别人的眼光中。当然,你还需要用高度的理性来考虑大局,假如有一天,你被逼到不得不出手的境地也不要莽撞。想一想,什么是你可利用的资源?事情还会有哪些变数、意外和转机?想想自己有没有化敌为友,甚至是危机公关的能力?

儿子,你正处于"非黑即白"的年纪,但在打架与否这件事上,我希望你不要在乎输赢,而要找到最好的方式去调适自己的心灵。如果你想用正规渠道去申诉和上告,我也随时待命准备帮助你;如果你想"以牙还牙,以打还打",我可以做你的智囊团,一起想出最安全的方案;如果你想自己解决一切,我一定会装聋作哑,暗暗为你祈祷。无论何时,我在你微信朋友圈中所点的每一个"赞"都包含很深挚的情感。我是一个不习惯情感外露的人,便只能将内心波涛汹涌的感受总结为一句话:"没事,老爸挺你!"

爸爸

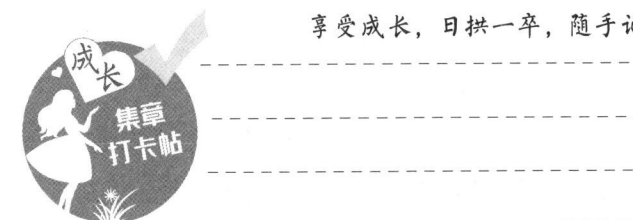

享受成长,日拱一卒,随手记录下此刻的心情吧!

写作，从神经衰弱开始

□徐则臣

往回数，让我觉得跟写作有点儿关系的事，应该是高二时的神经衰弱。

那时候心悸，一到下午四五点钟就莫名其妙地恐惧，看到夕阳就如履薄冰，神经绷过了头，失去了回复的弹性，就衰弱了。完全陷入了糟糕的精神状态中，无法跟同学合群。那种自绝于"人民"的孤独和恐惧长久地支配我，睡不着觉，整天胡思乱想，恍恍惚惚的，经常产生幻灭感，于是，写日记成了我发泄孤独和恐惧的唯一方式。

从高二开始，一直到一九九七年真正开始写小说，我写了厚厚的一摞日记，大概就是在日记里把自己写开了。日记里乱七八糟，什么都记，想说什么说什么，怎么好说怎么说。后来回头看看，很多现在的表达，包括形式，在那些日记里都能找到差不多的原型。

高二时写过一个几千字的短篇，接着高三，压力大，情绪更加低落，看张爱玲、苏童的作品解闷儿。好像又写了一个中篇、一个短篇，还给一家杂志寄去一个，当然是石沉大海，眼巴巴地盼了些天，就老老实实去看书了。

我一直想当律师，高考的志愿一路都是法律相关专业，只在最后的一个栏目里填了"中文"，填得很随意，觉得若是落到了这个地步，学法律大概也没什么意思了。哪壶不开提哪壶，就这么一个"中文"还是进来了，所有的"法律"都不要我。进了中文系我颇有点儿悲壮，整天往图书馆跑，看了一大堆小说，但到底想干什么，心里没数。小说也写，那更多是习惯，觉得应该写点儿东西而已。

正儿八经开始写小说是在大一的暑假，一九九七年七月。那个夏天，我读完了张炜的长篇小说《家族》，穿着大短裤从宿舍里跑出来，很想找个人谈谈。我想告诉他，我知道自己要干什么了——我要当作家。

当时校园里安静得只有树上的蝉在叫，宿舍楼周围的荒草里飞出来很多小虫子。夕阳半落，西天上布满透明的彩霞，水泥地上升起看不见的热气，这个世界热烈但安宁。如果当时有人看见我，一定会发现我的脸和眼睛都是红的，跟晚霞没关系，我激动，非常激动。

当作家竟如此之好,他可以把你想说的都说出来,用一种更准确、更美好的方式。

刚开始读《家族》,我就发现我的很多想法和书里的很像,读到后来,越发觉得这本书简直是在替我说话。一个作家竟然可以重现一个陌生人,我感到前所未有的神奇。这个行当突然对我充满不可抗拒的诱惑。为什么不当作家?

就这么简单,一九九七年夏天我有了明确的未来,此后的十二年里不曾中断和放弃。现在回头想那个黄昏,也许不乏矫情,但你若能理解一个心高气傲的年轻人像困兽一样失去方向地绕了一年的圈子,并且一直摆脱不掉梦想破灭的失重感,你就能理解他在获得一种深深地契合他的方向时的激动和真诚。

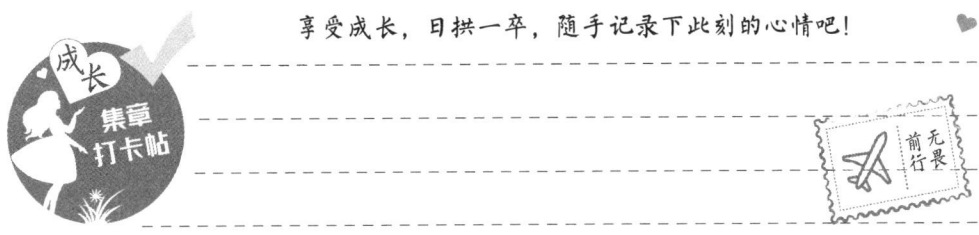

享受成长,日拱一卒,随手记录下此刻的心情吧!

22岁的高中生

□ 巫小诗

高考那一年，我18岁，我的后桌22岁。没错，22岁。

他在四年前经历过一次高考，分数不太理想，便直接外出务工了。几年兜兜转转下来，他还是想圆自己一个大学梦，于是重回课堂，备战人生的第二次高考。跟我们这群青春洋溢的高中生相比，在社会上摸爬滚打了好几年的他，显得有些沧桑，甚至比他实际年龄看起来还要大。

刚开始，我跟他很少交流，虽然坐在他前桌，但对当时的我而言，他实在"太老了"，老到我跟他没有共同语言。因为他不懂的题实在太多，他的同桌又是个学渣，于是成绩不错的我，渐渐在回答问题中跟他建立了友谊，也偶尔聊起他这几年的打工生活。

他在餐厅当过服务员，在鞋厂里工作过，还做过很苦的体力活儿……最后都没坚持下来。他说，很苦的时候总会感慨，如果有个贵人来帮一把就好了，可人生又不是电视剧，哪来那么多贵人。他刚开始工作的时候，觉得这些年念的书完全没用。工作久了，接触的人多了，才渐渐发现，念书没用只发生在念书少的人身上。

他在餐厅打工的时候，给写字楼送过外卖，办公区域的黑板上写着一些会议时留下的文字，明明是中文，他却完全看不懂。他望着那些衣着得体、谈笑风生的上班族，感到了自己和他们之间的鸿沟。

在皮鞋厂工作的时候，面对着自动机器上那一双双移动的皮鞋，他感觉自己也像是一台机器，今天知道明天怎么样，运转时知道报废时怎么样。那时候他想：如果时间可以重来，可以重回高中的课堂，他第一天就知道要怎么度过。

后来，他给自己攒够了读书的学费和生活费，毅然决然以22岁的"高龄"重返高三课堂。他想在落榜彻底成为遗憾之前，再给自己一次弥补的机会。这一次，他想救自己一把，当自己的贵人。

由于读书的认真劲儿，他被老师当作全班的学习楷模。我想偷懒、想放松的时候，回头看一眼他，似乎又多了一丝不敢偷懒的动力，与其说他是榜样，不如说是警钟长鸣的震慑。

他上课坐得笔直，晨读时声音洪亮，问问题积极，笔记写得也工整详细，态度简直像个听话的小学生，有时会觉得他有点儿好笑，笑过又会感慨他很励志。晚自习放学后我们走了，他还在位子上坐着，课间我们聊八卦、吃零食的时候，他不会加入，他像一个快乐生活的绝缘体，虽然不合群，却不会让人讨厌。

不知不觉高考结束，我们各自奔向自己的前程。说句发自内心的话，他太不容易了，我们都希望他能有个好结果。

毕竟远离课堂好多年，毕竟底子不是很扎实，那么用功的他，最后只被一所二本院校录取。他自己还挺满意的。他说，有大学读就很幸福，就足够让几年前那个缝纫机旁的、洗碗池旁的他慷慨激昂了。

没读大学的遗憾，他已经在岁月里回过头来弥补那道与办公楼里说着他听不懂的名词的上班族们之间的鸿沟，他也在靠自己的努力渐渐填平。很多时候，谁都救不了你，只有你自己。你是酿成自己苦果的人，也可以是给自己熬制蜜糖的人。

享受成长，日拱一卒，随手记录下此刻的心情吧！

我是大学教师，我仍羡慕别人的成功

□杨 伯

他说他很努力很努力地读书、做事，总觉得读得不够多，做得不够好。他很急，也很累。他问："老师，怎样才能过得像你这样呢？"

他当然不知道我的生活是什么样子的。我猜，他只是觉得，我一定读过好多书，而且，日子一定过得很轻松。其实，我的生活到底如何，并不重要，重要的是，那可能是他想要的样子。我真希望自己的生活就是他想要的那个样子。可是，真的不是。

他不知道，每天我都看着自己的读书清单叹气，这么多东西，哪辈子才能看完？他不知道，每天我都鄙视自己，为什么那么无知。他不知道，每天我都在为世界上的各种愚蠢生气，主要是为自己的愚蠢。他不知道，每天我都在偷偷羡慕别人的成功，常常躲进卫生间，冲着镜子骂一声"你这鬼样子"。他不知道，我在他这个年纪，也和他一样着急，因为那时的我坚信，二十五岁之后的人生是不值得过的。

可是后来呢，我很没出息地过了二十五岁，很没出息地准备迈过三十五岁。此时此刻，我还是会对自己着急。只不过，再不会傻傻地设下某个时间门槛。因为，直到二十五岁生日之后很多年，我才意识到：就算过了二十五岁，我还是有大把大把的时间。当初想读而不曾读的书，不会因为过了二十五岁就变得不值得读。那些真正想做而不曾做的事，也不会因为过了二十五岁就变得不值得做。只不过，我总是因为太着急而忘了自己其实有时间。

我决定，愧疚一下就好，不再着急。

哪怕那么多书没有读完，今天比昨天多读了几页就好了；哪怕有那么多事不懂得，明天比今天多懂些就好了。

至于成功呢，在搞清楚它到底是啥意思之前，我得和镜子里的那个"鬼样子"达成和解。

小时候，我经常想到死。因为会死，所以很急很急。现在还是经常想到死，想得更多。我想，既然总是要死的，那还有什么可急的？活着的每一天，都源于某种神秘的馈赠。我得善待这份馈赠。人,哪有对礼物着急的?

享受成长,日拱一卒,随手记录下此刻的心情吧!

梦想一定要萌芽滋长

□林语堂

每个小孩子都有一颗思慕的和切望的灵魂,怀着一种热望去睡觉,希望在早晨醒来时发现他的梦想已成为事实。他并不把这些梦想告诉大家,因为这些是他自己的,是他正在生长的自我的一部分。小孩子的梦想中有些较为清晰,有些较模糊,清晰者产生了迫使这梦想实现的力量,而那些较不明晰的便在长成的时候逐渐消失。

梦想无论怎样模糊,总潜伏在我们心底,使我们的心境永远得不到宁静,直到这些梦想成为事实。这就像种子在地下一样,一定要萌芽滋长,伸出地面来,寻找阳光。所以梦想是真实的。

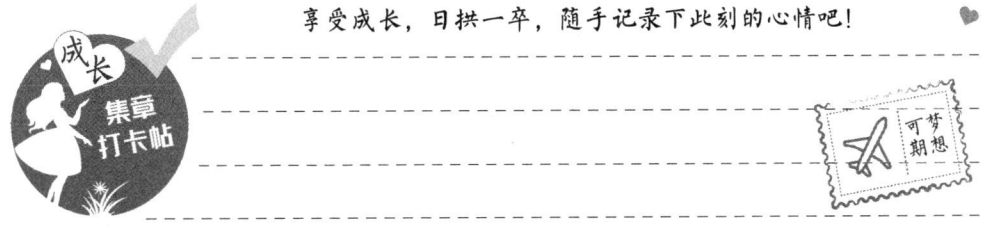

享受成长,日拱一卒,随手记录下此刻的心情吧!

一个"差生"哺育了我

□刘小念

传统意识里，大家都觉得是老师在哺育学生。事实上，老师生命中遇到的每一个学生，也在哺育着老师。

所以，如果你问我，热爱我的职业吗，我的回答是："不，我敬畏它，因为这是一个生命工程。"

孩子是个好孩子，就是命不好啊

刚接手李慧的时候，她是个令人头痛的学生。

从来不交作业，各科成绩都不及格，除了体育，其他课上一律睡觉。每次找她谈话，她既不顶撞也不吱声，从头到尾盯着脚尖。要不是知道她会说话，我真怀疑她是个哑巴。

当我决定跟她爸妈联系，做一次家访时，才发现家校通讯录上，她爸妈的电话都是空号。

一个周六，我按照通讯录上留的地址找过去，家里却没人开门。我又敲了邻居的门，一问才得知，李慧是那样一个可怜的孩子。

在她上小学三年级时，本来做生意的父母遭遇投资诈骗，欠下将近三百万元的巨债。

一时间，家里的房子被法拍，一家三口只好搬来与李慧姥姥同住。在巨大的打击面前，李慧妈妈患了严重的抑郁症，姥姥跟着着急上火，结果生病去世。

李慧上五年级时，爸爸狠心地跟她妈妈离了婚，远走他乡。留下李慧又要上学，又要照顾情绪特别不稳定的妈妈。

邻居说，有一段时间，李慧妈妈时常在夜里犯病，邻居不堪其扰报了警。李慧吓坏了，生怕警察把妈妈带走。打那之后，她每天晚上八点半左右，在妈妈犯病的时间，准时带她出去遛弯儿。

据邻居说，有时都遛到下半夜才回来："孩子是个好孩子，就是命不好啊！"

李老师，希望您可以替我保密

那天，我一直等到下午五点，才见李慧领着妈妈回来。

她左手领着妈妈，右手拎着一个硕大的黑袋子。

看到我，李慧丝毫没有请我进家门的意思，还本能地把黑袋子尽力往身后藏了藏。我瞬间从那种物品碰撞的声音里猜到，那里面应该装的是各种纸壳和饮料瓶子。

我们仨就尴尬地站在那里。

最后，还是我打破沉默："李慧，老师今天来，就想跟你说一句话，如果你需要帮忙，我随时都在。"说完，我带着几分不甘准备离开。

过了几秒钟，我听见李慧喊："李老师……"我惊喜地转过身去，她对我说："我们家的情况，希望您可以替我保密！"

我郑重地向她承诺："嗯，我不会跟任何人说。"

晚上遛得晚一些，能多捡点儿

家访之后，我一直默默观察李慧。她有一个巨大的变化，就因为我答应为她保守秘密，她"知恩图报"地不在我的课堂上睡觉了。

那时候，学校每月末会统计班级学生午餐费用，然后从他们的卡里扣钱。我第一次做统计时才发现，李慧没有订午餐。于是，从第二个月开始，我帮她往卡里存了钱，希望她至少中午可以吃顿饱饭。

令我没想到的是，当生活委员给她分发盒饭时，她居然很快明白是我帮她交了午餐费。那个月末，放学后，她等同学都走了，将一个信封交到我手上，里面是一个月的午餐费。

我忍不住问她："这些钱，从哪儿来的？"她说："把他留给我的手机卖了。"

直到那天，我才得知，李慧嘴里的"他"是爸爸。

那天，我努力说服李慧接受我的帮助，但她不同意。没办法，我只能问她："那可不可以告诉我，你和妈妈靠什么生活？"她低着头，两只手用力抓着衣角。

"是不是晚上一边带妈妈遛弯儿，一边捡废品？"她点点头，甚至带着几分安慰对我说："晚上遛得晚一些，能多捡点儿，而且我妈累了，就会好好睡觉，不惹事。"

我是愚公的比较级

有一次，她被巡视的教导主任叫出教室，在走廊里骂了十多分钟，我实在听不下去了，冲动地把李慧拉回教室，并对教导主任说："我班里的学生，我会教育好她的。"

当天放学后，我把李慧留下，跟她进行艰难的谈判。

我开出的条件是每月支援她1000元的生活费，同时替她保守秘密，但她必须答应我从此好好学习。我也向她声明，这钱不是我给她的，是借，等她将来有能力了，必须还我。

打那之后，李慧像变了一个人。

上课时，她再也没睡过觉，不管是主科还是副科，都是听讲最认真的一个。

作文是她的软肋，她就从校图书馆借来范文书，将每篇作文都背下来，然后试着仿写。

她的数学极差，书上的习题别人做一遍，她做十遍，做到一看到题，就能条件反射地写出解题过程。别人刷一本卷，她刷三本；别人一道题做一到两遍，她做十遍、二十遍。

当时讲《愚公移山》一课时，我让学生们举出他们在生活中看到的愚公。结果，全班有三个同学都举了李慧。

课后我问她："同学拿你举例，你介意吗？"她说："不介意，我不聪明，能够仰仗的就是笨功夫和毅力，我是愚公的比较级。"

曾经的贫穷和不堪，现在是我的财富

初一期末，李慧从入学时倒数逆袭成全班第八、年级第三十九名。到了初二下学期，不管是日常小考还是期中、期末考，李慧都是年级第一。

中考时，李慧毫无悬念地考进本市最好的高中。

上高中之后，我依然每月给李慧打生活费。可是，高一下学期后，她就再没接受过。学校免了她的学费，而且她开始利用周末给初中生做家教，并在圈里做出了名气，找她的家长越来越多。

她还告诉我，她的第一目标是北大，如果去不了，那就去浙大。

可是，高考前一个月，李慧妈妈突然病倒，肺部感染引发心衰，生死一线。

李慧一边照顾妈妈,一边复习。最终,她与北大失之交臂,去了浙大。

大学四年,李慧把妈妈带在身边,半工半读完成了学业,而且,大三期间,她便还完了当初我借给她的全部生活费。

2022年夏天,李慧就要大学毕业了。

我问李慧:"老师想问问,咱俩当年的那个秘密啥时可以公开?我很想跟现在的学生聊聊你。"

李慧哈哈大笑:"老师,随时啊。贫穷和不堪曾经是我的隐私,但现在,它们是我的财富。"

享受成长,日拱一卒,随手记录下此刻的心情吧!

哭得最惨的那一天，
你一定长大不少吧

□饭 饭

高二那年夏天，我第一次彻夜未眠。

凌晨一点多被我妈从床上晃醒，她慌张地说："我带你爸去一下医院，你拿着这个手机，我们有事了和你联系。"

当时还带着困意的我晕乎乎地答应着，随后就听到了救护车的声音，几个陌生人敲开门，拿凳子做担架，将倒在地上的我爸抬走。

我就是在这一瞬间突然清醒，看着我妈和被抽去了意识的爸爸消失在电梯里，很久之后，那些只言片语还在空荡荡的屋子上方盘旋。

我不敢踏进爸爸摔倒的那个卫生间，也不敢回到床上继续睡觉，只好坐在窗边看立交桥上来来往往的车辆。夜晚的城市还是很亮，每辆车都在飞速地奔向远方。我望着立交桥哭啊哭，也不知道在哭些什么。早上六点，我妈终于打来电话。"脑出血……"她说，"还在抢救，医生说送来得早，应该能救回来……你先去上学吧。"我走出房门，感到外界有一种恍惚的不真实感。无论是早餐摊儿上的叫卖，还是小孩子的追逐打闹，抑或出来晨练的老年人，都和我隔着一层透明的膜，听不清晰，也看不真切。

那天之后似乎一切都改变了。升入高三，正好班里开门的同学转入了别的班，于是我找老师要了班级的钥匙，开始了早出晚归的日子。其实并非旁人看上去那么努力，只是为了让自己忙起来而已。当你有目标时，就会忘记一些事情。拿上钥匙后，我便可以顺理成章地最早起床，最晚回宿舍，不用和其他人一起吃饭，也不用向谁吐露心扉。

一直到了大学，我开始思索我能做的事情，四年的打算以及未来的出路。在发现自己写东西好像还可以之后，抓住各种机会投稿，在深夜里写完一篇又一篇文字……

很多次我都觉得，我的整个人生早就从坐在窗户上疯狂大哭的那天开始改变了，就像原先设定好的轨道突然间被掉转了方向，驶入一片未知的迷雾。

长大不是一个过程，长大是一瞬间——是你让眼泪带走过去的自己，然后直面或复杂或惨淡的人生的那个瞬间。

有一次在水房，隐隐约约听见隔间的一个女生在哭，她抽噎地说着："奶奶怎么会不在了呢？她不是寒假还好好的……"我默然，水龙头里哗哗地形成一条水柱，就像那些回不去又握不住的时间。

小时候总盼望着的长大，原来这般快速和残酷，还没等我们反应过来，时间就已经悄悄地将过往带走——我们都在被迫长大。

哭得最惨的那天，我们一定长大不少吧。经历了一个人去面对偌大世界的敌意之后，才有可能站起来，假装天不怕地不怕地朝着这个世界宣战。我们也许也有迷茫，也有心酸，也有独自消化的悲伤和压在日记本里的秘密。但我们终将如蚕破蛹，如凤凰浴火，成长常常伴随着眼泪和痛苦，或者说，是眼泪和痛苦造就了我们的成长。蝴蝶终究在破蛹之后长出翅膀，垂死的大鸟经历了炽热的火焰方能振作重生。

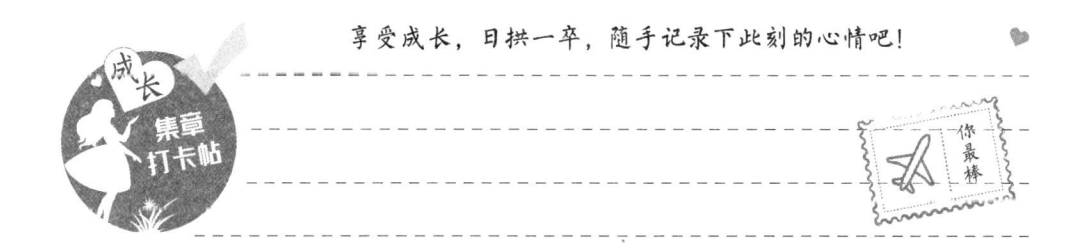

享受成长，日拱一卒，随手记录下此刻的心情吧！

想去就去，你也可以

□柏邦妮

我从小喜欢读书，喜欢写字。八岁的时候生病，住隔离病房，父母每天只能探视一次。

隔壁病床的病人留下一本《大侠陈真》，我一边翻字典一边读完。九岁，还是十岁？在课本的天头地脚开始写小说，对，就是武侠小说，写得密密麻麻。

那时候靠写字为生这样的念头，在我心里还是模模糊糊并不成形的概念。一天，我在报纸上读到艺考的广告，回去跟我妈说，我要考艺术类学校。我爸妈都是厂里的工人，从来没听过啥叫艺考，说不许去。我说，你让我去，你顶多后悔一阵子，不让我去，我会后悔一辈子。这句话我妈记住了，有一天，跟我神神秘秘地说，你去吧，我们同意了。但那一天，艺考报名已经结束了。我飞车骑到学校，老师都傻了。最后，我是以体育生的身份，加塞参加了艺考，准考证号是全省最后一个。

我还记得，我爸给了我们两千块钱，我妈带着我去了南京。临走前，我人生中第一次可以自己选衣服，我选了一件领子有绣花的白衬衫，一件灰色开襟毛衣。艺考的时候，我在考场里眉飞色舞，写得酣畅淋漓。

第一辑 少年灌风的校服，裹着青春里盛大的秘密

我如愿考上大学，专业是戏文，读到一半不想读，偏执地想去电影学院学电影。于是离开南京，一个人去了北京。

现在很多小朋友问我，编剧的就业情况怎么样，怎么能出版一本书，怎么卖掉第一个剧本……在他们的年纪，我似乎从未想过这些事。我只是喜欢写，想写，想写好，想写一辈子。

之所以学了戏文，是因为觉得戏文的创作自由更大。之所以想去北京，是因为电影是我生命中第一有趣的事情，我想弄明白它，我想浸泡在里头，一头扎进去永远不出来。这都是我十八岁、二十岁做的决定。那时我对社会几乎一无所知，信息也不发达。这只是本能，就是想往这里走，往这条路上走。

我知道这是我真正想要的，愿意为之付出的，哪怕在外人看来这些决定都冒险而荒诞。

想去就去，不怕做自己。

每个生命都有根，都会往有水的地方扎。每个生命都有叶子，都知道要往光里、往宽阔里舒展。你觉得有意思，有激情，这个东西滋养你，实现你，在这个东西里，你感到快乐。好多时候，你忍不住赋予它意义。那这个东西就是对的，这就是热爱。我十几岁的时候，看过一部电影，里面有句台词："当你早上醒来，脑子里只有你要写的东西，你就是一个作家。"这句话我现在还相信。

喜欢写东西，这是我的核心，是我身体里最坚强的东西。我选我喜欢的，跌跌撞撞又丰富的一条路。想去就去，你也可以。

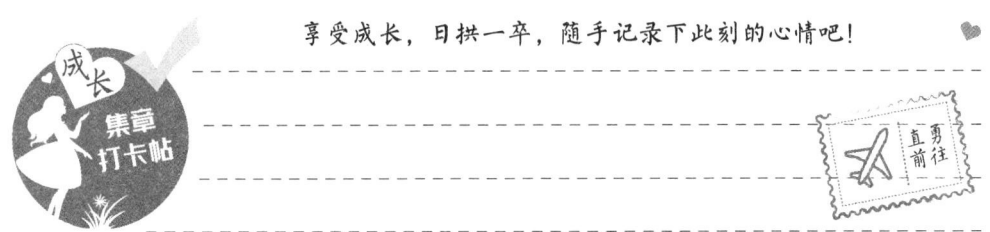

享受成长，日拱一卒，随手记录下此刻的心情吧！

给数学考了29分的小朋友

□和菜头

有位小朋友留言说,数学考试满分150分,她只得了29分,问我还有机会吗。我高高兴兴地回答她说:那你的提升空间很大啊,就跟捡分一样。

这种说法并不是我的原创,我的老师当时向我们公布考试的终极奥义:1.拿分;2.拿分;3.尽可能多拿分。复习的话,你擅长的科目,就不要执着于从90分提高到95分。同样的精力投入你最弱的科目上,从40分提升到及格线是很有可能的事情,多了20分呢!所以,当我看到150分的数学考卷只能拿29分的时候,是真心实意地觉得有很肥厚的一大块空间,可以嗷呜一口咬下去。

至于还有没有机会,我想分享一下我学数学的经历:我数学不好,同样是家庭作业,我们放学后在教室里比拼解题速度,我所花的时间往往是其他同学的数倍。到了高中,数学咣当一下就掉到了60分,随时趴在及格线上挣命。我一度想

要放弃理科，转去文科考历史系。但当时我更想成为一名物理学家，所以我还是咬牙坚持，不过我确定自己在数学上天分不足，除了解析几何，没有任何有把握的部分。于是我就先努力保及格，然后追求80分。

当别人研究如何从85分提升到90分的时候，你思考如何从40分提升到60分，思考量和努力程度完全是一样的。等到我高考的时候，发生了意外。那一年的物理考卷很难、很活，只有真正一流的学生不受影响。当时我是奔着拿满分去的，结果证明我是伪一流，潮水退去就露出了赤裸的臀部，物理成绩大溃败。我原本奔着80分去的数学，却超水平发挥，在我五个科目中分数排第二。物理上的折损，在数学上找补了回来，所以总分没有受到什么影响，最后还是上了大学。

满分150分考了29分，当然会很伤心，说明对数学一窍不通。从一窍不通，到懂一点儿，应该说是非常简单的事情。抱定了想去先懂一点儿的理想，那么在短时间内是很有可能有极大提升的。

我建议不要用简单的两分法，及格线的一边是全然黑暗只有沉沦的世界，另一边则是全然光明力争向上的世界。如我所说，及格线以下的世界同样五光十色、异彩纷呈。等到成人之后，你更会发现人生中大部分尝试都是以失败告终。但是机会属于那些每次都认真分析失败，每一次败得都不重复，败得都有点儿特别的人，他们与成功的距离要比其他人更近一些。

祝学业进步。

享受成长，日拱一卒，随手记录下此刻的心情吧！

就算是爬，我也要爬进"985"的大门

□小 飞

人们总说，人的一生很长，不必一直赢，只需在某些关键的节点抓住机会，就可以拥抱另一种人生。于我而言，高考和考研——这两个关键的人生分岔路口，改变了我生命的轨迹。

2013年6月，当电话里的声音播报完高考成绩时，我握着手中的话筒，不知该放在何处。那年河南的理科一本线是505分，二本线是443分，而我考了492分，令全家人大失所望。我曾就读于县城里最好的高中。入学第一次月考，我考了全班第二名。可惜，高中还未过半，我就掉了队。

高二刚开学，我第一次走进网吧。一开始，我只是好奇：不知道大家为何一放学就争先恐后地跑去占位置。那天，我隐约察觉到一种与以往截然不同的生活方式在召唤我。整个学期，我所能勉强维持的底线，只不过是没有逃课而已——可期末考试的成绩骗不了任何人。但我失去了以往的进取心，直到高考将近。492分，这就是结果。

接着，我放纵的大学生活开始了。我没日没夜地在网吧玩游戏，累了就趴在电脑前睡一会儿，饿了就在网吧点外卖。就这样，我在网吧"上"完了大学的第一年。当然，我也曾短暂地"动摇"过。大二开学后，我给自己找到了一个努力的方向——看书写作。但不到两个月，经常玩游戏的同学见我一直不去网吧，便开始不断给我发消息、打电话，更有甚者直接来图书馆找我。想要摆脱长久以来形成的惰性谈何容易？自己未来究竟要做什么，我没有任何明确、清晰的规划。重归网吧生活后，时间过得飞快，到了大三，除了年纪增长，我唯一的"收获"便是教务处记录在案的"23.5"的挂科学分。

人生中总有一些遭遇是突如其来的。年底，我接到电话，说母亲因脑出血突然昏迷，正在医院抢救。当我流着眼泪赶到医院，心酸地发现，母亲之所以如此，全是劳累所致。

我读大二后，妹妹也念了高中，母亲便找了两份短工。这天早晨，母亲一如往日般在这家忙完后，在赶去另一家的途中忽然瘫倒。望着病床上母亲日渐苍老的面容，我的内心除了无尽的悔恨，别无他念。我彻夜陪在母亲床边，忽然对自身的现状和未来有了清晰的认知。我必须做出改变，而能想到的唯一途径就是考研。尽管这不能弥补高考的失败，却是一个新起点。

在网吧度过近三年时光的我，起点太低了，综合考虑专业和城市，确定好报考院校，已是第二年的3月。那段时间，我每天早晨8点到图书馆，开始一天的学习。打开高数课本时，我连符号都不会读，而考研路上的困难远不止于此。网吧生涯使我整个人变得浮躁，还未看几道题便没了耐心，干脆刷起手机逃避现实。所以，我究竟学了多少知识，一直是个未知数。但一想到自己的困难，和母亲相比又算得了什么呢？就算是爬，我也要爬进东北大学（"985工程"院校）的大门。

随着考试时间临近，我的压力汹涌而来。在最后两个月里，我的一天是从早上6点起床开始的。到了晚上10点，图书馆就开始赶人，我只好抱着书去自习楼。过了12点，我再回到教室直到弄懂了知识点。北方的冬天夜里下过雪后，路上总会结一层薄冰，我在夜归的路上摔倒过很多次。寝室大门也早就落了锁，我只能踩着铁门上的空隙爬过去。随着12月最后一个周末的到来，考试如期来临，我内心坦荡，坚信踏踏实实地努力不会辜负自己，剩下的就交给时间。转过年2月中旬，我的考研分数比当年全国分数线高出100多分。不知为何，我又想起听到高考分数的那一瞬间。我知道，多年的心结在此刻放下了。

再回头看看自己高中同寝室的同学，都已学有所成。曾经，我们在同一个起点，但是在人生的分岔路口，做出了不一样的选择。我希望自己可以迎头赶上。

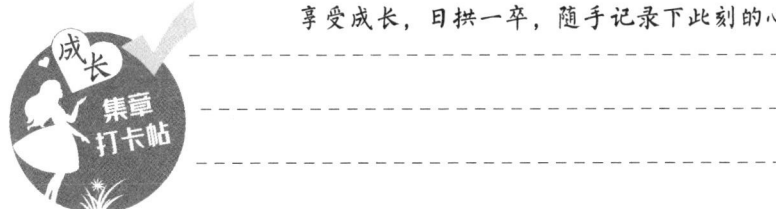

享受成长，日拱一卒，随手记录下此刻的心情吧！

所有前提都是进步的起点

□ 韩大爷的杂货铺

高三备考阶段,大伙儿最不爱上的就是地理课。主要原因有两个:一是相比历史、政治这种比较容易上手的文科科目,地理有点儿理科的味道,说白了,要求动脑子的地方多;二是时间,当时我们的地理课大部分被安排在下午第一节,相信很多经历过夏日读书的同学,都知道那意味着什么。

困倦、抵触、生涩,外加老师那浑厚的嗓音,自带催眠效果。课程往往进行不到十分钟,基础差的同学就开始以头撞桌;哪怕是基础好的同学,在被问"听懂没"时,也会愣上四五秒才反应过来,气虚地回一声:"懂……懂了?"

某天,当这番颓丧的景象再次上演,地理老师做了一个令人目瞪口呆的决定:不讲了!

紧接着,老师发出第二道命令:拿出纸笔,抄这道题的答案!

一位同学在台下开始犯嘀咕:"想放弃我们就直说,干吗拿这种方式应付呢?"

老师语气坚定道:"抄,也是种收获。"

那就抄吧……

开始还有点儿效果,抄一遍确实会加深印象,可抄着抄着,脑袋又生锈了,又有同学以头撞桌。

老师当机立断:"来,抄得差不多了,现在大伙把书翻到某一页,我们集体朗诵一下这段话……"集体朗诵?这不是小学生才干的事吗?老师态度强硬,我们只能照做。于是,炎炎午后,抑扬顿挫的朗读声响彻校园。

那年高考,我们班的地理平均分比其他班级高很多……

很多年过去,当我回忆起这段经历,觉得这位地理老师太有水平了。当他发现一个瓶子里塞满石头,导致再也无法增加瓶子重量时,他懂得塞进一点儿沙,再灌进一些水。而那个糟糕的午后,并不是只有我们一个班经历,最终我们能脱颖而出,那点儿微不足道的沙子和水起到了作用。

地理老师的教学方式教会我一个道理:当前提是普遍前提时,前提是什么就不重要了;重要的是在这种前提下,你能做什么,且做了什么。后来妹妹备战高考时，向我抱怨，每天能有效学习的时间太短，大部分时间状态不好。我把上面的故事讲给她听，并对她说：永远不用担心状态好不好，因为即使在状态不好的前提下，你仍然可以做点儿什么。

做不下去题，可以抄抄答案，看看人家是怎么做的；答案抄烦了，可以大声读读书；书读腻了，可以换一科。总之任何状态下，都有适合去做的事。也许真的到了考场上，能帮你拉开差距的，就在于当所有人都状态不好时，你做了什么。几天前有朋友问我：在这个以貌取人的时代，相貌"捉襟见肘"的人，该如何生存？

诚然，这是一个以貌取人的时代。但外貌好比一张试卷，其中，五官的标致程度占30分。人群正态分布，能拿下这部分分值的，多半是在出生前被老师划了重点，这部分人并不多。身材和气色占30分。人类对同类的审美，潜意识里要照顾到优良基因的传播，所以健康健美的人在我们眼中就可以说是好看的。穿衣风格和个人气质占30分。人靠衣裳马靠鞍，衣着干净得体，搭配扬长避短，也可在外貌上搏一搏；另以自信乐观、良好的言谈举止加持，总会不错。另外的10分算附加题。当你发现一个人因发挥其价值，或专注于某事而呈现出高光时刻，哪怕他相貌平平，你也会脱口而出一句：太帅了！

你看，除了那30分，剩下70分可以被你掌握。为什么只盯着那30分的前提条件？

享受成长，日拱一卒，随手记录下此刻的心情吧！

你与人生赢家，只差一个"侥幸心理"

□张偏偏

我读高中时，班上有位出了名的"怪人"。本该是最热闹、聒噪的十几岁年纪，可三年同窗下来，"怪人"却几乎不跟同学说话，无论何时看到他，他的手上必然会捧着一本书，走起路来像一阵风，吃饭只要五分钟。如此争分夺秒，为的自然是全身心地投入学习之中。这样的他永远是老师口中的正面教材，也是成绩榜上毫无悬念的前几名。

但彼时我戾气未消，对这种用功到"变态"的人是抱着鄙夷心态的。毕竟那时我没有努力至此，成绩也丝毫不逊色于他。

后来，我们的高考成绩相差无几，机缘巧合下，我们念了同一所大学。那时，我还理所当然地认为，人生中的很多事情，靠的都是聪颖和天赋，努力最多起到勤能补拙的作用。

到了大学，我紧绷的神经忽然得到了前所未有的舒展，翘课以及完不成作业成了家常便饭，优哉游哉地混到了学期末，也在意料之内地挂了科——虽然在看到补考人员名单上有自己的名字，但经过短暂的羞耻之后，我竟然安慰自己：随它去吧，不挂科的人生是不完整的。

新学期开始，辅导员在补考前把所有挂科的人叫到一起，发放补考证。当时正好有一位家长来送孩子上学，端坐在我们中间，一脸歉疚地对辅导员说："老师，我们家孩子从小就不聪明。实在抱歉，给您添麻烦了。"

辅导员倒是很客气，笑盈盈地答道："您说的聪明在高中或许管用，可到了大学，拼的是谁更认真、自律，而这些补考的，不见得不聪明，却一定是经常偷懒、翘课、打游戏的。"

辅导员之言，于我心有戚戚焉。我也曾制订了诸多类似"几天读完一本书""一天背多少个单词"的计划，但从未坚持下来。

这些年，我和"怪人"有交集的时间不算短，这些暗地里与他较劲儿的时光时刻提醒着我：永远别小看一个努力的人。因为在真枪实弹的社会中，留到最后的都是自律和死磕的佼佼者。才华横溢、出口成章的项目经理会在汇报工作前连续加班，只为做出几页漂亮的幻灯片；年终奖丰厚的业务骨干为谈成一个订单，要天南海北奔波很多次……

我知道，那些过于拼命的人难免被鄙夷"吃相难看"，因为我也曾看轻"努力"二字，认为那不过是平庸之辈想要脱颖而出的无奈之举，真正厉害的人，轻轻松松就能赢得全场喝彩。

我渐渐发现，天赋或许会给你带来一时的小胜，但能助你旗开得胜的关键因素，一定是努力。

那些"怪人"或许进步缓慢，却步履不停。

享受成长，日拱一卒，随手记录下此刻的心情吧！

河堤上的武术队

□ 七 焱

一

初二快放暑假时，县城来了两位蓄着长发、身穿练功服的男人。他们在牧马河的河滩上支起一块招牌，上面用魏碑体写了八个大字："武术招生，老幼皆宜"。

这算我们县的第一个兴趣培训机构，很多大人领着小孩来到河边围观，就是没人报名。两位师傅就用脚在地上画了一个圈，活动几下筋骨后，在圈里对打了一场，虎虎生风，引起阵阵叫好声。

有家长开始给孩子报名。那时候武侠影视剧正风靡，报了名的孩子就成了他的朋友圈里令人艳羡的对象。

我当然也渴望学一身功夫。我身形瘦小，体质也不好。但我清楚现实，报名费要50元，母亲是断然不会花这么一笔钱让我学武术的。她一个人带着我生活，望子成龙，只重视我的文化课成绩。我落下了心病，觉得与武林高手之梦失之交臂。放学回家吃不了几口饭，写完作业就躺在床上发呆。更糟糕的是，这种情绪影响到了期末考试，我的优势科目数学的成绩居然掉到班级中游。母亲看着试卷，黑着脸问我怎么回事。我低头不语，她声泪俱下地骂我不争气。我也哭了，一下把实话说了出来，说我想去河滩学武术。

母亲暴怒，说原以为我比别人家孩子懂事，没想到脑子里也装着这种不着调的想法。但没想到，暑假第三天，母亲骑车把我带到牧马河边，详细盘问了两位师傅整整一个下午后，掏出钱给我报了名，并厉声说："明年升高中，要是你考不进县一中重点班，看我怎么收拾你。"

二

武术班上，每个学员领了件黑色短衣，就在牧马河河滩上练开了。

两位师傅，一个教基本功，一个教套路。每次上课，先让我们沿着河堤跑半小时，再扎半小时马步，最后学一些基本的武术架势。我并没有被传授想象中的神功，便忍不住问师傅，什么时候教厉害的招数。师傅训斥我，说练武是为了强健体魄、磨炼意志，如果抱着我这种态度，就是对武术的亵渎。这些大道理让我们有些失望。不过，二十几名学员，一溜子黑衣，在河滩上喊着号子训练，引得其他孩子眼巴巴地观看，还是让我们相当自豪的。

遇到下雨，师傅就把我们赶上河堤，风雨中踏着泥泞负重奔袭，对着河水大吼着挥拳飞腿。日子一天天过去，我被晒黑了，手掌开始起泡，渐渐水泡消失了，长出一层茧子。在河滩草坪上，我学会了鲤鱼打挺、前后空翻，还学会了一套拳法、一套掌法、一套刀法，能跑两公里不会大喘气。

但习武让我收获最大的，是有了一帮铁杆儿师兄弟。和学校里的同学不一样，师傅要求我们二十几个徒弟按年龄大小互称"师兄"和"师弟"。师兄弟们是在泥水里、烈日下一起摸爬滚打过来的，情感牢不可破。暑假将尽，我们这期武术班也结束了，大家互相拥抱着高喊："以后无论哪个师兄弟有难，喊一声，其他人必须随叫随到。"

三

对一帮十来岁的少年来说，这显然不完全是件好事。开学没多久，一个师弟仗着学了两个月的武术，跟高中生打架吃了亏，就纠集师兄弟们去帮忙。出于"义气"，我们快速响应，声势浩大地堵在那个高中生的放学路上，替师弟讨回了"公道"。

就在我们沉浸在义薄云天的豪气中时，几所中小学开始调查此事，认为若不正确引导，任由我们发展下去，指不定哪天就成打家劫舍的土匪了。暑假练武的二十几名学生被一一找出来，学校约谈家长，要求家长约束我们，否则就给处分。

我知道，回家后等待我的将是一场暴风骤雨。可出乎意料，从始至终母亲都没对我说一句重话，甚至晚饭还做了我喜欢吃的粉蒸肉。我更加忐忑。晚饭后，我拿出课本装作预习，母亲让我停下，问："武术班还有课吗？"

我说："有，新学期开始，每周末师傅会开新课，是二期训练，专门教拳脚套路。"

"那再给你报个名，你想学就继续学下去。"

我当然做梦都想继续学武，但母亲随后的话如同一盆冷水，令我几乎绝望。

她说，我这么喜欢武术，可以考虑初中毕业后念个体校。她都问好了，体校学费不高，三年后毕业就能工作，当个体育老师什么的，还有事业编制；如果在校期间评上二级运动员，每个月的津贴也够生活了。母亲说出这番话时，眼里无光，还流下一行泪。她说单位效益不好，领导准备让她下岗。"如果你继续读高中、考大学，后面还有整整六七年，每年那么多学费、生活费，我没啥本事，咋才能把你供出来啊。"说完她捂着脸哭，我也默默落泪。

我真心喜欢读书。接下来的两天，我在学校四处打听，然后跟母亲做了个约定。

我跟老师确认，县一中每年都有资助对象，对中考成绩前三名的学生提供全额奖学金。如果我能考入前三，上高中的学费就不用家里出一分钱。至于大学，减免学费的方式就更多了，有各种助学贷款，大学期间还可以勤工俭学。

母亲听完想了想，就郑重答应了。距离中考只剩不到一年，有没有读书的命，就看我自己的本事了。以前我学习没费什么力，也许靠着一点儿小聪明，成绩总是在班级上游。但从那一天起，我真的开始努力学习了，因为只有考入全县前三名，才能掌握自己的命运。

回想暑假练武，大雨中在牧马河堤上向终点冲刺，烈日下忍受炙烤煎熬，扎半小时的马步一动不动……我意识到，我的人生要开始经历比这些更加艰苦的磨炼了。我要拿出练武时的毅力，战胜这些看起来可怕的困难。

四

现实永远没想象的那么好，但也没那么糟糕。我以全县中考第二名的成绩考入县一中，获得一等奖学金。此后虽然成绩有起伏，但政府、学校和社会设立的奖学金让我无忧地读完了三年高中。

母亲下岗了，为了维持生计，她在菜市场租了一个档口卖调味料。没想到生意红火，越做越大，到我念高二时，她已经盘下一间商铺专门搞调味料批发，家里便再没有经济上的担忧。高考结束，我如愿考上心仪的学校。

母亲说她很后怕，差点儿亲手误了我的一生。我想了想，其实，我得感谢她当年舍得花50块钱给我报武术班。如果没有在河堤上的那两个月，我不会建立自信和意志，也很难有今天。

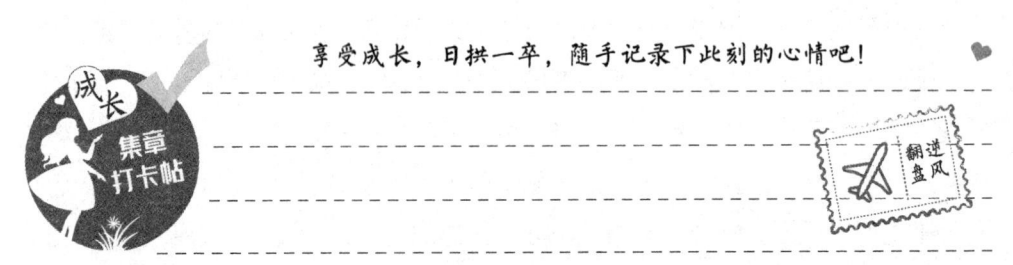

享受成长，日拱一卒，随手记录下此刻的心情吧！

打不倒的父亲

□ 牧　牧

父亲是一名残疾人，但他目前很多方面已与健全人无异。

十年前，在车间工作的他遭遇了天然气管道爆炸，全身大面积重度烧伤，在医院ICU（重症监护病房）住了5个月才从鬼门关回来。这场意外，让他在此后的很长一段时间只能在医院度过。

那场爆炸也毁了他原本帅气的脸，奇怪的外表几乎断绝了他重新融入人群的机会。但在和其他病友的接触中，他渐渐接纳这种变化，不再纠结于别人不友善的目光。没有社交之后，他就跟病友一起相约下象棋，在风和日丽的天气逛公园，后来又在病友群分享如何和黄牛比赛去抢专家号。就这样，他又有了自己新的朋友圈。

烧伤或者烫伤预后的药大多费用高，而且使用周期长。父亲发现有很多自费的病友都因为经济问题放弃了后续治疗，便不动声色地帮助他们。一次，一对没有经济来源的母子过来拿药，父亲听说孩子夜里浑身痒得睡不着觉，就默默替他们付了药费，并把几百块钱放在装有药品的袋子里送给他们。这种微小的善意让他在病友群里的口碑越来越好，信赖他的人越来越多。现在的他每天吃饭时谈论的不再是身体上的不适，更多的是今天做了什么，有什么收获。

2023年，各种并发症导致他体重暴降，于是，他开启了健身计划。每天早晨6点起床跑步。父亲从最初只能跑2公里，到现在能跑7公里，还跟我约定有机会一起跑半马。十年前主刀第一场手术的教授曾说："你父亲的恢复状态已经远远超出了预期。"的确，面对生活突如其来的重击，我们曾担心他会放弃，所幸后来他张开双手接住了。前几天，父亲给我发来一张跑步记录截图：6.47公里，45分钟。后面还加了一句话："半年努力的结果。"

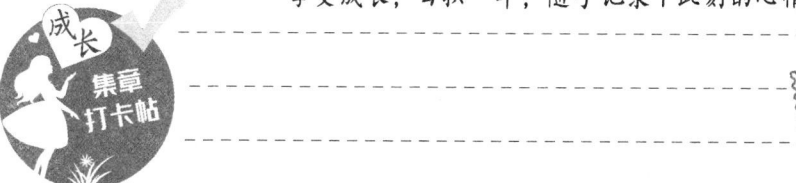

享受成长，日拱一卒，随手记录下此刻的心情吧！

我不知道将去何方，但我已在路上

□小鱼叔

母亲曾想走上文艺道路，但最终不得不半途而废。

母亲生于20世纪60年代，那时很少有人去追求梦想。可外公是个开明的人，支持着母亲。

母亲上学时，爱上了看书，外公省吃俭用给母亲订了杂志，买了书。母亲的作文也常被老师夸奖。我问母亲，为什么不走写作这条路呢？母亲说，那时候傻乎乎的，哪里想得那么长远。

外婆去世时，不满十五岁的母亲不得不放弃学业，回家照顾年纪尚小的妹妹。她每天除了洗衣做饭，还要下地干活儿，看书的时间所剩无几，梦想也离自己越来越远。

后来，母亲有了我们姐弟几个，她的生活又开始围绕着我们。不过，我还是能从母亲的卧室里看到一些杂志和故事书。或许，只有等我们都睡了，母亲才会拿出来看吧。

有一次，母亲拉住我，和我讨论一部小说。可我仅仅看了开头，听着母亲头头是道地说着自己的感悟，我只能和母亲说："妈，这部小说我还没看完……"母亲听后有些沮丧，说："要是这部小说拍成电视剧，可一定要告诉我。"

那部小说真的拍成了电视剧，但母亲看过后说："还是小说写得好啊！电视剧拍得不怎么好。"从那时起，母亲常催我给她买小说。只是我涉猎甚少，一直都没买到她满意的小说。

直到现在，母亲的眼睛花了，书看得也少了，我便没有再给她买过小说。当母亲看到我书架上有一套她喜欢的小说时，虽然还是会和我聊，但当我问她："你看吗？看的话可以拿走。"母亲会遗憾地说："眼睛不行了，还是算了……"尽管有时候，我还会开玩笑说："妈，你这辈子不走写作这条路，真是遗憾啊！"母亲也只是浅浅地一笑，说："无论走哪一条路，不都是走吗？只要走下去，总会有路的，遗憾什么？"但我还是听出了母亲的不甘。这条路贯穿了母亲的一生，她却没有正经走过这条路，只能在这条路的旁边观望，却从未有机会涉足。这恐怕才是母亲一辈子的遗憾吧！

高中毕业时，我不想继续上学，便打包了行李，去了市里的火锅店。在那里，我忍不住想了很多，关于学业、关于未来、关于自己的人生。每一天，我都在想自己想要的是什么。后来，我想到了母亲的遗憾，想到了母亲说的"只要走下去，总会有路的"。最终，我辞职选择上大学。

大学毕业后，我换过无数工作，直到我成为一名教师以后才明白：这条路我仅仅是走通了，但还没走得长远，我仍然需要往前走。当我们哪一天在一个路口停了下来，这条路也就走到了尽头。

不要怕没有路，路本来就是人走出来的，只要走，前方一定会有路出现在你的脚下。我们一直走，路才会一直有。

享受成长，日拱一卒，随手记录下此刻的心情吧！

在变好之前，你可能会变得更糟糕

□陶瓷兔子

在看《悲惨世界》时，有一个让我百思不得其解的情节——冉·阿让刚刚刑满释放，在镇上吃尽了苦头、受尽了白眼，终于被卞福汝主教收留。主教给了他十足的尊重，称他为先生，为他做餐前祈祷，甚至特意拿出了家里珍藏的银餐具。但一个人若是在冰天雪地里待得太久，猛然靠近一堆火并不会觉得舒服，反而会又痒又疼。

冉·阿让想起自己含冤入狱，被压榨的十九年，忍不住把所有怨毒倾倒在这个唯一肯给他温暖的人身上——他偷了主教的银器连夜翻墙逃跑。没想到第二天天一亮就被镇上巡逻的警察抓了个正着，警察押着狼狈不堪的冉·阿让回到主教家。主教为了保护冉·阿让，声称是自己将这些银器送给了他，甚至将他慌忙中落下的两个银烛台塞到了他的手里。

到这里本该是个浪子回头金不换、洗心革面做好人的故事，可雨果偏偏笔锋一转，在下一章加入了一个很奇怪的情节：冉·阿让离开主教家，在路上遇到了一个贫苦的小男孩，小男孩一边走一边抛着手上的硬币，一不留神，一枚硬币滚到了冉·阿让的脚下。你猜冉·阿让会怎么做？他立刻用脚踩住了这枚硬币，并在小男孩向他讨要时极其凶恶地把他吓跑了。可就在我觉得冉·阿让真是不可救药的时候，他又立刻摇身一变，洗心革面，成了人人敬爱的马德兰先生。

为什么明明已经决定了做个好人，却还要先去做一遭坏事呢？

我们时常以为人一旦下定了决心向上走，满心就只剩下"变好"二字。但我们忽略了，它同样要求你跟过去的一切割裂——割裂懒惰、迷茫、成瘾的习惯。当一个人在过去的问题里待得太久，问题本身就会成为他的一部分。

这种感觉更像是蹦极，每一个初次尝试蹦极的人，无论之前表现得多么淡定多么强大，都会本能地在将跳未跳的那一刻往后退。有的人会把退一步解读为"我不行""我太软弱"……自责有千钧之力，一旦对"我不行"这个认知深信不疑,就很容易陷入破罐子破摔的状态。但你也可以把它解读为"我还没准备好"。我需要一点儿时间,我可以再尝试一次,我失误了……然后调整状态从头再来。

享受成长,日拱一卒,随手记录下此刻的心情吧!

用文字去读一段路

□七堇年

我常忍不住问自己:在当今影像时代,选择以写作去呈现一段旅程的时候,到底还能呈现什么?

毕竟,比起视频的快捷与直接,用文字表达风景,多少显得有点儿不合时宜。

还好能自我宽慰:照相术发明了,但绘画没有消失,它成了艺术。飞机、汽车已然快捷而普遍,但马拉松没有消失,它成了运动。那几十公里马路,由于被你的脚步一寸寸亲吻过,而产生了彻底不同的含义。就像绘画不再为了写实,而是创造。所以,一切当然不只是记录所见。当你用文字去读一段路的时候,旅程就在你心里发生了。

你的阅读产生了只有你才能"感受到"的场景。请注意:只有你。只在你脑海里。

毕竟,文字作为媒介的优越性就在于:它不饲喂图像,而是唤起遐想,独一无二的遐想。所以,不仅写作是创造,阅读,更是创造。

享受成长,日拱一卒,随手记录下此刻的心情吧!

那堂铭记一生的美术课

□马亚伟

上了初中以后,我们才有了正式的美术课。小学时的美术课,一般是校长或者教导主任教我们一些简笔画;那时,我不喜欢美术课,因为我画什么都是"四不像"。

初中的美术老师是位美女,姓彭,气质好,懂穿衣打扮。我们私下议论,说她是全校最好看的老师。可是我还是不喜欢美术课,因为我没有一点儿美术天赋。美术老师教素描时,我的画纸上总是黑乎乎一片。别人画的好歹能一眼看出是什么,我画的是什么则全靠猜。

我跟母亲抱怨,说不喜欢美术课。母亲说,只要有老师教,就要好好学。我硬着头皮上美术课,虽然每次的作品都很糟糕,但彭老师从来没有批评过我。她总是面容和蔼地俯身,指导我该怎样画。有时,她还会握着我的手教我画,她的手轻盈柔韧。我感受到她对我的好,可我还是不争气,怎么都画不好。那时,我就知道,有些事不能强求。

秋天时,彭老师带我们去校外写生。我第一次知道,写生就是从大自然中选取景色,然后用画笔画出来。我们学校四周都是旷野,满地的野草,还散落着非常漂亮的野菊花,远处是连绵的群山,还有隐约的村庄……美丽的风景让人心旷神怡,我只恨自己的画功不佳,不能展现大自然之美的万分之一。不过,我非常认真地画着,想要把秋日一角截入我的画纸。

写生完毕,同学们把作品交了上去,彭老师开始点评。我心里开始打鼓,我的画肯定又是最差的……我正埋头进行着自己的内心戏,忽然听到彭老师点到我的名字,她举着我的画作说:"这幅画,取景的角度是最好的。"最好的?我没有听错吧?只听她接着说:"你们看,她选取的有近景也有远景,还有特写……"彭老师具体说了什么,我已经记不清了,加之美术专业术语我也不大懂。我牢牢记住的是她说的那一番影响我至今的话:"且不说她的技法好坏,我通过她的画,能感觉出她看到了美,这是最可贵的。我们学美术可以画不好,但一定要懂得审美,懂得发现生活中的美。懂得审美,无论你将来做什么,都能把生活过得美好有诗意……"

那样一番话，同学们都听得极为认真。那个年代的乡村中学，"审美"这样的字眼是奢侈的，连美术课都是最不受重视的，甚至经常被主科老师"霸占"。可是，就是这样看似无足轻重的美术课，美术老师却给我们上了人生中非常重要的一课。

后来，我开始学着欣赏美术课本上的世界名画，凡·高的《向日葵》、达·芬奇的《蒙娜丽莎》……彭老师给我们讲了许多画家与名画的故事，她讲的那些我都能领会。

多年过去了，我依旧画不好一幅简单的画。但我懂得了欣赏，懂得了审美，进而懂得了生活。这些都是彭老师教给我的。

享受成长，日拱一卒，随手记录下此刻的心情吧！

会有一只麻雀为你展开全世界

□麦淇琳

去年秋天，母亲摔伤后做了手术。术后，我在医院陪床二十多天，累得脖颈又酸又僵，肋骨也似乎错位了。在某个清晨洗漱的时候，我看到镜子中的自己眼皮水肿、眼泡鼓胀，多愿此时能有人捎来琴声、花香、溪流与山色，以唤醒我的灵魂。

打开手机，看到好友发来一张图片，是一只雀儿立在枯枝上，满心愉悦、仰头高歌的样子。好友附语："我们都曾有过黯淡时光，但总有一只麻雀会为你展开它全部的世界。"

黄永玉和其表叔沈从文的感情很好，沈从文去世后，黄永玉回忆起这样一件往事：20世纪50年代一个秋天的下午，屋里静悄悄的只剩下沈从文一人在写东西。我们坐下喝茶，他忽然轻叹了一声："好累啊！""是的，累啊！""北京的秋天真好！"他说。"……天真蓝……那枣树……"我望了望窗子。"日子不够用！"他说。

那段日子，清苦的饮食、沉重的工作、心脏和血管的毛病，让黄永玉时刻都在担心表叔会死去，祈祷"让他活得长些吧"。就像王尔德说的那样："在这动荡和纷乱的时代，在这纷争和绝望的可怕时刻，只有美的无忧的殿堂，可以使人忘却，使人欢乐。"支撑沈从文"活得长些"的，不仅是窗前的蓝天、白云和枣树，一定也有窗外的麻雀为他展开的绚烂世界，因此他才会感叹日子还不够用，秋天美着呢。

林语堂先生曾说："不管我们走到生命的哪一个阶段，都应该喜欢那一段时光，完成那一个阶段该完成的职责，不沉迷于过去，不狂热地期待着未来，生命这样就好。"是的，无论行走在怎样黯淡的时光里，总会有一只麻雀为你展开另外一个世界，但是，麻雀又是偏心的，它不会对所有人都展开它全部的世界，而是需要我们用心去倾听和体会。

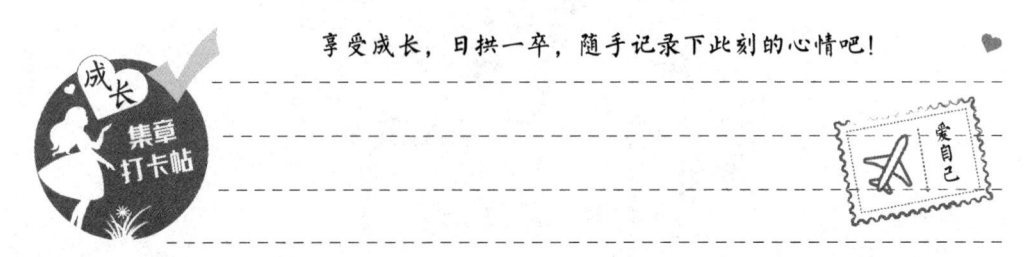

享受成长，日拱一卒，随手记录下此刻的心情吧！

第二辑

这一生的温柔，
请记得给家人一份

何以为青春

  当我们急于摆脱父母的时候，应该不会想到：后来的后来，他们是我们最求之不得的牵挂吧。打开"亲情"的页面，没有滤镜，饱和度没拉满，算了，关了它吧！然而，亲情从来都不是色彩炫目的油画，而是一幅淡雅的水墨画，没有浓墨重彩，没有算计，只有真诚和关爱，伴我们在时光里流转。这一生的温柔，请记得给家人一份。

成长是悄无声息的巨变

□方栀柒

十六岁生日,没有家人的祝福。我耿耿于怀,躺在床上悄悄流下了眼泪。

第二天是月假,回家后,妈妈一脸开心地对我说:"就等你了,我们给外婆过生日。"我与外婆的生日相隔一天,他们总说"好事成双",将庆祝留到外婆生日这天。我知道他们爱我,所以我从未将这小心眼儿般的计较表露出来。

爸爸骑摩托带着我和妈妈去一个多小时路程的乡村外婆家。山路不好走,路上还有宽宽长长的裂缝,爸爸突然在一个陡坡上轧到碎石滑倒了。我双脚仓皇落地,被排气管狠狠烫了一下。在危急关头,爸爸把住了车头,双腿控制住摩托,让摩托原地倒下。

到了外婆家,外婆责怪父亲:"你们就应该买一辆车的。"我眼巴巴地等着妈妈来给我敷药,妈妈却拿着烫伤膏在爸爸身前蹲了下来。这时我才看见爸爸右腿内侧已经被灼伤到不成样子。我的心揪在一起,陷入无边无际的自责与难过中。这样的伤他提都没提,我知道,爸爸为了最大限度地保护身后的我,将自己的疼痛封存了起来。哪怕我已经长得高大,可在爸爸心里,我还是一个要被保护的小孩。而我,总是强调自己已经长大,却斤斤计较,从没有真正站在他们的角度看问题。

长大就像一场悄无声息的巨变,前一分钟我还在哀叹自己受的小伤,后一分钟心里就下起了一场足以颠覆所有的暴风雪。我好像懂了,爸爸妈妈从不完美,他们也许不能面面俱到,却已经为我撑起一片小小的、被爱填满的天空。

享受成长,日拱一卒,随手记录下此刻的心情吧!

你那不是延迟满足，是自找苦吃

□ 理微尘

我上小学一年级时，妈妈不知从哪儿邮购了一套儿童心理学书籍。如今看来，那书不过是把国外的一些实验直接照搬到儿童教育上，其中就包括了有名的"延迟满足"实验。

爸爸妈妈拿出一个盘子，盘子上面放着两块我最喜欢的夹心糖，说现在给我一块，如果等一小时后吃，就给我两块，美其名曰锻炼我延迟满足的意志力。可已经很久没吃糖的我哪受得了这个诱惑，拿起手绢偷偷包起一块跑了。

爸爸突然出现，让我打开手绢，看到糖后，他非常失望："三岁看小，七岁看老，你就吃吧！"说我估计是没啥大出息了……我很难过，那块糖似乎也失去了吸引力，此后，我果真不再吃了。爸爸妈妈说都是他们教育得好，我才懂得拒绝诱惑，但又开始说我变得忧郁，心事重。

有一年夏天，天气很热，我外婆切了个西瓜。我很想吃，但反而刻意把西瓜拿远了一些。外婆觉得奇怪，问我为什么不吃。我说了之前"锻炼失败"的事。外婆却像看傻子那样看着我说："你这不是锻炼，是自找苦吃。就是因为现在又渴又热，西瓜才更好吃不是？"

是啊，"延迟"带来的往往不是"满足"，而是遗憾。愿望都是有时效性的，在四十岁时获得十岁时想要的裙子，大抵也无法重获当初的感觉。

因为没有得到真正的满足，所以你的内心会产生深深的匮乏感与不安，把生活处处当成战场和考场，对快乐感到惶恐，就算没有困难，也下意识要找一些"磨难"来经历。生存本就艰难，我们要精打细算，用好内心的能量。

值得忍的事才忍，把意志力花在刀刃上，才能集中力量干大事。

享受成长，日拱一卒，随手记录下此刻的心情吧！

七块红烧肉

□董改正

我十三岁那年的正月十三，下着蒙蒙细雨，母亲挑着担子送我去五校读书。那是我第一次离家住校。担子一头是两床被子，一头是衣物和米，还有一罐子咸菜。

三十年前，正月里的乡村是热闹的。一路走过好几个村庄，地上都是红艳艳的爆竹纸，屋里都是笑声，空中飘着酒菜的香气。因为细雨，初泛青绿的原野上，只有我和母亲两个行人。我的心里充满着少年的忧伤。担子很重，但路上都是泥泞，母亲不能放下歇肩，她只能以换肩的方式来放松疼痛的肩膀。

"姆妈，我来挑一截。"

"不要的，我行。"

草色稀淡，野雨如烟。顺着山道走下，径直穿过西湾的田野，到枫河入江的狭长小河时，渡船而过，爬上河埂，便可望见五校的校舍了。

后面的路途是沉默的，只有细雨洒在盖物薄膜纸上的沙沙声，以及胶靴拔泥而出令人疲惫的声响。到达河边时，已是午后一点多了。河边无船。一条粗绳子横贯河面，对面，细雨落水，野渡无人。母亲已经累了，身子随着担子一起摇晃着。

"姆妈，让我来。"我走到母亲身边。

"我行。"母亲不让。她大声喊："有人吗？有人吗？"

岸上的红砖房门开了，一个人走下来。也不用划桨，人站在船上，手抓着粗绳，把船悠到对岸。那是个穿蓑戴笠的女人。她紧紧抓着绳子看着我们，说："那孩子，你先上来，帮你妈接一下！"

我走上船，晃得站不稳。母亲说："我行。"她挑着担子走上来，船大幅度晃动起来，差点没翻。女人夺过，将被子掼在船板上，厉声说："被子湿了还能晒，人死了就死了！"母亲嗫嚅着，没说话。

女人不是渡船的。她是给挖沙船上的男人们做饭的。她不要钱，只是看着我们一连串地叹息，目送我们走进了五校。

很快就报完名。我住进了宿舍。母亲帮我铺好了被子，一边铺一边流泪。被子湿了半边，她叮嘱我一出太阳就抱出去晒。她跟我的同学们请求带我睡几夜，直到我晒干被子，但终不放心，叮嘱我不要睡湿的这边。

"我走了，你记得四点去换饭票啊！"

我点点头。走廊上只有我一个人，还有几只叽叽喳喳的麻雀。

"你一定别忘了。"她穿好了雨衣，走进了细雨之中。远方，山已经苍茫了。

我看见她不停地回望，但终于不见了。

她是在第三天赶来的。来的时候，我快上下午课了，便匆匆去食堂为她打饭。我打了半斤饭两个菜，一个炸酱，一个红烧肉，一共一块五毛五。在五校待过的同学都该知道，那个上海大厨做的炸酱和红烧肉是怎样的美味啊！

"你一定要吃掉，我要上课了。"

下课的时候，母亲已经走了。饭盒里，炸酱没动，十块红烧肉还剩七块，整整齐齐地挨着。酱红色的浓汁，隐隐的油光，肥厚的块儿。为她吃掉了三块红烧肉，我开心得流泪。那时候，我一周只有五块钱的伙食费。那是我第一次在五校吃红烧肉，也是最后一次。

有一个黄昏，我到河埂上背课文，遇到了上次撑船的那个女子。她看着我说："那天你妈妈回去时，胶靴里都是水。我让她坐下，帮她使劲拽，半天才拽下来，我收不住势头，一屁股坐在地上，摔得不轻。靴子拽下来，也把她的眼泪和哭声拽出来了。她是哭着走回去的。我站在河堤上一直看着她走，我不放心。"

她深深地看着我，又说："你妈那天给我带了三块红烧肉，那是我吃过的最好吃的红烧肉。你有一个好妈妈。"

夕阳在天，河水粼粼。我沿着河埂跑起来。我不要她看见我的泪水，我在心里许着愿，那些愿望如粼粼波光一样多，一样闪烁。

三十年过去，那些愿望至今我依然记得，很多都没有实现。那个上海大厨的红烧肉做法，我辗转求来了。我要做给她吃，看着她吃完。

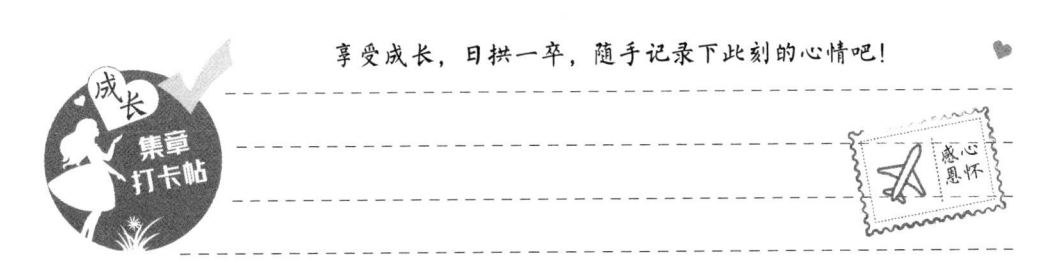

享受成长，日拱一卒，随手记录下此刻的心情吧！

父亲路上的故事

□邵珠锦

我的父亲是"玩"大车的,庄上人这么说。他们不说"跑"大车或"开"大车,他们说是"玩"大车的。

"没大本事,只会开车,开了一辈子车。"父亲说。

从"东风半挂"到"斯太尔",他开着并不属于他的车跑遍了祖国的大江南北。人来人往,万物更迭,不变的是一直延伸在父亲眼前的公路,从日暮到清晨,从清晨到日暮。

在他为数不多回家的日子里,饭桌上、被窝里,我听他讲,在路上的故事。

在兴安岭,在没到大腿根的雪里,把碌碡般粗的木头拽出来,搬上车。"雪下得像扇子一样!"他说。在松花江岸给轮胎绑上手腕粗的铁链,沿着前车的印迹在已冰封的江面上龟行,风吹起冰面的碎雪,像波澜起伏的水纹。

"会掉下去吗?"我问。

"别瞎说!"我妈瞪我一眼。

"第一趟过江,腿直哆嗦,上岸几里路还踩不动油门,觉得还在冰上。后来习惯了,零下二十多摄氏度,石头冻得像冰,冰冻得跟石头一样了。"爸爸说。

有一次,爸爸开车出关,忘带驾驶证被查住,要罚款。爸爸说那是一个小警察,脸冻得通红,没有胡子。爸爸下了车,把手从怀里掏出来,脱下手套,左手的小指和无名指已是乌黑,整只手像霉了一半的茄子。

小警察看了看,摸了摸,说:"走吧,不罚款了。"

爸爸喜出望外,一边感谢一边就要回到车上。小警察薅住爸爸说:"干啥?跟我走,去截肢。"

爸爸蒙了,他知道手冻了,疼了,又不疼了,麻了,又不麻了。他相信再往南走一点儿,他的手还会变成红润的颜色。

爸爸说:"不能啊,兄弟。不能截啊,家里还有两个孩子!"

小警察发动起摩托,说:"快点儿!整晚了你胳膊都保不住。"

"我交罚款,我交,我回家……回家就好了……回家就好了!"爸爸慌张地

就要去开车。

小警察生气了，拽着爸爸的衣领往路边拖，爸爸跟跟跄跄，最后脚下一滑，双膝跪在雪地里。

"搓！"小警察说。

"搓，可劲搓，快搓！"

爸爸跪在地上，捧起洁白或是脏污的雪拼命地摩擦着，摩擦着。那雪不再是雪，是缥缈的希望，那希望如雪一样，拿起就化了，化了再拿起。手也不再是手，那是他的两个孩子。

那一天，爸爸哭着在雪里搓了两个小时，直到感觉到了烫。"烫得像拿了一块烙铁。"爸爸说。血重新流动，手指保住了。爸爸把泪和汗擦干净，挣扎着起身，四处寻找，年轻的警察已了无踪迹。

这件事他在某一个夜晚或是早晨，突然地讲起，寥寥数语带过。他应当还有很多故事，但他从来没有把这些当成"故事"，只因他血液里流淌着生活。

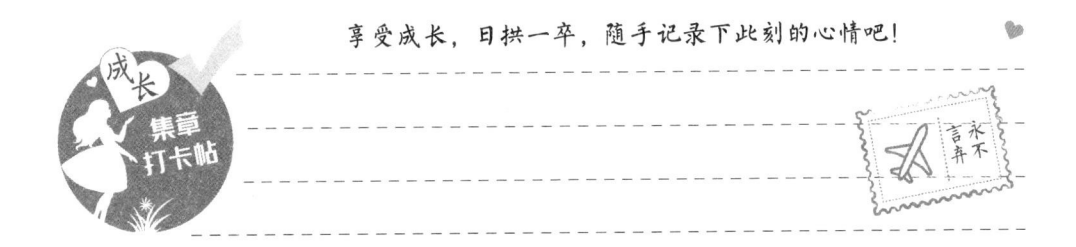

享受成长，日拱一卒，随手记录下此刻的心情吧！

野心和荣华无法报答母爱

□周国平

母亲83岁了，依然一头乌发，身板挺直，步伐稳健，人都说她看上去也就七十来岁。父亲去世已满10年，自那以后，她时常离开上海的家，到北京居住一些日子。

母亲是安静的性格，但终归需要有人跟她唠唠家常，我偏最不善此道，每每大而化之，不能使她满足。有杂志向我约稿，我便想到为她写一点文字，假如她读到了，就算是我痛改前非，认真地跟她唠了一回家常吧。

她出生在上海一个职员家里，家境小康，住在钱家塘，即后来的陕西路一带，是旧上海一个比较富裕的街区。很久以前，我在一本家庭相册里看见过她早年的照片，秀发玉容，一派清纯。看着照片上的这个漂亮女人，少年的我暗自激动，仿佛隐约感觉到了母亲从前的青春梦想。曾几何时，那本家庭相册失落了，母亲也不再提起钱家塘的日子。在我眼里，母亲作为家庭主妇已习惯成自然，无可置疑。她也许是一个有些偏心的母亲，喜欢带我上街，买某一样小食品让我单独享用，叮嘱我不要告诉兄弟姐妹。

可是，渐渐长大的儿子身上忽然发生了一种变化，不肯和她一同上街了，即使上街也偏要和她保持一小截距离，不让人看出母子关系。那大约是青春期的心理逆反现象，但当时惹得她十分伤心，多次责备我看不起她。再往后，这些小插曲也在岁月中淡漠了，唯一不变的是一个围着锅台和孩子转的母亲形象。后来，我到北京上大学，然后去广西工作。再然后，考研究生重返北京，与母亲见面少了，在我脑海中定格的始终是这个形象。

最近十年来，因为母亲时常来北京居住，我与她见面又多了。当然，已入耄耋之年的她早就无须围着锅台转了，她的孩子们也都已经有了一把年纪。望着她皱纹密布的面庞，有时候我会心中一惊，吃惊她一生的经历过于简单。她结婚前是有职业的，自从有了第一个孩子，便退职回家，把五个孩子拉扯大成了她一生的全部事业。

我自己有了孩子，才明白把五个孩子拉扯大哪里是简单的事情。但是，我很少听见她谈论其中的辛苦，她一定以为这种辛苦是人生的天经地义，不值得称道，也不需要抱怨。作为由她拉扯大的儿子，我很想做一些能够使她欣慰的事，也算一种报答。

她知道我写书，有点儿名气，但从未对此表现出特别的兴趣。直到我有了一个健康可爱的女儿。当我的女儿在她面前活泼地戏耍时，我才看见她笑得格外欢。自那以后，她的心情一直很好。我知道，她不只是喜欢小生命，也是庆幸她的儿子终于获得了天伦之乐。在她看来，这是比写书和出名重要得多的。

母亲毕竟是母亲，她当然是对的。在事关儿子幸福的问题上，母亲往往比儿子有更正确的认识。倘若普天下的儿子们都记住母亲的心愿，不是用野心和荣华，而是用爱心和平凡的家庭乐趣报答母爱，世界上家庭的和睦就有了保障。

享受成长，日拱一卒，随手记录下此刻的心情吧！

枕钱而眠的母亲

□邵衡宁

每晚8点,我那80岁的老母亲吃过药后,会准时将手机和一个包着东西的花手绢放进外衣口袋里,缓缓站起身来,一手拄着拐杖,一手拎着闹钟,拖着因病致残的左腿,头努力向前伸着,吃力地向卧室挪步。每一步都走得那样用力和急迫,从客厅到卧室仅10米距离,于她却像是一场雪天里的荒原孤旅。

自从61岁患上脑出血,病魔就将母亲困在了滞重的身体里,同时受损的还有她的智力:记不住家里的门牌号,不会开门,不会主动打电话,着急时甚至找不到家中厕所的门。我跟在她身后,揪心,但并不去扶她——这是她一天中有限的运动。

我看着她从外衣口袋里把包着东西的花手绢拿出来,郑重地压在枕下:"不枕钱,我睡不着,会做没钱的噩梦。"

她对我絮叨着她的梦:"前几天,我正坐在床上数钱,你爸来了,还穿着那身洗得发白的灰色中山装,跟我要钱买面包吃。我拿出5块钱给他,对他说,咱得省着花,孩子们上大学、结婚,哪样不要钱啊!"

曾经,随着我和大弟前后脚考上大学,小弟小妹也上了中学,家里经济陷入窘境,母亲变成了一个为生计发愁的主妇。但他们从不与我们讲生活的困顿,直到大四那年冬天,我才发现母亲那半新的素花罩衣下,竟是我旧时的棉衣,紫色花朵的面上打了好几块不同颜色的补丁;还有晾衣绳上母亲的棉布背心,洗得稀薄的面料上已满是一个个小窟窿……母亲说:"从那时起,你爸知道我总做没钱的噩梦,就把一两块钱用手绢包着给我压在枕头下。我每晚枕着钱,才能睡踏实。"

母亲爱钱,但不吝啬。照护她的阿姨要回家过节,她拿出几百元钱让我们给阿姨买礼物,听我们说都备好了才安心;一个晚辈拎了箱酸奶来看她,她也要塞给人家钱:"给孩子买文具"……前些天农村老家要修路,母亲听说了,非让弟弟从积蓄里取出1万元钱给村里,"铺路修桥是好事,门前土路泥泞,车都开不进去"。

第二辑 这一生的温柔，请记得给家人一份

一生节省、买件衣服都不超过三四十元的母亲，这个退休金微薄、手里没有钱就心慌的老太太，忘了很多事，却将一些事刻在了生命中。"跟孩子说，挣多少钱叫多？能为国家、为社会做点儿有益的事情，多好！"在白雪覆盖的生命荒原，在很多事情无法自主的风烛残年，我那已然失智的白发老母亲，仍散发出温暖的微光。

没被失智症吞噬的，还有母亲多年积下的坚韧——她一直坚持自己洗内衣，自己整理床铺，并一件件叠好干净的衣物。照护母亲的阿姨却总觉得母亲有些固执，比如每晚必放在枕头下的花手绢……她不知道，只有那样才能让我的母亲睡得安稳。

享受成长，日拱一卒，随手记录下此刻的心情吧！

穷爸爸给我的"富养"

□刘小念

爸妈离婚那年,我8岁。从此,我开始了与爸爸相依为命的日子。爷爷奶奶去世得早,他们留给爸爸的唯一财产,就是一套两室一厅的房子。爸爸初中毕业后四处打工养活自己,当过服务员,做过保安。跟妈妈离婚后,他早晨送报纸,白天送快递,每天5点就起床。那会儿正值暑假,我无处托管,就每天陪他一起出工。我坐在他自行车的横梁上,和他一起跑遍城市的大街小巷。

我和爸爸每天送完报纸后,快递公司还没有开门。于是,爸爸就坐在门口的台阶上,给我念报纸。我俩最喜欢的是周六的报纸,上面有一个版面是"笑话集锦"。爸爸一边念,我一边笑。整条街都回荡着我们父女俩的笑声。

白天,爸爸载着我送快递时,小件的东西,他就让我送上楼去。我上楼,他在楼下掐表。我小学百米跑打破校纪录的成绩,就是被这么训练出来的。而他呢,每次看到别人留在门口的垃圾,就顺手帮忙带下来。我说:"爸,这也不是你该干的呀!有这工夫,可以多送一个件。"可他说:"举手之劳的事。"日子

久了，附近片区的居民几乎都认识他。一看到他，就喊"大于"，然后，再亲切地喊我"小于儿"。大家知道我们的日子紧张，便时不时塞给我一些吃的、玩的。可爸爸死活不肯收。还有很多人，明明可以在单位寄出的快递，却特意拿回家，让爸爸上门取件。大家在了解了"大于"的自尊后，用这样的方式帮助着我们父女。

我爸的至理名言是："如果不开心，做点儿好吃的，安慰一下自己；如果开心了，就做点儿好吃的，奖励一下自己。"

我一天天长大，慢慢明白，这句话翻译过来就成了：唯爱与美食不可辜负。哪怕发生天大的事情，吃好喝好睡好，就没有什么能把你打倒。

他曾说，不管闺女以后遇到什么困难，只要能好好吃饭，就能挺过去。他还说，每天一回家，看着女儿把菜都摆好了，就觉得咱这日子跟神仙没差多少。

原来，爸爸不是逼我学会做饭，而是在教我面对人生。

我很庆幸自己14岁时，我的三观已经被爸爸塑造成形。如今，47岁的爸爸依然在送快递，几乎成了这个行业里的"元老"。我的单位就在他所辖的片区。他到我们单位送件时，都会特别搞笑地喊："于昕昕，有你的快递，麻烦签收一下。"每一次，我都非常配合地接过东西，在他手上签下我的名字，再画一个笑脸。我们这对父女，常常逗得同事们开怀大笑。

虽然家里条件不好，但是爸爸用自己的方式教会我独立，给了我最特别的"富养"。

享受成长，日拱一卒，随手记录下此刻的心情吧！

爱是山长水阔,最后是你

□梅 影

过年回家的途中,我时不时接到父亲的电话,询问我走的哪条高速,现在到了哪里。我一边不厌其烦地回答,一边想象他此时的样子——一定正戴着老花镜,站在贴有中国地图的床边,认真地听我报出的地名,然后眼睛在地图上细细地搜寻,手拿着笔飞快地在地图上圈画着。挂了电话,他一定还会站在地图前,再仔细端详一会儿那个画圈的地名,然后在心里计算那个地方离家的距离。

从我第一次离家开始,他就养成了这样的习惯,没事就站在地图前看一看,算一算,仿佛看着地图,就是守在我的身边,可以亦步亦趋地陪着我,从异乡赶回故乡。

我离开家,尤其是在成年后,他都是用默默地看地图的方式参与我的生活,完成对我的照顾和守护。

那张粗糙又硕大的中国地图,是他在我考上大学那年买下的。彼时,我的偶像是三毛,一心向往着诗意的远方,期待有一天也能四海为家,浪迹天涯。所以填报高考志愿时,我没有和任何人商议,选择学校的标准只有一个——哪里离家远,就报哪里的学校。满满一张表格,从新疆、内蒙古到云南、广东,我处处"留情",远走高飞之心路人皆知。

父亲看了我的志愿表,虽然没有赞许,但也没有反对,他很平静地接纳了我的想法,只说了一句:"只要你通过自己的努力能去到那些地方,我和你妈都没有意见。"然后,他就买来了这张一米五长的地图,挂在了自己的床头。接着,他把我填报的所有城市都标注出来,并分别计算从家到那些地方的距离。那时,他还不需要戴老花镜,看地图上那些密密麻麻的小字,尚不算吃力。

领到录取通知书后,在我准备离家的那段日子,他时常默默地站在地图前,或怔怔地发呆,或若有所思,或怅然若失。我虽然有轻微的心疼和难过,但并不觉得自己的选择有什么不妥。

离家的日子终于到来了,父亲到底不放心,决定送我去学校。而我也在现实面前心生各种怯意,故无力拒绝他的好意。于是,他一路扛着大包小包,领着我倒了三次火车，花了两天三夜，终于如期送我抵达大学。

我真正开始揪心地难过，是在送父亲离开时。安顿好一切之后，天色已晚，我想当然地以为他会在当地住一晚，然后至少花一天时间转一转这座被誉为"七朝古都"的城市。可他推说家里事多，执意当晚离开。后来我才知道，他在为我交了学费、住宿费、购置费和给我留下生活费后，身上的钱已寥寥无几，仅剩下一点儿路费。一个被钱所困的父亲，是羞于向女儿说出真相的，天真的我却难以体会他彼时的难过和窘迫。

他坐上由校门口始发开往终点火车站的10路公交车时，街灯四起，把我一脸汹涌而至的泪照耀得无处躲藏。我一边呆呆地伫立在站牌下抹泪，一边看着上了公交车的他，一路趔趄着从公交车前门走到最后，跪坐在一个座位上，隔着车窗看着我。公交车开出去好远，我还能看到他紧贴着车窗的脸。我终于忍不住蹲下身，在马路边哭得像个找不到家的孩子。

很多年后，我都记得父亲贴在车窗上的面孔，他的表情里有巨大的不舍、不安和不忍，流泻了整座陌生的城市。现在每次想起来，我都忍不住会泪流满面。

回到家后的父亲很快给我写了信，我由此得知，因为没有买到火车票，他当晚并没有离开这座城市，而是在火车站凑合了一夜。在信中，他还很满足地说，10路公交车真不错，绕着一座城晃悠了一圈，所有听来的景，他都一一看到了，心中一点儿遗憾都没有。

后来，我外出也爱坐10路公交车，虽然它总是慢吞吞地绕来绕去，虽然我在坐过之后发现所谓的看景，不过是一个仅有大门和围墙的善意谎言，但我还是对它充满难以言表的感激和依恋。

再后来，等我经历了独自买票、倒车，在售票大厅休息时被人赶来赶去，车厢里人多得双脚几乎不能同时落地……我一步步走过父亲走过的路后，才逐渐明白，真实的生活，永远都不完全是三毛的文字里所描述的那样绿意盎然、诗意丛生，并金光闪闪。一个人能活成一段轻倩的文字，并觉得岁月静好，不过是因为有人在替你负重前行。

毕业工作后，我做的第一件事，就是省吃俭用攒了一笔钱，请了假带着父亲重游古都。每个他听来的景点，我都提前买了门票，陪他进门参观。虽然他一路抱怨着不划算，一直强调自己已经看过了，但我还是挽着他的胳膊，一次次跨过敞开的大门，一次次看高高的围墙内乏善可陈的风景，并在每个标志性景观前为他拍照。

晚上，我带他去了当地著名的小吃城，给他买了黄焖鱼、鲤鱼焙面、杏仁茶……父亲笑说我买东西的样子像个暴发户，这句话让我感到特别开心和满足。

往事浩荡，伴我一路颠簸。

回家后，看到父亲果然站在地图前，盯着上面的圈圈点点，我马上摆出一副暴发户的表情"教训"他道："给您买的手机和平板电脑上都有地图，你打开都能看见。"他讪笑着答："那上面能看到你刚离家的时候吗？"

嗯，看不到。

那张贴在他床头近20年的地图，怎么可能轻易被取代？它有曾经的故事，有脉脉的温情，它是我心中的自由和远方，是父亲心底深埋潜藏的爱与牵挂、守护与尊重。

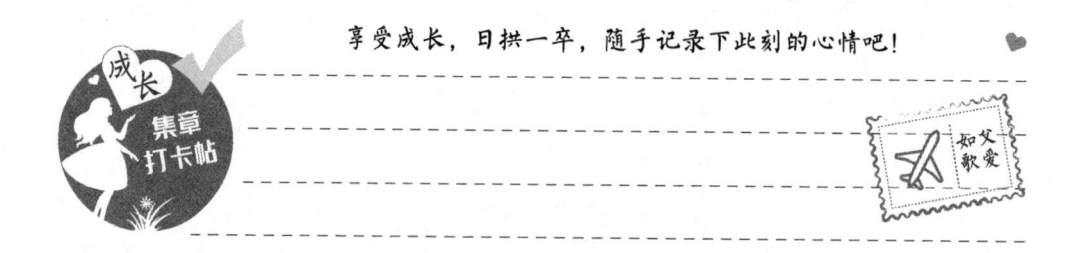

享受成长，日拱一卒，随手记录下此刻的心情吧！

高考录取波折，让我第一次懂得了父亲

□康　辉

每每想起父亲，我便会联想到高考那年的事，如果没有父亲的奔走，我的人生必定要被改写。

当年我读书的时候，流传着这么一句话："高考考学生，录取考家长。"对大多数学生来说，这当中的纷繁复杂，远超出十几岁孩子的社会经验范围。可以说，当年高考录取的过程，着实是我的第一堂社会课。

中国传媒大学，那时候还叫"北京广播学院"，播音专业属于艺术类招生范畴，要先经过几轮专业考试，合格之后拿到一张文化考试通知单，再参加高考，文化课成绩合格后才可能被录取。

那年在河北省，专业考试通过并拿到文化考试通知单的有三名考生，我、胡琪，还有一个不知其名的女孩。三个人里我的专业成绩最好，高考也超常发挥，文化课成绩过了那年的重点分数线。

我开开心心又浑浑噩噩地玩了一段日子后，终于有一天，开始忐忑了。艺术类专业招生，本应最早一批录取，可这时候好多同学的录取通知书陆续到了，我的通知书还杳无音信，父母也意识到了问题的严重性。正在此时，我的录取通知书来了，但信封上赫然印着"天津商学院"！

我在脑子里飞速地思索着我与这所学校的瓜葛，这才想起来，填报志愿的时候，因为觉得考入广院没什么问题，后面的志愿几乎是看哪所学校、哪个专业顺眼就填哪个，中国人民大学的管理专业、辽宁大学的考古专业，还有天津商学院的酒店管理专业。万万没想到，居然最终收到了天津商学院的录取通知书！

父亲赶紧打电话给广院招生办，对方答复说河北确实有三名考生的专业成绩通过，可是由相关部门报送到广院的高考文化课成绩只有胡琪和另一名女生的，并没有我的成绩！好在因为我的专业成绩不错，广院还在斟酌，并正在向生源所在地核实，还没有最后定下到底录取谁。

看来还有希望！父亲马上跑到负责这件事的部门询问情况，很是费了一番周折，才找到了管事的人。对方说："成绩早就报到广院了，怎么可能没有？""几个人的？当然是三个人的！""什么时候报的？×月×日×时，电报发过去的，我们不可能出问题。""什么？再报一次？不可能，我们不是为个人服务的！"

究竟是广院疏忽，还是问题出在这个地方？父亲转身径直去了电报局，按照那个管事的人说的日期查了电报底稿。果然，那份电报底稿上压根儿没有我的成绩。很明显，这绝不是疏忽，而是故意为之，到底为什么这么做？真是想破头也想不出。父亲跑回那个地方，照样费了一番周折，再次见到了那位仁兄。大概他也没想到父亲会如此快地去而复返，脸上冰冷的同时更多了几分不耐烦，可看到电报底稿的复印件时，据父亲说，对方表情尴尬极了，开始支支吾吾地寻找托词："怎么回事啊？不是我亲自经手的，可能是下面的人马虎了。""要允许有失误嘛，现在还不晚呀，我们可以明天重新发一次。"

父亲实在是怕了对面这张变得很快的面孔，不敢再拖下去，生怕第二天又会有变数，要求必须当天和工作人员一起去发电报。也许是心虚，也许是拗不过父亲的坚持，工作人员遵从了要求，亲自发了电报，父亲形影不离地跟着，看着他一笔一画地把三个人的成绩都写好、发走，才算松了口气。

那段日子，父亲开始了河北、北京、天津三点往返的奔波，先是到北京恳请

广院等待几天时间，广院很痛快地答应了；再到天津恳请天津商学院退档，这是相当困难的一件事，那年天津商学院是第一次开设酒店管理专业，希望将此打造成学院有竞争力的专业，所以对生源很重视，当然不想让已录取的学生退档。

不知父亲到底怎样向校方解释并且恳求的，终于精诚所至，学校同意将我的档案做退档处理。但档案又不能直接退到广院去，还要退回河北生源地，由广院再走一遍从河北招生的所有程序。父亲仍旧不放心，一定要自己盯着这之后的每个环节。那年河北高招办好像设在邯郸，父亲当天便从天津赶到邯郸，又从邯郸跑到北京，直到亲眼看着我的档案交给了广院招生办，得到了学校过几天就发录取通知书的承诺后，才回到石家庄。

我几乎是全班最后一位拿到录取通知书的，不知道是否也是拿得最困难的一位。我原本以为自己应该是最顺利的一个。对我来说，这几乎算是真正的成人礼，我第一次体会到了什么是世事绝非尽如人意，做好自己的本分，并不一定就能顺利收获期望的结果。很多因素，甚至是你根本无法意识到的因素，却有可能影响你的人生。

但世事亦在人为，父亲用尽全力与试图左右孩子命运的手较量着，并最终胜利。高考录取，第一次让我懂得了父亲那无言的、厚重的爱。我现在还能回想起父亲回到家里告诉我一切都处理好了的那一刻，他看上去那么疲惫，可又那么欢快。父亲很少对我表示出亲昵，可那一刻，我突然明白了他心里有多么爱我。那一刻，我开始长大了。

这么多年过去了，我一直记着父亲后来和我谈及此事时说过的话："不管别的，这辈子，你还是要凭本事吃饭。"

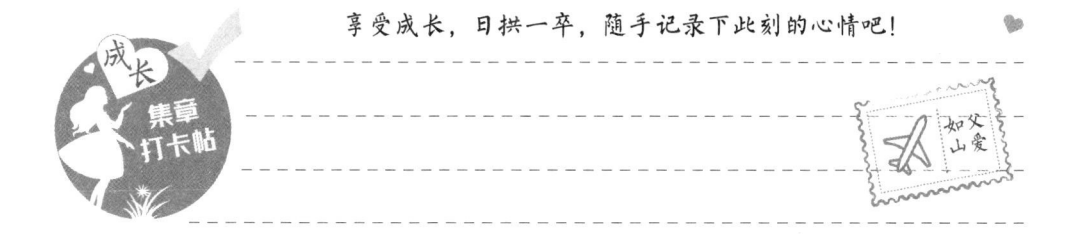

享受成长，日拱一卒，随手记录下此刻的心情吧！

与那些练琴的苦日子握手言和

□沈泽清

1

我生长在大西北沙漠边缘的一个油田小镇。小镇自成一个"王国",我和我所有的同学一样,在小镇的医院出生,在小镇的幼儿园玩耍,然后从一样的小学读到差不多的高中并毕业。

所有人似乎都认识。

于是,"顾老师给她家姑娘买了钢琴""人家慧子比贝贝小,都开始学琴了"……种种诸如此类的理由,足以支持妈妈做出"一定要让女儿学琴"的决定。更何况,弹钢琴是多么"高贵"的一件事:"你看电视里,公主们在晚餐后,总是穿着精致的裙子,坐在摆放在客厅的钢琴前弹琴,多美。"那年,电影《茜茜公主》刚刚热播,存留在妈妈内心深处的公主梦,被描绘得更加诱人。

那年,我4岁半,坐在小课桌前,脚还踩不到地面;妈妈29岁,每月的工资和爸爸的加在一起也就两三百元。家里的存款虽然有两三千元,但一架钢琴怎么说也要近万元。

不过妈妈最终还是说服了爸爸,两人开始频繁地坐公交车去银川看琴。小城和银川的直线距离将近100公里,那时候柏油路都还没修好,单程近4个小时,道路坑坑洼洼,路两边是连天的戈壁、露天煤矿和零零星星的土坯房。这条路在往后的日子里,我们还要走过无数遍。

钢琴被搬回家时的场景我至今还记得。当爸爸和他的七八个年轻朋友哄哄闹闹地把一个巨大的、沉重的、被严严实实包裹着的大家具抬上3楼,小小的家里一下子围了很多人。包裹被层层打开,黑色的钢琴漆在阳光下明晃晃的,很是刺眼。

妈妈像是在对着全世界宣布:"贝贝,这是你5岁的生日礼物。你以后要好好学,听见没?"

"嗯!"

后来我才明白,永远不要轻易答应自己不了解的事情。可是,即便当时明白又如何？我没有选择的权利。

随着钢琴被搬进家门的是一些铁律：所有的作业必须在下午放学前完成，每晚7点到9点固定练琴2个小时……而妈妈会坐在我的旁边，从开始的音阶，到每一首曲子的每一个音符和节拍，全程监督。我中途只能上一次厕所，喝一次水，可时间是严格固定的，弹错音便会被打手。从钢琴进门到我初中毕业，每天最少2个小时，几乎全年无休，在重大考试和比赛前，练琴时间会尽可能延长。

十年的周而复始，一直坚持到我考完业余十级的考试。许多孩子学到五六级就放弃了，他们曾是我妈妈买琴的动力。"这不过是一个兴趣爱好嘛！"他们会这样自我安慰，只有妈妈带着我，一路考到我能考的最高级。

"妈妈，为什么慧子他们都不学了，我还要学呢？"

"这是你答应我的。答应的事情就要做到。"

2

从20世纪90年代的"学琴潮"开始，周末城市的大街小巷，太多太多的琴童在家长的带领下背着提琴和琴谱，像是去完成一项特殊的使命。

"找个好老师，这太重要了！"身为高中教师的妈妈，对此坚信不疑。

可小镇上会弹钢琴的成年人，也就是学校的两三个音乐老师，他们自己都谈不上专业，又怎么教小孩呢？只有去银川。百公里的土路，单程近4个小时。

银川的钢琴课每周一次，周日早晨7点整，妈妈就会拖着我坐上去市里的公交车。为了省钱，她只买一个座位，客满的时候她就一路抱着我。中午将近12点到位于银川南门的老汽车站，下车后坐3块钱的人力三轮车，再花半个多小时到位于文化街的歌舞团大院，下午4点原路返回，晚上到家时早已天黑。

西北的冬天很冷，常常开始上课了，我的手指仍像根冻坏的胡萝卜。但我没有那么多时间可以用来浪费，僵硬的手指在弹奏过程中才慢慢恢复知觉。连钢琴老师都有些不忍，倒杯热水，让这对从寒风中来的母女先暖一暖。夏天闷热时，母女俩会昏昏沉沉地挤在公交车上，而我浑身都起了痱子。

我很羡慕那些住在离老师家不远的市里的孩子，"他们的条件真好啊！"我们母女俩总是如此感叹。每当拉着妈妈的手走在银川宽阔的马路上，我总是什么都想要——一切都那么好看、那么新鲜，但到头来什么都不会买。

很多年过去，在某个饭局上，有人说："你知道以前马家滩有个疯女人，每周带着娃娃去银川学钢琴吗？简直是疯了。"我和妈妈听了大笑不止，可是转过身去，我莫名就想流眼泪。

因为学琴的成本太高，练琴就需要加倍努力。挨打变得很频繁。每首曲子都想过关需要巨大的付出。被撕过琴谱，被打红过手，似乎还有几次被拉下琴凳……在往后的很多年中，每当有人问我"你喜欢弹琴吗"。"喜欢"这个答案就只是说给妈妈听的。想来，这个过程我们都很辛苦，可哪儿有什么东西是可以轻松获得的呢？

3

我考过六级后，妈妈再也认不清那些越发复杂的五线谱了，我也不再需要她盯着我从头弹到尾。八级的曲子很好听，九级好难，十级我不太有把握……这些问题随着青春期的叛逆变得非常模糊。

忽然有一天，钢琴老师在妈妈数次征询意见之后，明确地说："这孩子不

适合搞钢琴专业!"妈妈无比惋惜。我的手太小,"肖邦的九度都够不到,怎么学专业?"这是我的"硬伤"。妈妈一直忽略了这一点。我在妈妈的失望中"仓皇"地读了高中。不记得从哪一天开始,钢琴课也就这么停了。

后来的故事大概是这样的——

"妈妈,我知道学校的钢琴放在什么地方了!晚上偷偷去弹琴,合唱团的师姐问我,要不要来合唱团当钢琴伴奏,我想去呢!"

"妈妈,学校的钢琴比赛,我进复赛啦!"

"妈妈,有人在教堂结婚,我弹了《婚礼进行曲》!"

……

在我意识不到的某一年的某一刻,我忽然和以前的生活和解了。

我无比感激童年里对每一首钢琴曲的学习——从维也纳古典乐派到浪漫主义,让我在往后学习文学、艺术、历史时,不断彼此影响和融通;感激童年无数枯燥乏味的练习,让所有的技巧成为我的肢体和记忆不可磨灭的一部分……

这种和解,或许也像我当初学琴一样,是无法选择的。可不和解又能怎样呢?我没法儿想象,抛弃了这段童年——或者说几乎是整个童年的全部——我会是什么样子。

当我如此向妈妈"告白"的时候,她只是说:"小时候管你弹琴管得太严了,我现在都觉得自己好傻。你会不会怪我?"我数次想对她说:"这么多年过去,我明白,自己最终收获的,远比曾经付出的多。感谢妈妈让我成为一个更好的人。"

话刚到嘴边,我就哽咽了。

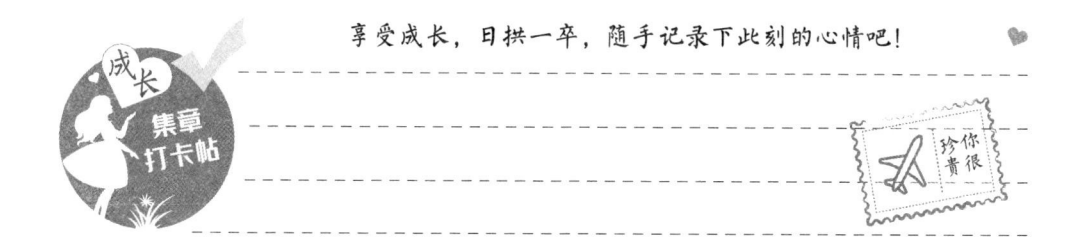

享受成长,日拱一卒,随手记录下此刻的心情吧!

母亲的想象力，可以无穷大

□莫小米

这是个单亲家庭，母亲和十岁的儿子，时常被邻居没来由地欺负。

有一天，忍无可忍的母亲拉着儿子来到天井，高声叫喊："你们根本不知道我们是谁，看看我儿子，他将来会成为大使、作家、荣誉军团骑士……"

不要说邻居们哄堂大笑把她当作疯子，就连儿子，也感到伤心屈辱，他也绝不相信，自己会成为什么大使、作家、荣誉军团骑士。

这对母子生活在20世纪20年代的波兰小城，母亲在艰难维持生计的同时，让儿子学习了音乐、绘画、击剑、社交礼仪。当儿子确定写作为自己的唯一兴趣时，母亲兴奋地鼓励："儿子，你会成为另一个托尔斯泰，另一个维克多·雨果。"

为了实现这个目标，母亲送儿子去了巴黎。二战爆发后，母亲紧急召回儿子，告诉他，去柏林的火车票已经买好了："你去杀了希特勒，他必须死。"儿

子决定前往。暗杀计划最终未能实施，是因为母亲舍不得让儿子去送死。

儿子应征入伍，加入法国空军。险情迭出，但每次都奇迹般地脱险，支撑他的是与母亲的信件来往。战争结束，他获得戴高乐将军亲自颁发的解放勋章，战争期间创作的小说亦出版并获得成功。战后他曾任职于法国外交部。

他不由得想起自己十岁时，母亲几近疯狂的预言——"他将成为大使、作家、荣誉军团骑士"，这一切完全成真。

故事中的儿子就是唯一两次获龚古尔文学奖的作家罗曼·加里，一生创作了34部小说。

母亲的想象力，可以无穷大。

许多人在孩童时都读过瑞典女作家林格伦的童话《长袜子皮皮》，那个火红头发、力大无穷、好开玩笑、喜欢冒险、穿着一只黑袜子一只棕袜子的小女孩，是怎么得来的呢？

那一年，林格伦七岁的女儿因肺炎住院，妈妈守在床边。女儿要妈妈讲故事。讲啊讲，妈妈肚子里的故事都讲光了，实在不知道讲什么好了，就问女儿："我讲什么好呢？"女儿顺口回答："就讲长袜子皮皮吧。"

三年后，女儿十岁生日时，"长袜子皮皮"诞生了，是妈妈送给女儿的生日礼物。这本书被译成三十多种文字，畅销不衰，总发行量超过一千万册。

就凭着女儿一念之间说出的一个名词，母亲可以为全世界的孩子"生出"一个好朋友。母亲的想象力，大到无法想象。

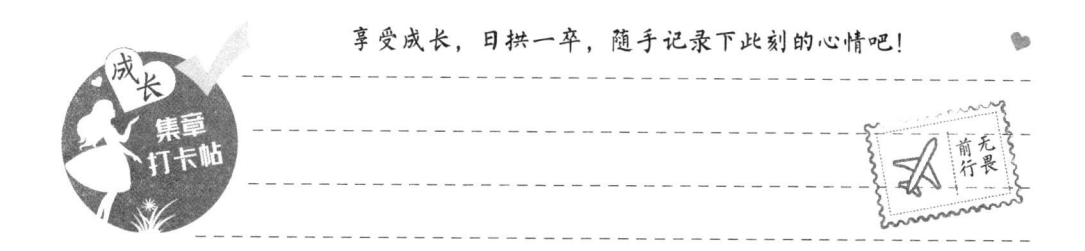

享受成长，日拱一卒，随手记录下此刻的心情吧！

为你，我说过多少颠三倒四的话

□张丽钧

一天，儿子突然对我说："妈妈，你跟我说的好多话，听起来都是自相矛盾的。"我愣了一下。好好想一想，为你，我究竟说过多少自相矛盾的话。

我说："你要多吃一些啊！"我又说："你可别吃得太多啊！"总希望让你吃遍世上珍馐，又担心你不懂得节制，吃坏了身形吃坏了胃。

出差的时候，习惯带一些当地小吃回来，哪怕你在万里之外，哪怕你半年之后才能回家，也要放在冰箱里，等你回来吃；而当你父亲不断地往你碗里放红烧肉时，我竟会抢过来一些，埋怨道："别给他那么多！"

我说："你要快点走啊，千万别迟到！"我又说："别走太快，路上注意安全！"希望你永远不是那个在安静的教室外面嗫嚅着喊"报告"的孩子，希望你无论与谁相约都永远先一步到达。但是，一旦你从我的视野里消失，我就开始

用种种可怕的虚拟场景吓唬自己，担心你遇到不长眼的司机乱开车，担心你只顾埋头赶路没注意到前面的一道沟坎。我派自己的心追踪你，告诉你："孩子，别急，慢慢走。"

我说："你一定要做完了各科作业再睡！"我又说："别熬得太晚，早点休息吧。"我多么怕你把学习当成儿戏，我多么怕你成为一个不争气的孩子啊！面对"抄写课文8遍"这样的重复性作业，我想说："别做了！"但话到嘴边变成了"抄8遍就抄8遍吧"这样没心肝的话。我好害怕你在抗议中滋生出对知识的轻慢与不恭，所以，我宁愿选择暂时站在谬误的一边，看你平静地完成一份份重复性作业。在大考将至的日子里，你埋头题海，懂事地克扣自己的睡眠时间。你知道吗？当我说"孩子，睡吧"时，我心里却盼着你回答"妈妈，我再学一会儿"。

我说："衣服嘛，没必要太讲究，能遮羞避寒就可以了。"我又说："买衣服别将就，好衣服能带来好心情。"我读大三那年，曾被一条挂在宣化人民商场的天价咖啡色裤子折磨得寝食不安，我好怕那样的不安也会来折磨你。我说："没出息的人才会甘当衣服的奴隶。"可是，当我看到你捡大哥哥的旧衣服穿也欢天喜地时，又忍不住为你委屈起来。当你在异地求学时，我嘱咐你要学会逛服装店，为自己挑几件像样的应季服装。不料，你竟学着我的腔调说："没出息的人才会甘当衣服的奴隶。"

不曾被矛盾重重的想法折磨过的心，不是母亲的心。因为爱得太深，所以才会昧，才会惑，才会颠三倒四，才会出尔反尔。孩子，你可知道，当你走得太快，我祈盼着用爱截住你；当你走得太慢，我又祈盼着用爱驱赶你。所以，无论我说过多少自相矛盾的话，无论这些话让你觉得多么无所适从，我都希望你懂得我说这些话的出发点与归宿，那就是为你好。

享受成长，日拱一卒，随手记录下此刻的心情吧！

那些珍藏在抽屉里的爱与惊喜

□ 文 珍

儿时总是很喜欢去妈妈的办公室，因为翻检她的抽屉总有意想不到的收获：没用过几次的三色圆珠笔；同事送她的旅游纪念钥匙扣；一个和小学生作业簿气质完全不同的牛皮纸笔记本，上面还写着"工作手册"……最不济，也至少能找到几颗快融化的大白兔奶糖。

最幸运的一次，是找到一支英雄牌钢笔，还是最新款。

从抽屉中缴获这些让人兴奋、似乎带着妈妈熟悉气息的战利品，是童年时最愉快的经历之一。长大后，妈妈才告诉我，其中有些本来就是打算给我的礼物，怕直接给我不以为意，便故意藏在抽屉里，待我自己去发现会更雀跃，到手也会更加珍惜。

她实在是儿童心理学的高手。

从小到大，每次家长会，基本是妈妈去，而无论成绩好坏，回家都鲜受惩罚，甚至成绩不太好的学期也是如此。

实在忍不住问她老师有没有告状，妈妈总说："没有——啊，某老师好像还夸你聪明。"我无功受禄，简直不能置信，说这科明明考得不好啊！

妈妈若无其事道："人家老师当然分得出谁是真聪明，只是不用功。"惭愧而备受鼓舞——其实只是虚荣的我下学期分外用功，该科成绩也就真的上去了。

也是成年之后好久的某天，我才突然福至心灵：初中那个化学老师是不是从来就没夸过我？妈妈笑：你猜。

然而最好的母女情也必然在时光流逝中经受考验。到了大学之后我和她的分歧日渐增多，记得大二有次和她在电话里大吵，挂断后异常难过，立刻坐下写了一封道歉信，并在没来得及反悔前一鼓作气寄了出去。

等放假回到深圳，无意间拉开她梳妆台的抽屉，突然看到那信封，顿时如遭雷击满面通红，飞快地合上了抽屉。

今年回去过年，竟又在自己房间的抽屉里看到了它。这次我终于有了打开的勇气，开头就是：我预感自己可能永远都不好意思再看这封信。妈妈你不要笑我。但我实在是很爱你，才会和你如此较真儿……

我的顽童爸爸同样有关于抽屉的故事。

有一次学校要求每个人做一个手工模型，并参加全校比赛。本人动手能力极差，只得向老爸求助。

我明明告诉他随便做个什么只要能交差就行。

第二天早上，他给我变出了一个奇迹：49个火柴盒粘在一起做成的抽屉柜！整体刷上了漂亮的红橡木色，每个火柴匣上都还贴了一个金色香烟纸箔做成的拉手！它就那样端正堂皇地立在桌子上，完全就像真正的抽屉柜，或者一个梦境。

现在想来，大概最像的，还是一个迷你中药柜——这大概就是我一直迷恋药柜的起因。

我至今仍然不知，爸爸如何在一夜之间，找到了49个空火柴盒和红橡木色的木器漆。

童年最大的遗憾之一，大概就是把那火柴盒做成的柜子听话地交给了学校。

原生家庭拒绝为你的失败背锅

□何 冲

大家好，我是何冲，曾经是一名职业跳水运动员，是跳水界第一个成就世界大满贯的男子跳板选手。今天来到原生家庭专场，我想告诉大家：一个人的失败，原生家庭拒绝背锅。

我跟着外婆在农村长大，父母一直在城里打工。在我6岁那年，我和弟弟妹妹跟着父母来到城里。一家5口人住在一个10平方米的出租房里，这也是我出生后第一次跟父母一起生活。可能因为天赋的关系，没多久我就被选到了跳水队，领导跟我的父母说参加跳水可以减免费用，所以我和弟弟妹妹都去参加了跳水队。

那个时候，跳水不是梦想也不是理想，只是跳水使我的生活发生改变。我迫切希望自己通过跳水能够改变整个家的生活环境，记忆中我的家庭很穷，穷到有时候需要去菜市场捡菜吃。那时候，我参加训练常常肚子饿，脑子里只有一个想法，转正。转正我就会有工资了。

1999年我12岁，终于转正了，我拿到人生的第一份工资，925元。我很开心，马上给我妈打了电话："妈，我可以养家了，你可以大方地用钱去买新鲜的菜吃，我可以照顾这个家了。"我只听到了我妈在电话那头的哭声。那天，我把我的工资卡寄给了父母。

从小到大，父母没有告诉过我这个世界都有哪些可能性，每一次妈妈都跟我说："你要靠你自己，我们帮不了你。"在我们家，最大的规矩就是没有规矩。爸爸每天都在外面打工，很少回家，但我对爸爸充满恐惧。我调皮不听话，会挨揍，弟弟妹妹做错事我没看好，我还得挨揍。

这些年，在我记忆里父母很少跟我讲什么人生道理，说得最多的就是你要听话，听教练的话；爸妈没什么本事，你得靠你自己；如果遇到不开心的事情，你就忍一忍。我知道自己身上背负的是什么，那个时候，撑起一个家的责任对于一个12岁的男孩而言是一种外人无法想象的压力。进入专业队后，不管是累了还是受伤了，很多队员都会选择哭或者放弃来宣泄他们的情绪，而那时候的我，早就没有了眼泪这种东西。

很多人问我，那么苦那么累，你就没想过放弃吗？我说，既然坚持了，早就忘记还有放弃这个选择。但那时候我有一点想不明白，为什么我做了这么多努力，承担起了全家的生活，我还是得不到父亲哪怕一丝的笑容。在我的记忆中，父亲总是顶着一张很严肃的脸，没有任何慈爱。

2008年北京奥运会，那是我离开父母的第10个年头，我带着荣誉回到了那个城市。在飞机降落后，我看到了停机坪上的父母，看到了依然不苟言笑的爸爸和已经哭成泪人的妈妈。

下了飞机，我第一次拥抱了妈妈，当我抬头看到我爸时，他露出的是我记忆里从未有过的笑容，这是我第一次在他眼里看到慈爱。

后来我遇到了我的妻子，我第一次把她带到我家做客，她觉得在我家特别轻松，像是一个没有束缚的空间，她的家里却更像是一张网，全是条条框框的规矩。她说或许是因为我父母从小对我的放养式教育，让我比其他人更早地懂得了承担家庭的责任。

妈妈跟妻子说我小时候的事情。从妻子的转述中，我看到了一个我不熟悉的父亲：他会偷偷给我们买好我们爱吃的东西；看到我们放在鞋柜里的鞋脏了，他会偷偷把鞋擦干净又放回原处。

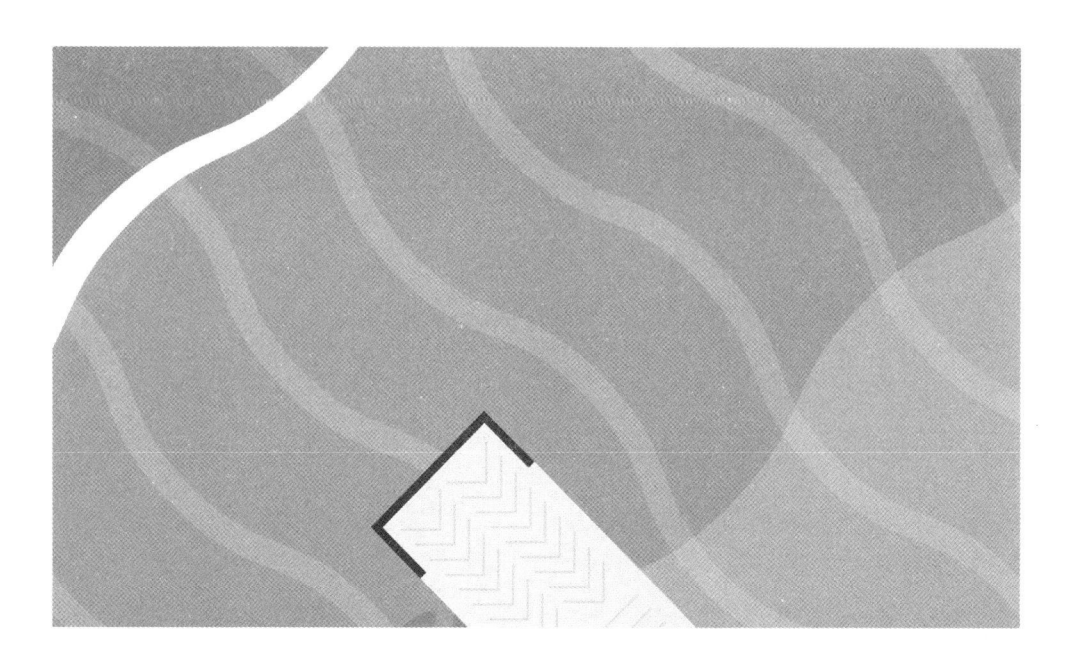

那一刻我无法形容我的感受，也就是在那个时候，我释然了，我从原生家庭里走了出来。人生是自己的，困惑是自己的，荣光是自己的，阴郁也是自己的，一切都是我们主动创造的。我发现家庭给予我的是一个根，是根给予了我茁壮成长的精华，是根让我枝繁叶茂，让我年少就懂得男人的责任。

跳水并不仅是一个又一个的冠军，还是对自己一次又一次的超越。有些人会将自己留在过往，一直纠缠在对父母的怨恨中拒绝改变和成长；而有些人，为了追求饱满而幸福的人生，从童年的阴霾中挣脱，活成了自己喜欢的样子。人生其实就是不断突破和成长的过程，破茧成蝶。原生家庭并不是决定人生的枷锁和终点，而决定我们人生方向的，仍是我们自己。

我12岁开始养家，16岁给父母买了第一套房子。从小我就知道我和队里一起训练的队友不一样，他们是来训练的，而我是来拼命的。很多时候，与其把一切失败都归结于原生家庭，不如想想你真的长大了吗？如果你抑郁，就去看心理医生；如果你不快乐，就去交朋友；如果你失败，就从自己身上找原因。你的失败，原生家庭拒绝背锅！

我们都不是与生俱来的天才，但是你可以把普通的自己练成天才。战胜对手，你是一个胜利者；而战胜自己的人，才是真正的王者。

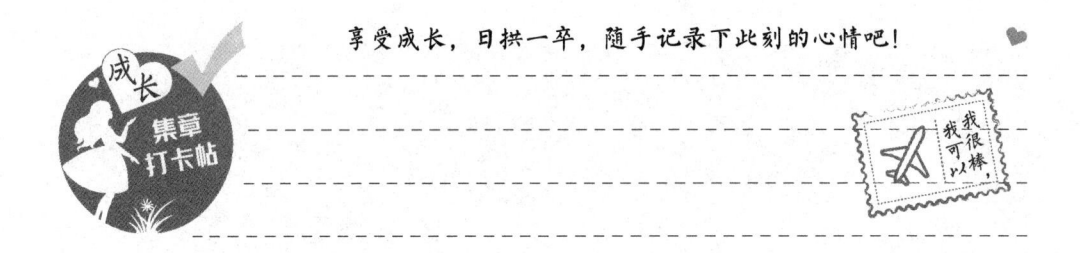

享受成长，日拱一卒，随手记录下此刻的心情吧！

我梦见了逝去的亲人

□林特特

他爱我。我上幼儿园时,他每天将水果切成小块,装在塑料袋里,塞进我的小包。中秋节,他将圆圆的豆沙月饼等分成八块,让我拿第一块,这像个仪式——分完月饼,才能上菜。

那年,我高考,拿了能上大学的分数,却因填报志愿失误,只拿到中专的录取通知书。我风风火火闯进门,坐在沙发上,直拍大腿,发誓要复读。他在里屋躺着,捶着床喊:"考不上大学也不要服毒!"全家人大笑。笑完,他将我叫至病榻前,仍说:"不要服毒。"

但我又总觉得,他不够爱我。起码,没有爱他孙子那么多。我只回过一次他的山东老家,参加他母亲的葬礼。我没有上桌吃饭的资格,而他孙子有。还有一次,他拿出一个祖传的金项圈给堂弟套上。其实,我也不够爱他。从小我最怕的威胁是:"今晚和爷爷睡。"我不想和他睡,他打呼噜,有胡子,他家里的床单铺得总是不平整。

我发现我爱他,是在他去世后。他去世时,我怀孕四个月,没有回去。四年来,我总梦到他。有一次,我梦见他和一个亲戚一起包饺子,用的是农村的大灶,他们一个擀饺子皮,一个包;一个揭开锅盖看水开了没,一个等着下。"这就是说,他们在那边过得很好。"我爸分析。

因为没参加他的葬礼,没见他最后一面,几年来,我仍觉得他在某个地方待着。哪怕在墓碑上看过他的照片,也没有太多已经告别的感觉。

我坐在床上,回想我们最后一次见面的场景。那是个秋天,他穿得像过冬。我推着他在院子里闲逛,对面来了位和他一样坐在轮椅上的老人。他们握了握手,松开手,他指着我,对熟人竖起大拇指,口中嘟囔着我的小名。一如小时候,他想对别人夸奖我时那样。如今四年过去了,我才意识到,那是一场告别。

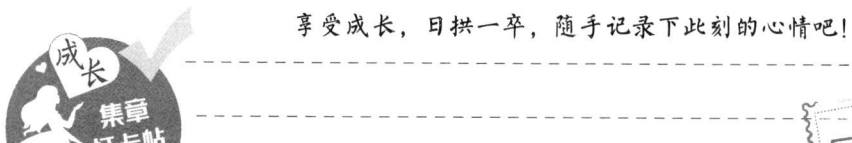

父亲与牛

□吴臣祥

公鸡打第一遍鸣时，我就听到了窸窸窣窣的扫地声音。早已起床的他，开始扫除昨晚的积雪。昨天父亲就打算去附近的县城卖牛肉，在联系好买主后，晚上便叫来了帮手。由于买主想要现场宰杀，所以我们晚上便要把牛装到车上以便明天早点儿出发，在费了好大一番劲后，终于把牛装到了车里。等到把一切都安顿好，已经到了夜晚。

村里的人家不多，晚上的灯光早早就熄灭了，但是黑夜里并非伸手不见五指，乌蒙蒙的月亮照着飘荡着的细细雪粒，点点月光使得寒风也温柔了些。舅舅说这样的雪应该下不了太大，但飘了一整晚的雪落到地上也有一尺多厚，厚到足以对出行造成巨大影响——一个买家的电话已经让昨晚的计划彻底泡汤。又联系到了新的买主后，父亲打算直接在家将牛宰杀，再拉到交易地点去。

杀牛并不容易，一头牛五六百斤，没有三四个成年人是按不倒的。加上寒冬腊月的天气，脱下手套不小心摸到装肉的铁盆就会被撕下一块皮，但是牛肉的切割和牛皮的剥离又必须脱下手套。

自我有记忆以来，父亲每天都在跟牛打交道，从寒冬腊月到三伏酷暑再到寒冬腊月。

年味愈来愈浓，人们开始出门采购年货，牛肉自然是必不可少的。父亲这时候就会联系亲戚朋友推销自己的牛肉，毕竟一年的心血都会在这几天收到回报。寒冷的冬天使得户外活动格外艰难，好在父亲手法熟练，牦牛喘了几口粗气便一命呜呼了，不会受到额外的折磨。在舅舅等人的帮助下，牛肉和牛皮快速分离，饶是这样，也硬是从天蒙蒙亮一直忙到中午才宰杀处理完毕。

父亲和舅舅、哥哥们开着车去县城卖肉了，下午5点多带着剩下的50斤牛肉返回，一路大雪飘扬。虽然大雪跟着飘洒了一路，但是整个卖肉的过程还算顺利。由于屋内外的温差，窗户上结出一层冰霜，父亲说好似开放的花儿一样引人注目。

史铁生在《我与地坛》中说，他在园子中待了这么多年，其实总共有三个问题困扰着他：第一个是要不要去死，第二个是为什么活，第三个是为什么要写作。"就命运而言，休论公道"，这是他对绝情生活的无奈体悟。在园中的漫步思考让他接受了不公的命运，转而开始寻找他在这个世界的意义和这个世界对于他的意义。不幸命运的救赎之路是智慧和悟性吗？这是他给出的第一个答案，但是他立马就否定了。

父亲可能从未思考过这个问题，他每天都在忙忙碌碌，为了所谓的明天努力。我也从未问过他对命运的思考，他只是一天又一天地忙碌着：春天喂小牛犊，夏天剪牛毛，秋天牧牛，冬天杀牛。一天又一天、一年又一年地重复着。他没有经历过史铁生的断腿之痛，相比而言，他的生活更像是我们普通人的写照。虽然生活单调又重复，但是他从来没有抱怨过生活的不公，只会在某天看到我趴在书桌上奋笔疾书的时候，说一句"要好好学习，长大后不要像我一样吃苦"。

他的生活是苦的吗？这很难说，他只是不想让我干体力活罢了。春夏交替，寒来暑往，时间没有一点儿停留地流逝着。所谓的命运只不过是人生中的必然，从生向死是一种必然，从年幼到衰老是一种必然，生老病死无一不是命运。在有限的时光里，坦然接受自己的命运，努力寻找自己存在的意义，才是自己活着最大的意义。父亲接受了自己作为父亲、作为丈夫的命运，在努力地支撑自己的家庭，在有限的时光里表现出了自己的意义。世上的不幸和苦难有很多，但是很多平凡的人都在奋力地、平静地活着，追求着自己的意义。史铁生依靠自己的双手书写文字，父亲依靠自己的双手喂养牦牛，工人依靠自己的双手工作，这，就是生活的意义。

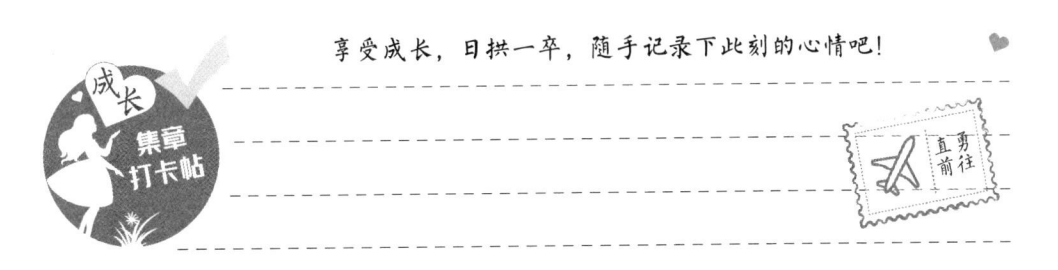

享受成长，日拱一卒，随手记录下此刻的心情吧！

那些年，我们为学才艺吵过的架

□王 芫

我女儿的同学们要做一项公益活动——为阅读障碍患者募捐。上个月，有家长在微信群里号召大家踊跃参加募捐演出，我劝女儿也去，她摇头说："我又没才艺。""才艺"这个词踩到了我的痛脚。她小的时候，光是学过一年以上的"才艺"就有钢琴、围棋、体操和游泳，一年以下的我更是数不清。

女儿学才艺之所以悉数半途而废，基本上是因为我不得要领。我总是先用不近人情的严格迅速让她失去兴趣。一旦她表示厌倦，我又信奉起尊重个性的教育原则。就这样东一榔头西一棒槌的，直到我发现，女儿已经没有可学的了。

那些年，我们为学才艺而吵过的架充满负能量。久而久之，她对自己失去了信心，认定自己缺少才华。我又不想让她自暴自弃，于是经常滥加鼓励。记得她11岁那年，她觉得女孩子会弹钢琴挺好的，但是又担心起步太晚，跟学龄前儿童一起去考初级很尴尬。我立刻表示："只要你想学，考不考级无所谓。"但我又想：不考级，我怎么知道你学成什么样啊？于是我不由自主地添了一句："决心一旦下定，你就必须坚持到18岁。"她赶紧说："还是算了吧。"我说："要不，你就跟我学写作吧。"无须添置什么家当，也无须到外面聘请老师，并且门槛低，退出流程也比较简单。

这当然是玩笑。写作是学校里的一门功课，有老师教就够了。只有一次例外。在加拿大时，学校选了几个人参加征文比赛，其中有她。因为不是作业，老师不负责批改，于是我自告奋勇提出要帮她看看，看完之后还毫无保留地提出了修改意见。她改完一遍，我仍不满意，还教导她："好文章是一遍一遍改出来的。"

第二天女儿放学回家，我问她："交给老师了吗？"她说："忘带了。"我挺生气。第三天，她又忘带了。第四天，我亲眼看着她把作文放进书包，但那天——据她说——老师没来。我知道我又把事情搞砸了。从此以后，对她写作上的事我也不闻不问了。

一晃又是两年过去了。前几天，我们谈起申请大学的事，她意识到缺乏课外活动是她的短板。我说："第一，现在想学什么都不晚；第二，如果实在不愿意学，只好扬长避短，比如参与年鉴、校刊的工作。"她立刻说："哦，这个我行。"口气还挺淡定，令我欣慰。然后我想，这里面一定有我的功劳。证据就是，每次我对她的语言表达能力表示赞赏时，我先生就会眉头紧皱着说："你怎么又把孩子往那条道上引？"

时至今日，我对学习才艺也看得比较开了。如果时间能倒流，我一定会在她刚入门时态度更柔和一些，在她遇到瓶颈时态度更强硬一些，而不是恰恰反过来。因为我现在意识到：学才艺的目的并不仅仅是获得那项技能，更重要的是体验并实现"坚持"这一壮举。如果我们当初能在前述十几个项目中好歹挑一个，坚持到现在，一来能收获一项技能，二来能培养习惯、塑造性格。而没有良好的工作习惯和完成能力，是我现在对她最大的担心。

前几天，我问她："假如时间倒流，你觉得你能坚持学习哪一个项目呢？"她说："当然是体操。当年我要接着练，是你不让。"我不让？怎么可能！她言之凿凿："你说我将来会长到1.75米，学体操没前途。"

我有那么目光短浅、急功近利吗？但话说回来，这逻辑倒真挺像是我的。除非，她已学会塑造典型人物的典型性格了。

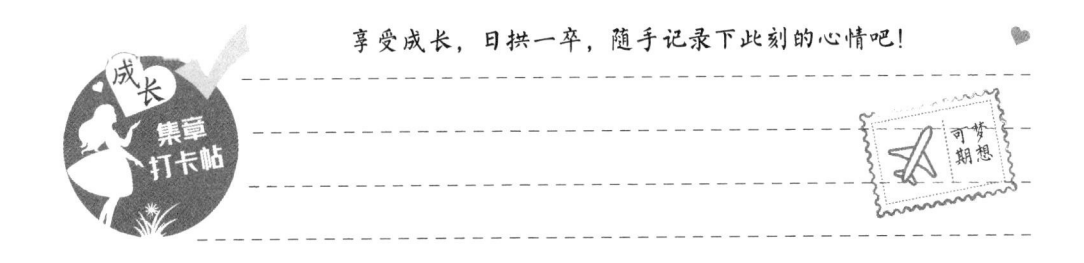

享受成长，日拱一卒，随手记录下此刻的心情吧！

开 窍

□陈 敏

我记事很晚,在很多人眼里,我是一个不折不扣的笨小孩。

我上学第一天,回家时在巷口碰上母亲,她问:"老师今天讲了啥?"我想了半天才挤出三个字:"脚板印。"母亲又问和我一起回来的同学,她说:"老师要我们脚踏实地,好好学习。"大家一阵笑,我也跟着笑。

有一次我不小心摔破了家中一个珍贵的花瓶,我把碎渣扫到地板中央,再搬一只小板凳老实地坐在旁边。母亲回来生气地责骂我时,我振振有词地说:"老师说要表扬诚实的孩子,您却批评我!"母亲忍不住扑哧笑了。

也许是因为智商有限加上读书不用心,我虽然花了很长时间,做了很多努力,但是小学时我的成绩并不理想。

别人家的父母见了面总是夸自己的孩子如何了得,我的父母只能一边讪笑,一边找机会脱身,回家后他们彼此安慰说:"孩子老实,心眼儿又好,读书也自觉,就别逼她了。"那时我真想把课本煮了熬汤喝,像皮皮鲁那样,除此之外,我想不到别的法子把书读好。

懵懵懂懂长到九岁，我的人生第一次发生重大转折。

那年，春天的花开得特别艳，我家向阳的窗台下的花朵更是芳香扑鼻。我喜而忘形，一手扳窗，一手摘花，却忽略了我扳着的窗子是没有插销的。一分钟后那扇要命的窗子开了，我像球一样从二楼掉下去做了"自由落体运动"。后来听说是好心的路人将我送进了医院。母亲闻讯，脸色变得苍白如纸，身体支撑不住，当即昏倒在地。母亲好不容易慢慢苏醒，喊了一声"我的孩子"就泪如泉涌，跌跌撞撞地往医院跑；父亲一脸煞白，骑单车撞到了电线杆，爬起来车子不要、泥水不管地直往前冲……那天医生差点儿给我下病危通知书，警告我的父母必须让我一直保持清醒的意识。

于是父母每隔一个小时便忐忑不安地叫我一次。昏昏沉沉往下坠落的我，就被父母一声一声柔和而有力、平缓而又焦虑、掺杂着心疼与希冀的呼唤拉回了这鸟语花香的世界。

那年期末，我破天荒考了全年级第一。邻居说我这一摔没留下后遗症已是万幸，想不到还摔开了窍，变聪明了。只有我知道那是为什么——再笨的小孩，有了父母的爱，也会成长为顶天立地的栋梁。

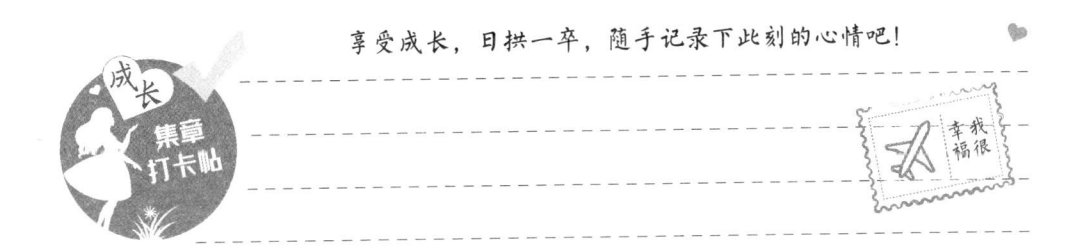

享受成长，日拱一卒，随手记录下此刻的心情吧！

原来成长就是一个又一个的"再也不"

□汪聂军

儿时,父母外出务工,带上了年仅六岁的我。犹记得那年火车车厢里拥挤不堪,我蜷缩在母亲的怀里,常感到几分惶恐与失落。思绪在无端地游走,我控制不住地开始想念外婆家院子里那棵矮小的桃树,想念外婆早上煮的糍粑香甜的味道。

这是我第一次学会告别。沉默着告别与我朝夕相处的亲人朋友,告别我熟悉的一草一木,怀揣不舍与不安的心情乘着列车去往陌生而缥缈的终点。

后来回到故乡读初中,开始了住校生活。每周日下午我都会回家,享用一顿外婆精心准备的饭菜,又匆匆返校。每次搭车,外婆都坚持送我,我坐上座位,她也不肯离去,甚至扒住车窗不停地叮嘱,让我认真看着她点头才肯罢休。车子开动,她退到路旁站牌下,目送我离去,没有言语和动作,只是面朝我,静静

地站着，站成一棵落了叶的老树，树上挂满了对我的牵挂。它在我的视野里越来越远，越来越小。我以为这棵树会永远守候在原地，只要我返回去寻找，总能得到它的庇护。可亲爱的旅人啊，人生毕竟是一趟没有回程的列车。山一程，水一程，风景变换，旅人往来，没有人可以再回到过去，我的那棵树也永远扎根在了名为"十七岁"的站点。

高二那年，外婆去世了。得知消息的我一路哭着飞奔回家，看到那张黑白照片里熟悉的面容的那刻，恍若一场梦。那个已经睡着的人，嘈杂的哭声与锣鼓的喧鸣环绕着我们，可是再也吵不醒她。"天多冷啊，他们居然不给你盖被子，你的脸都冻紫了。"我在心底埋怨着，眼泪如滂沱的雨。我和外婆这么近，又那么远。我仿佛看见了那个在路旁站牌下目送我离去的身影，而这一次，成了我送她离开。后来的我在日记中写道："原来成长就是一个又一个的'再也不'啊。就像我再也不会写错自己的名字，再也尝不到外婆做的熟悉的饭菜，再也不……再也牵不到外婆粗糙却温暖厚实的手了。"

我慢慢认识到，我所告别的一切，都仍然影响着现在的我。我被他们赋予、指引和塑造。如今的我一次次坐上远离故乡的火车，内心不再被彷徨与惆怅占据，我已经在身后的那片土地上攒够了前行的勇气。我把所有美好的牵挂都收拾进行囊，带向远方。外婆早已离去，可她曾给予我温暖，每当推开回忆的窗时，她就为我驱散寒冷与迷茫，融化我的伪装，治愈我在旅途中跌跌撞撞所受的伤。无须回头，我坚信她会永远凝望着我的背影，永远鼓励着我、祝福着我。

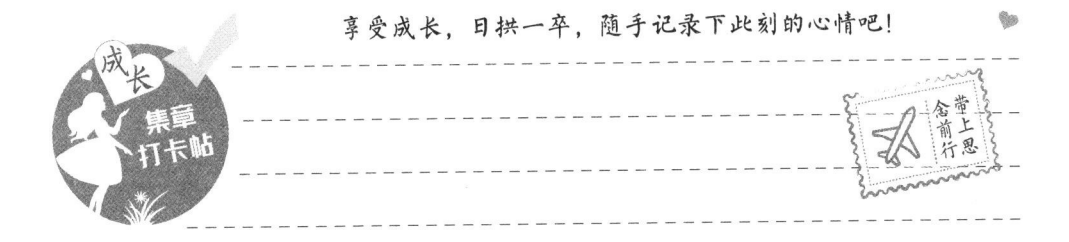

享受成长，日拱一卒，随手记录下此刻的心情吧！

每一位沧桑的老父亲都曾是白马少年

□ 婉 兮

今年我才意识到,我的爸爸,那个半辈子陷在泥土里的老农民,不是一个粗人。

我的旧手机"下放"给了他,装了微信,他开始使用朋友圈,赶上了时代潮流。盛夏时节,他在朋友圈放了一张图,蓝天白云下的荷花盛放,是他亲手种的。照片上方配文:"接天莲叶无穷碧,映日荷花别样红。"

照片拍得很赞,构图鲜明,色彩也很明亮。难得的是那句诗,因为爸爸种藕,不是为了观赏,而是为了把淤泥里沉睡的藕挖出来换钱,维持生计。

从小我就知道,莲藕是我们家的重要经济作物,爸爸正是一把挖藕的好手。在我还是个小女孩时,爸爸还经常采了荷花给我玩。而现在,他用了一句诗来形容:采莲南塘秋,莲花过人头。

我翻看着爸爸的朋友圈,才发现类似的诗句零零散散,点缀在他面朝黄土背朝天的农民生涯中,辛劳便带了一丝云淡风轻,有了田园耕读的浪漫和唯美。

你能不能理解我内心的震动?我从来都不知道,我的爸爸能将诗词信手拈来。因为在我的记忆里,他总是沉默寡言,忙着干活儿、忙着挣钱、忙着养家糊口、忙着扮演好丈夫和好父亲的角色……

可我忘了,他并非生下来就是一位父亲。他也有过绚烂的少年时代,憧憬过诗和远方,如同今日的你我。

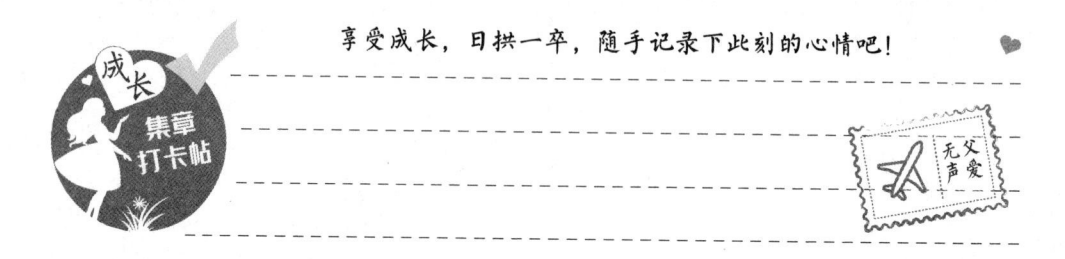

享受成长,日拱一卒,随手记录下此刻的心情吧!

第三辑

别再胡思乱想，
被人喜欢是门玄学

何以为青春

　　人们常说青春是轰轰烈烈的，"轰轰烈烈"这四个字，一听就知道是"团伙作案"。既然是"团伙"，免不了要和别人打交道，但热爱各不相同，有人朝五晚十背单词，有人在画室奋战到凌晨，也有人在舞蹈室苦练到黄昏，这并不妨碍大家一起见证月升日落，无论是否被人喜欢，也都不妨碍自己迎风踏浪，逐日移山。

这次，我拒绝了给舍友带饭……

□青小小

"你去食堂的话，顺带帮我捎一份饭吧！""我今天没事，一起出去玩吧？"这类问题似乎每天都在困扰着我们。面对各种请求或者邀请，我们大多数人的回答一直都是"好的"。

可是，这真的是你发自内心的回答吗？实际上，很多人不得已将自己原本的计划打乱，或者不得已又做了一次"老好人"，这其实是你不会拒绝的表现。

你的生活字典里有"不"字吗？没有的话，加一个吧。

1

哲轩很好相处，大多数人找他帮忙，他都会毫不犹豫地答应并且热心去帮助。在哲轩心里，帮助别人是一件能够让人感到温暖并且快乐的事情，但有的时候也会打乱他自己的计划。

他的舍友喜欢待在宿舍，打游戏和点外卖是每天要做的事情，也经常拜托哲轩帮忙从食堂带饭回来。

但今天哲轩有急事，面对熟悉的请求，他陷入了两难。

"不好意思啊，今天我有急事，所以不能帮你带饭了。"纠结许久之后，哲轩终于说出了这句在心里酝酿了好久的话。面对常欣然接受自己请求的哲轩今天说出的这番话，舍友恍惚了一下，然后便回复了句"好，没关系"。

哲轩呼出一口气，在走出宿舍的那一刻，他感到心情十分舒畅，那是他未曾感受过的。

后来，哲轩也学会了委婉拒绝那些与自己所想相违背的请求。他明白了：不善于说"不"的人，本质上是过于在意与他人的关系，或者内心勇气不足的人。

2

临近期末考试，璐璐每天都会给自己安排一些学习任务，希望通过努力换来让自己满意的成绩。

天天是她在大学里认识的最好的朋友，没事的时候她们会相约一起出去游玩。

又到了周末，天天找璐璐一起去公园拍照。在电话里，天天和璐璐说她最近买了一部相机，正好趁这次机会一起试试。面对好朋友的邀请，以及手机屏幕上方弹出的学习任务提醒，璐璐一时间不知该做出怎样的选择。璐璐心想：去的话，自己的学习计划会被打乱；但是不去的话，天天会不开心。

最后，璐璐还是选择了赴约。她将当天的学习任务都堆积到了第二天，结果是计划全部被打乱，她有些后悔和懊恼。璐璐从那天之后一直在问自己，那天真的是发自内心想要去吗？

好像并不是，那是自己去迎合他人的想法从而去维系彼此关系的一种做法，说到底，还是自己不懂得拒绝罢了。

后来璐璐慢慢明白：好朋友之间并不会因为一次拒绝而产生隔阂，合理的拒绝，反而是自己人格魅力的体现。

碰到自己不喜欢的或者不愿意去做的事情，一定要学会拒绝，如果你没有遵从自己的内心，而是选择去顺从别人的话，这个过程中你一定是不快乐的。

学会说"不"，并不是冷漠的表现，你同样可以是一个温暖的人，而这次的温暖，是建立在忠于自己的立场上的。

不要被"温暖"二字所捆绑，过于温暖反而是失去自我的开始，过度善良也是一种懦弱。

所以，勇敢一些吧，愿你的人生中永远有"拒绝"二字，学会说"不"，永远忠于自己，做一个快乐的人。

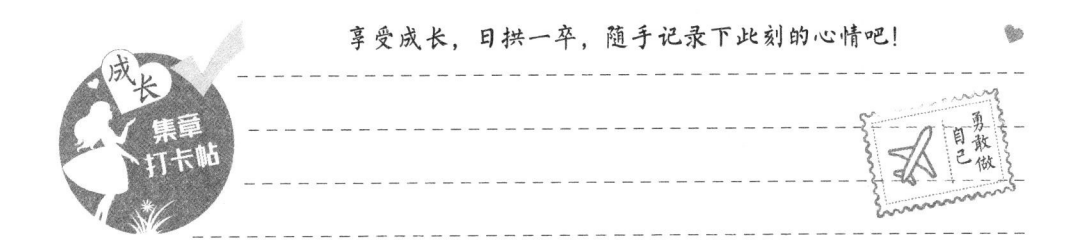

享受成长，日拱一卒，随手记录下此刻的心情吧！

别找了，幸福藏在你的心里

□李作昕

一天清晨，车停下，上来一位老人，他六十岁左右，慈眉善目，站在车门的台阶上，边投币边大声说："今天太好了，刚出门不用等，就坐上了公交车！跟坐出租车一样。"

看他的表情，仿佛一出门就能遇到公交车是一件多么幸运的事，车上的人都微笑，看着他神采奕奕的脸。

过了两站，还是那位老人，屁股刚在一个空座上坐稳，又上来一位老者，一看年龄就比他大得多，先前的老人赶紧站起来让座，嘴里不停地说："您坐，您坐，我还年轻。女士优先。"车上有人笑出声来，多可爱的老头儿，豁达、知足、懂得感恩。

车开开停停，乘客越来越少。

离终点站还有两站的时候，老人一回头，见车上只有我们两个乘客了，呵呵笑了一下，说："还有人陪我到终点站。"

我也笑着说："真荣幸，成了我们俩的专车了。"

日本作家村上春树发明了一个词——小确幸，即微小而确实的幸福。虽然它是当今最流行的新词汇，但它古来有之，不分国界和人种，恩赐于你，恩赐于我，恩赐于每一个有心人，就像空气和阳光。

虽然每一枚"小确幸"的持续时间只有3秒钟到3分钟不等，但它们却能深入浸润我们的生命。

村上春树说："没有小确幸的人生，不过是干巴巴的沙漠罢了。"他认为让生命熠熠生辉的，不是一夜暴富的狂喜，而是"小确幸"的日日累积。

每个人都有属于自己的幸福。幸福尽管如同随时可见的阳光，但有些人却把目光投向别处。

有一次，俄国作家索洛古勃看望托尔斯泰时说："你真幸福，你所爱的一切都有了。"

托尔斯泰马上纠正说："我并不是具有我所爱的一切，只是我所有的一切都是我所爱的。"

人们都渴望"有我所爱"，岂不知，"爱我所有"才是最大的幸福。握住手心里的"小确幸"吧，好好珍惜现在！

享受成长，日拱一卒，随手记录下此刻的心情吧！

我随时可以单枪匹马，为梦想而战

□文长长

大一那年，我算是特立独行的。早上没课的时候，我依然坚持早起去图书馆；平时没事，也会选择去参加各种活动。慢慢地，因为我早起，室友说我吵到了她们，甚至跟我说："寝室也可以复习，不要去图书馆了。"在我拒绝了她们的建议之后，我被孤立了。她们三个会一起说我早起声响大，打扰她们睡觉；她们白天睡觉，都会拉窗帘关灯，总是直接忽视我的存在。最开始，我以为真的是我影响她们了，后来我明白了，她们只是在逼我加入她们。这个世界真有这样的人：在他们不想努力的时候，他们绝不允许你努力；在发现你努力的时候，他们会抱团逼你一起堕落，消耗你。还好我坚持了下来，哪怕被当作"异类"，也没有妥协。

我被身边的人和事打扰到心情时，通常有两种解决措施：对我觉得很重要的事情，我会投入较多的精力去解决，尽量把损失降到最低，实在解决不了的，我最多给自己两天时间难过，然后重新投入工作和生活；对那些不重要的事情，我更不会给此事太多机会去消耗自己。

对人际关系，我总结出了一个最合乎我性情的原则：尊重他人，亲疏随缘。

很多无谓的事情让我烦躁不安的时候，我宁愿把时间花在提升自我上，也不要浪费在一些不值得的小事上，纠结只会让自己被负能量侵蚀。

也许有人会说："你就是一个极度自私、自我的人。"我承认我的确自我，但那不是自私。自我是有主见，不会被一些无谓的事情影响。当别人都选择睡觉的时候，我独自看书、写字，做我想做的事；当大家只想上班领个基本工资时，我积极表现自己、提升自己；当别人在为未发生的某些事担心时，我会努力用行动来安抚我的内心。我的自我提升并没有损害任何人的利益。我只是很珍惜时间，很热爱我的生活，我只是想停留在更多美好的事情上，害怕被不美好的事情消耗。

若我每天只为了不被当作异类而讨好别人，做着那些甚至连自己都不知道为什么要做的事，那我这一辈子过得毫无意义。身为单独的个体，我们有必要对自己负责，做自己想做的事情并坚持下去，哪怕周围的人都嘲笑你。或许，那些被嘲笑的梦想，才更值得坚持。如果可以，请远离那些消耗你的人和事。小说《无声告白》里有一句话："我们终其一生，就是要摆脱别人的期待，找到真正的自己。"人生那么短暂，诱惑和困难都那么多，我们随时要做好单枪匹马为梦想而战的准备。

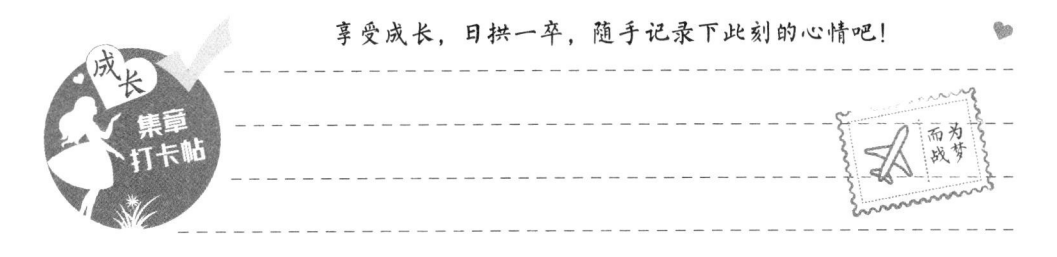

享受成长，日拱一卒，随手记录下此刻的心情吧！

不要对自己视而不见

□詹克明

目中有人，首先是不要对自己视而不见。若满目皆人，唯独没有自己，也是最大的缺失。

化学中有一种力，似乎是分子之间的范德瓦尔斯力：它在远距离为吸引力；到一个确定的距离，则此种吸引力为零；再近就立即变成很强的斥力。有自尊的人也是这样：保持平常距离有亲和力，但到极近的距离反而像有斥力似的，无法再接近。

所谓"自我"，应该是在社会联系中占有一个恰当的位置，你既不能为社会联系所吞没，也不能孑立隔离于社会联系之外。

就像对打乒乓球，水准相当之辈方好对局。若是水平悬殊，可能就净得捡球了……

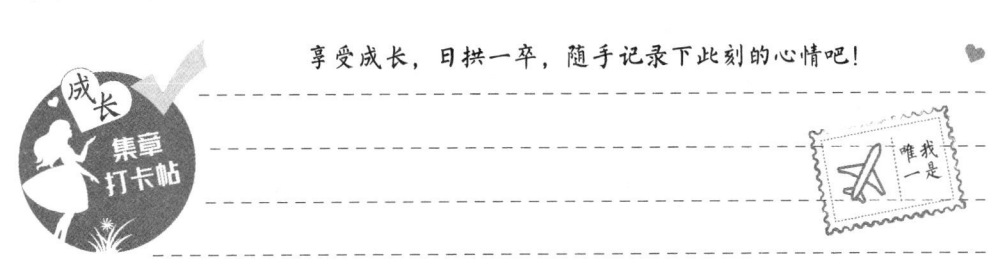

享受成长，日拱一卒，随手记录下此刻的心情吧！

独食记

□骆 阳

上高一的时候,我已经有了明确的目标,那就是学文科。原因很简单,我觉得我智商不够用……大概高中物理第一章我就没跟上。

当时我所在的班级是个理科火箭班,班上绝大部分同学打算留下学理科,道不同不相为谋,我和室友就连吃饭也吃不到一起去,虽然现在看来可能是性格所致。

一个人在食堂吃饭的感觉很不好,总感觉别人在盯着自己看,我每次独自去食堂都会全程低着头,而我们学校食堂又是在公共厕所的地基上建的,所以食欲也很差。时间一长,我瘦成了"一根筷子"。学校是寄宿制的,差不多每个月回一次家,一回家就因为体形挨骂。我妈这人,疼你不说疼你,用骂的,她让我回学校加餐,一天吃四顿饭。每次临走前,她都会往我的行李包里塞两罐头瓶子咸菜和一捆煎饼。

那时,我们学校前脚下晚自习,后脚就熄灯。我摸着黑拧开罐头瓶子,然后一口煎饼一口咸菜地在床上吃起来。我妈给我带的咸菜里总是有酱辣椒这一样——做法很简单,把自家豆瓣酱和鸡蛋放油锅里一爆,再放几根囫囵个儿的青

辣椒，等青辣椒彻底蔫儿了，就可以出锅了。

于是，漆黑的寝室里，总是飘着一股浓浓的酱香味儿。后来，我室友才发现我——用他们的话说，在吃独食。几个人你一口我一口地尝了起来，尝完就开始捶水泥地，捶桌子，捶床。我妈做的酱辣椒是一般人能吃的吗？那是专门为我做的，青辣椒挑的是十里八乡最辣的，爆锅的油里还得放上一小把干的朝天椒呢！

后来我的第四餐被室友们严令禁止了，他们说一闻到那股味儿就饿得不行，可是又不敢吃。屋里不让吃，我就去楼道里吃，坐在拔凉的窗台上，左手酱辣椒，右手大煎饼，顺带看星星，美哉。

上大学之后，我的字典里依然没有"饭伴"这个词。我这个人狗肚子存不了二两香油，一有点儿闲钱就出去找好吃的。这可不是我独啊，而是我跟室友实在是吃不到一块儿去。我爱吃辣，爆辣那种；室友们，从小就没有吃辣的习惯。重要的是，他们还都挑食，这个不吃香菜，那个不吃葱花的，麻烦极了！

有一阵，我在一个补课班兼职，每天傍晚六点去上班，上班之前我都会去离学校很远的一家米线店吃晚饭。他家的米线油小，但特别辣，老板跟我说他家的汤料是挑最辣的辣椒面炒的，一滴化学添加剂也不放。我吃得放心，也吃得过瘾，吃完之后就骑着我的小破车子去上班，从头到尾都散发着一股热乎气儿——这就是正能量吧！

网上有个段子，说一个人吃火锅是第五级的孤独。我笑了，一个人吃火锅算个啥？我一个人吃过烤全羊，那个爽啊！"道不同不相为谋"是假的，"食不同不相为谋"才是真的，再说了，上哪儿找那么多跟自己口味相同的去啊！不就吃个饭，管它孤独不孤独，一个人吃火锅，想涮羊肉就涮羊肉，想涮茼蒿就涮茼蒿，得劲儿！

以前，吃独食，言不由衷；现在，吃独食，我乐在其中！

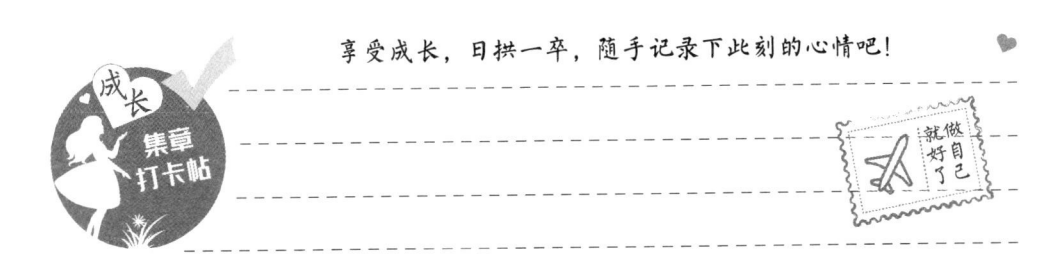

享受成长，日拱一卒，随手记录下此刻的心情吧！

我一直都渴望以写作的方式交朋友

□东 西

有人问哥伦比亚作家、《百年孤独》的作者加西亚·马尔克斯为什么要写作,他当时的回答是:为了让我的朋友更喜欢我。虽然后来他对写作的原因做了更具体的补充,但这个貌似脱口而出的回答,想必也符合一些创作者的心境。比如我,一直都渴望以写作的方式交朋友。

我出生在广西西北部一个名叫谷里的乡村,我的山村四面环山、信息不畅。宽远的高山和连绵的森林让我感到渺小和孤独。我常常站在山上瞭望,幻想自己的目光穿越山梁、森林、河流、云层和天空,到达北京。

11岁那年,我和一位朋友为到乡政府看场电影,竟然瞒着父母,在没吃晚饭的情况下来回走了12公里的山路。山高路远和饥饿不是问题,问题在于看完电影后出来,才发现头上没有星光。

回家的小路已被漆黑淹没,路两旁茅草深处不时传来野兽行走的声响,并伴随夜鸟吓人的怪叫。11岁,我竟敢冒着有可能被野兽伤害,有可能脚底打滑摔下山坡的危险,去享受一场精神盛宴。这是热爱艺术的精神。就像阿城在《棋王》

里塑造的王一生，他一个村庄一个村庄地游走，目的是找人下棋；也像《百年孤独》里的何塞·阿尔卡蒂奥·布恩迪亚试图从满是沼泽的马孔多开出一条与外界连接的道路；也像那个一心想要复仇的鬼魂，当他千辛万苦找到仇人之后，竟然只想跟他说一句话。所以，与其说我是去看一场电影，不如说我是想下棋，想开辟一条道路，想跟外面的世界说话。

1719年英国作家丹尼尔·笛福首次出版了他的长篇小说《鲁滨孙漂流记》。只身漂流到荒岛上的鲁滨孙，首先面对的是生存问题，但当生存问题解决之后，他的最大渴望却是有人说说话。交流是人类本能的渴望，相信世界各国的作家和我一样，也有交流的渴望，也有被人阅读的渴望。法国作家阿尔贝·加缪在《谜语》一文中说："在很大程度上，一个作家就是为了被人读才写作的。"

在我的家乡，山歌里有一句唱词：什么无脚走天涯？过去的答案是"大船"。但现在，我的答案是"语言"。

语言无脚走天涯。许多外国作家没有来过中国，可他们的作品被翻译过来了。有些中国作家没有去过某个国家，但他们的作品被翻译到那个国家去了。作家以语言为生，靠交流维持信心。一旦沟通失效，写作也就失效。美国石油大王洛克菲勒曾发出如下感慨：假如人际沟通能力也是同糖和咖啡一样的商品的话，我愿意付比太阳底下任何东西都珍贵的价格购买这种能力。

"相知无远近，万里尚为邻。"这是我写作的最大愿望。

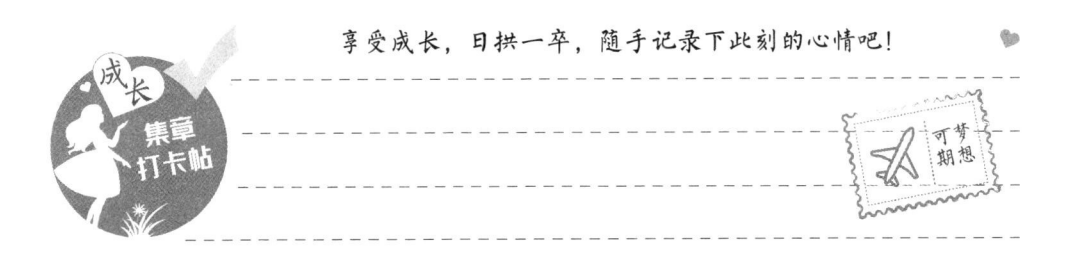

享受成长，日拱一卒，随手记录下此刻的心情吧！

正因有人讨厌你，所以才有人喜欢你

□［日］松浦弥太郎　译／张富玲

你不必过度害怕表明自己的意见。毕竟仅仅是从过红绿灯这件事便能看出每个人的性格。有人会想"灯已经在闪了，我才不想跑着过马路"，但也有人认为"脚步快一点儿，动作麻利一点儿，正好赶上才好"。只要你一息尚存，就算你一句话都不说，也会有百分之几的人对你做出"讨厌"的评价。

所以，千万不可以为了减少讨厌自己的人，因此失去更多会对你说"喜欢"的人。

"如果说出这样的话，搞不好会被讨厌吧"。你愈是害怕与众不同、担心被排挤，你便愈是不容易交到朋友。被讨厌或被喜欢就像一枚硬币的正反面，正因有人讨厌你，所以才有人喜欢你；有人喜欢你，所以才有人讨厌你。我认为大家最好先知晓这个处世准则。

我试过分析自己的情况，觉得自己的经历恰好也符合这个准则。

我写文章、经营书店，有人会对我说"你真棒，我喜欢"，但也有人会说"我最讨厌那个松浦，我瞧不起他"。我把这些都看作理所当然的反应。

如果身边的全是赞扬自己的人，反倒会令我毛骨悚然。我会开始害怕，觉得自己正在做的事没有任何人在意，自己的想法完全没有传达到其他人心里。

诚实表明自己的意见，和嚷着"我讨厌那种事，不喜欢这种事"，把自己的好恶和癖好加在别人身上不同，如果你很想要朋友，为了让对方理解你的价值观，说出真心话是件很重要的事情。

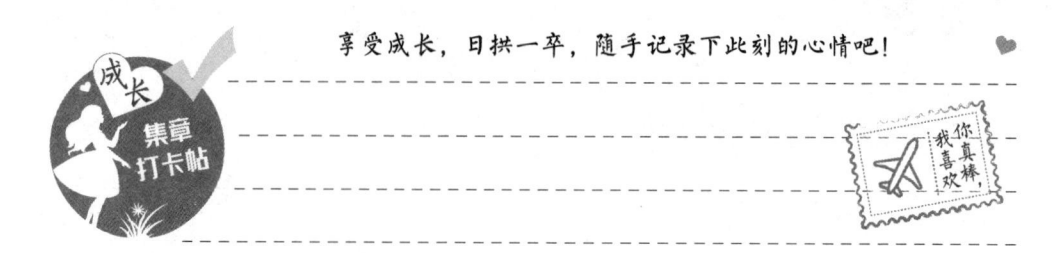

享受成长，日拱一卒，随手记录下此刻的心情吧！

第四辑

风在迷茫中吹来夏天，
迷了少年的心

何以为青春

那年的我们，以为未来遥远得没有形状，看春风不喜，看夏蝉不烦，看秋风不悲，看冬雪不叹，一不小心放走了光阴。惊雷阵阵，才发现春风交代自己的事还没做，夏天就来了。原来，未来的形状藏在春风、夏蝉、秋风、冬雪里，错过它们，可能就永远错过了。

假如你什么都不学

□王小波

我年轻时当过知青。当时没有什么知识，就被当作知识分子送到乡下去插队。插队的生活很艰苦，白天要下地干活儿，天黑以后，朋友要打扑克、下象棋。我当然都参加——这些事你不参加，就会被看作怪人。

玩到夜里十一二点，别人都累了，睡了，我还不睡，还要看一会儿书，有时还要做几道几何题。假如同屋的人反对我点灯，我就到外面去看书。我插队的地方地处北回归线，海拔2400米。夜里月亮像个大银盆一样耀眼，在月光下完全可以看书。

旧事重提，不是为了夸耀自己是如何自幼有志于学。现在的高中生为了考大学，一样也在熬灯头，甚至比我当年熬得还要苦。我举自己作为例子，是为了说明知识本身是多么诱人。当年文化知识不能成为饭碗，也不能夸耀于人，但有一些青年对它还是有兴趣，这说明学习本身就可成为一种生活方式。

学习文史知识的目的在于"温故",有文史修养的人生活在从过去到现代一个漫长的时间段里。

学习科学知识的目的在于"知新",有科学知识的人可以预见将来,他生活在从现在到广阔无垠的未来。

假如你什么都不学习,那就只能生活在现时现世的一个小圈子里,狭窄得很。

现在的年轻人大概常听人说,人有知识就会变聪明,会活得更好,不受人欺。这话虽不错,但也有偏差。知识另有一种作用,它可以使你生活在过去、未来和现在,使你的生活变得更充实、更有趣。其中另有一种境界,非无知的人可解。

不管有没有直接的好处,都应该学习——持这种态度来求知更可取。大概是因为我曾独自度过了"求知非法"的长夜,所以才有这种想法……当然,我这些说明也未必能服人。反对我的人会说,就算你说的属实,但我就愿意只生活在现时现世!我就愿意得些能见得到的好处!有用的我学,没用的我不学,你能奈我何?……假如执意这样放纵自己,也就难以说服。

罗素曾经说:对于人来说,不加检点的生活,确实不值得一过。他的本意恰恰是劝人不要放弃求知这一善行。

抱着封闭的态度来生活,真的没什么意思。

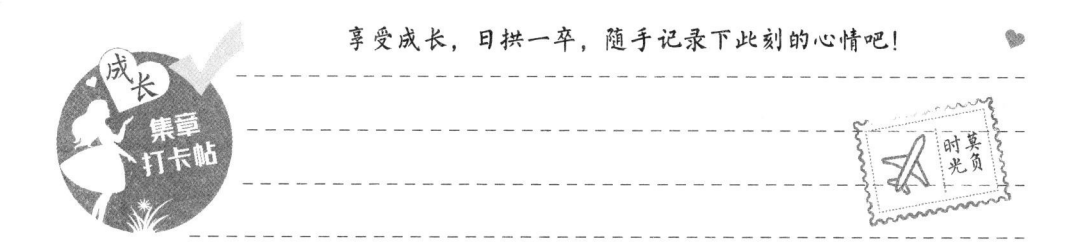

享受成长,日拱一卒,随手记录下此刻的心情吧!

给儿子的三条人生建议

□ 豆 浆

亲爱的儿子：

今天是不愉快的一个下午。

我带你去买东西，本来高高兴兴的，没想到会在你的怨怼跟我的尴尬里收场。买衣服时你说这件不合适，那件不好看，大卖场里二十多个摊位，被你走马观花地否定一遍。你一直嘟囔着再看看，或许还藏着小期许：大卖场的衣服都看不上，我便会去专卖店买件名牌给你。超市买了箱普通的盒装奶，你抱怨为什么不买贵一点儿的。我说同一个品牌的牛奶差不多，过日子还是要精打细算些。你终于绷不住了，冲我埋怨："一天到晚就知道精打细算，你自己怎么不知道多挣点儿钱！"你气冲冲地直接走了，我独自拖着一堆东西回到家，一路上都在想你说的那句话，埋怨我怎么不能多挣点儿钱。六月底了，天气热得很，你也即将升高二，有些话有必要讲给你听。

1.别让虚荣心毁了你

如果你小时候跟我哭闹，或许我会心软买给你，但你已经17岁了，我担心滋长了你的虚荣心。如今社会信息发达，"网红"遍地都是，也从你口中听过"学好数理化，不如认个网红当爸爸"等荒谬段子。"学习多苦啊，不如讲究吃穿打扮，拍拍视频，万一火了就什么也不用干了。"这种想法不知道你有没有，想用青春赌明天，殊不知所有的馈赠，都已暗中标好价格，所有好走的路都是下坡路。

人生的精彩之处是每个时间段里做最有意义的事。该读书的年纪，别被这些打乱应走的人生轨迹，攀比带来的优越不会持久，肤浅的生命担不起苦难，也受不起美好。

2.回避现实的人，未来将更不理想

我跟你父亲都很平凡，但这并不妨碍我们将自己最好的倾注于你。你大可不

必小声嗫嚅或大声埋怨，也不必装出满不在乎、玩世不恭的样子。一个人好就是好，穷就是穷，痛苦就是痛苦。

唐阿姨的儿子你认识，他苦练英语，大三就去实习，现在一毕业就进了外企，月薪15000。唐阿姨一个人带儿子十分辛苦，她曾对儿子说："世上好多人比我们富，也有很多人比我们穷。不要抱怨眼下，这些都是我辛苦挣来的，你没出过多少力，没资格嫌弃。我会供你完成学业，但没有后台给你找工作。你想去哪所学校，过什么样的生活，这些都可以自己努力。"

我们如今的情况就是这样：三、四线的小城里，舍不得买名牌，喝贵的牛奶。这是你当下的处境，但不代表你以后也是这样。你出身于什么样的家庭，不会阻碍你想成为什么样的人。

3.最痛苦的，不是失败，而是我本可以

《山月记》里讲：因为害怕自己并非明珠而不敢刻苦雕琢，又因为有几分相信自己是明珠而不能与瓦砾碌碌为伍，遂逐渐远离世间，疏避人群，结果不断地用愤懑和羞怒饲育着自己懦弱的自尊心。

孩子，在一个会瞻前顾后、惊疑不定的年纪里，最好的选择就是专注当下，好好读书。现在的一切，无论好坏都是父母给的。人生路漫漫，自己挣的无论多少都是底气，不相信宿命安排，可以靠自己去争取。爱做梦的年纪，更需要为梦去努力。最痛苦的，不是失败，而是我本可以。现在买不起的东西，祝你日后买得起；若觉得我做母亲不够合格，也请努力为自己的下一代创造更好的环境。

永远爱你的妈妈

享受成长，日拱一卒，随手记录下此刻的心情吧！

我希望你们野一点儿

□郤文倩

2024年毕业典礼，我作为教师、班主任代表上台发言。本来我该说：作为教师代表、班主任代表，很荣幸能在毕业典礼上发言。可事实上，这几天，我内心更多的是惭愧。

到目前为止，班里还有不少同学的名字和人我对不上，更别说了解每位同学的家庭情况、个人经历、脾气秉性等。所以，如果按照传统班主任的要求，我是不够格的。但是我还想辩解几句：我真的努力过。比如一入学，我就想接近你们，还秘密制订了一个四年计划：陆续邀请同学们分批到我家来，吃我做的肉夹馍——这是我的独门绝技。当然，醉翁之意不在酒，我想趁你们大快朵颐时，假装若无其事地观察你们，了解你们。

可不久，我就发现这只是我的如意算盘。因为每次你们话都不多，只有我喋喋不休。饭桌上我问：你们为啥不说话？你们用肉夹馍堵着嘴，说：太好吃了，顾不上。

我知道你们在撒谎，因为，你们搂着我家的大狗子，满脸欢喜，说个不停。尤其让我惊讶的是，你们竟然成功把它"策反"了。只要被你们围着捧着揉搓着，它就对我视而不见，充耳不闻。这只会拿快递的工作犬彻底沦为你们的萌宠。

也正因此，我的肉夹馍计划断断续续，最终成了烂尾计划。至今，班上也还有不少同学并不知道"西子肉夹馍"有多美味。

不过很快我也就释然了，因为我发现，你们慢慢都学会了自己找食儿吃（指进行学术研究），哪怕跌跌撞撞，有点儿艰难。而对我的"投喂"，则保持一定的距离。

这正是我想要看到的。

我常说希望你们野一点儿，再野一点儿，像田里的野草，山中的小兽，自我觅食，顽强生长，自由奔跑，试错，然后纠错。我最怕你们像温室里的花朵，一路被呵护、被看管、被修剪，身心脆弱，永远不知道自己有多么独特。

如果你们只有躲在前辈的羽翼下才觉得安全，那我们的教育就是失败的。

2500年前，年轻的孔子从鲁国出发，一路颠簸，来到东都洛邑。在那里，在当时的国家图书馆，他拜访老子，求学问礼。返回鲁国时，年长的老子为他送行，对他说：富贵者送人以财，仁人者送人以言。吾不富也不贵，只窃得仁人的名号，那就送你几句话吧。孔子拱手聆听。

这个故事在民间广为流传，也被记录在《史记》中，更是汉代画像师重要的绘画主题。四年前，你们就像孔子一样，从全国各地来到这里问学，而如今你们问学结束，我也借着这个传统，学老子，送你们几句话：

第一，永远和自己的心在一起，无条件无差别地爱自己。爱自己的意气风发、勇往直前，也爱自己的脆弱和无能为力。只有看到一个个完整的人，你才有力量救自己，度他人。

第二，继续寻找和培养心中的热爱。只有热爱才能获得内驱力，才会废寝忘食、持之以恒，才会绞尽脑汁、无尽探索，自然也就灵思泉涌，取得你们想要的成就。过去我们的人生动力可能很大一部分来自恐惧：怕成绩不好，怕上不了好大学、找不到好工作。然而，人生只有被热爱驱动，才能内在平和充实，才能拥有更高的生命质量。

第三，读书，保持孩子般的好奇心，与人类的大智慧者、大仁爱者、大慈悲者对话，不断提升自己的见识，获得更大的世界观，培养更大的人生格局。如此，你才会更有定力，才能如《定风波》中的苏轼一样。

今天的典礼，是祝福，也是道别，我没有太多的不舍，老师的职责就是打开大门，送你们到更广阔的天地中去。当然，我也希望你们日后能回来看看，也许到时候，我，包括在座的老师们更加叫不出你们的名字了，但我想，我们可以对暗号，比如西子肉夹馍，这样，你一出口，我们会心一笑，莫逆于心，就明白：原来我们都是一伙儿的。

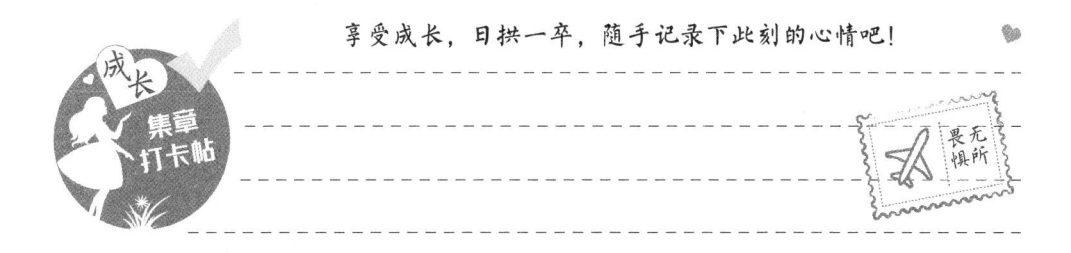

享受成长，日拱一卒，随手记录下此刻的心情吧！

跑起来，真的管用吗

□［日］松浦弥太郎　译／伍佳妮

进入高中前的最后一个假期，我每天都坚持奔跑。我决定在入学后加入学校的橄榄球部。那所学校经常代表日本关东地区参加全国大赛，是所名校。邻居家一个我非常崇拜的比我大两岁的哥哥在那里打橄榄球，于是，没有任何经验的我决定加入球队。

学校的橄榄球部以训练严苛闻名。我对自己没有信心，非常担心自己不能在那里好好待下去，因为我知道橄榄球部里最不缺的就是集运动神经和体能于一身的"猛者"。

第四辑 风在迷茫中吹来夏天，迷了少年的心

为了燃起信心，我努力想了许多办法，最终决定先开始练习跑步，因为橄榄球是一项需要不停奔跑的运动。

我想至少在开学前通过大量的运动提升自己的体能。我的体格并不出色，如果连长期奔跑的耐力都不具备的话，在"猛者"如云的世界里如何能够生存下去？来吧，跑起来。

我开始了每天长达10千米的跑步练习，并且在跑步中加入长短加速冲刺训练，同时加强腹肌锻炼，坚持做伏地挺身等伸展运动。日复一日，十分辛苦。但奇迹般地，我的不安越来越少，勇气和自信渐渐涌现出来。我想，入学前每天这样进行魔鬼训练的人应该只有我一个吧。

我感受到了自己体格、耐力上的变化。虽然只是我个人的感受，但那时，我几乎已经可以用冲刺的速度跑完10千米了。曾经那么害怕、不安的我突然变得充满力量。

进入橄榄球部后的初步练习就是跑步。果不其然，周围都是身强力壮的"猛者"，也不乏从中学时期就开始橄榄球运动的前辈。然而，即使再严酷的跑步训练，我也总能跑在最前端。看起来瘦削又弱不禁风的我，因为异常持久的耐力和速度，在当时高手如云的运动部里有了一席之地。我由衷地感谢自己开学前那段疯狂练习的日子。

沉浸在某件事情里，把它当成每日必做的功课，自信慢慢就会回来。

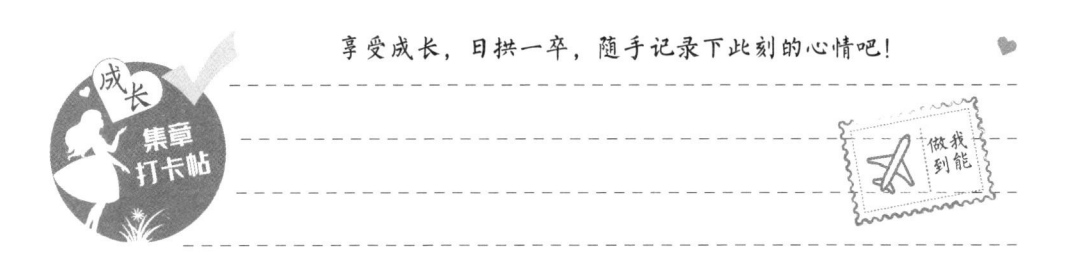

享受成长，日拱一卒，随手记录下此刻的心情吧！

手机"马孔多"陷阱

□蓬 山

清早醒来，还不到起床时间，靠在床头拿起手机刷起来。每天睡前，刷新各种视频软件，已成习惯。刷来刷去，首页推送的几乎都是已经看过的内容，大同小异。突然想起了马尔克斯笔下的马孔多（《百年孤独》中描述的一座虚构的城镇，是布恩迪亚家族的故乡）。

《百年孤独》里，布恩迪亚家族次子奥雷里亚诺落叶归根，每天炼金做小金鱼，积攒够二十五条便放到坩埚里熔化，重新再做。

而他的妹妹阿玛兰达，整天把自己关在房中缝制殓衣，缝好了又拆，拆了再缝，循环往复，没有终点。

他们的父亲，布恩迪亚家族的家长何塞·阿尔卡蒂奥曾痛苦地说："咱们再也去不了任何地方啦，咱们会在这儿活活地烂掉，享受不到科学的好处了。"

而今的人们，充分享受着科学带来的便利与趣味，却不知不觉地堕入了炼金和缝制殓衣的怪圈中。智能算法，精准推送，一段段相似甚至相同的视频，缠绕着每天的生活。是科学的异化，抑或娱乐至死，都无暇考虑。

这样的"信息茧房"，是如此舒适有趣，善解人意。吃播、美妆、二次元、追剧、脱口秀，按照清晰而浅薄的逻辑自动分发。一切仿佛圣诞老人的礼物从天而降，让我们沉溺其中，不能自拔。渐渐地凝结成了坐井观天、故步自封的桎梏。既热闹又孤独，就像一个个量身定做的马孔多，"茧房"的外壳愈加坚硬。

普罗米修斯盗取天火之后，宙斯为了惩罚他，将他用锁链缚在高加索山的岩石上，每天都有一只饿鹰来啄食他的肝脏，到了晚上，被啄食的肝脏重新长出来，日复一日承受着痛苦。我们不是盗火的英雄，每天推送的节目是那样好玩，没有丝毫痛苦。不过，这也在蚕食着我们的时间与精力。这虽然说不上是惩罚，但至少是一种警示：破茧成蝶，才可拥有更广阔的生活。

享受成长，日拱一卒，随手记录下此刻的心情吧！

这个谎言，差点儿毁了我

□常 爸

身边有人参加高考时，总能听到亲戚朋友一半鼓励一半安慰地说："再坚持一下，考完就解放了！"

每次听到这种论调，我都忍不住私下跟考生说："千万别信什么'到大学就轻松了'的鬼话！在大学一定要好好学习，成绩很重要。"

当年我拿到北京邮电大学的录取通知书后，也有一种"解放了"的感觉，不仅疯玩了整个暑假，连大一、大二两个学年也基本上都是玩过去的。大三开始，学校有各种竞赛、实习，我才发现，我的成绩实在拿不出手。大三下半学期，学校组织同学参加北京市大学生电子设计大赛。从高中起就喜欢编程的我，立即报了名。但不出所料，筛选的标准又是成绩！

万幸的是，因为我在高中时有编程的底子，所以我向老师提出一个建议："您可以在我们系问问'谁的数字电路实验做得最快'，一定是我！"

大概是这份执着和自信打动了老师，她针对所有报名者组织了一次数字电路实验的小测试，而我正是借助这次测试拿到了参赛资格。

经过一个暑假没日没夜地学习和实验后，我和我的搭档拿下了当年北京市大学生电子设计竞赛一等奖。

这次竞赛只是第一步,我真正在意的,是电子类竞赛中含金量最高的、两年一届的"索尼杯"全国大学生电子设计竞赛。为了买到实验用的二极管、电阻、电容器等,我硬是在"非典"时期"奋不顾身"地戴着口罩往中关村跑。比赛的那四天三夜,我靠着大量的红牛和咖啡,硬是撑了72小时没睡觉。交上电路和报告的时候,我的手一直在颤抖——不是激动,而是因为咖啡因摄入过量。靠着这股子疯劲儿,我带领的团队拿下了这次比赛的一等奖。后来,我还把自己的参赛经历做了总结,并出版了两本书。

这让我挣脱了"你怎样证明你能力强"的魔咒。从本科毕业后申请到"三星全球奖学金"赴首尔大学攻读电子工程硕士,再到之后被耶鲁大学管理学院录取,都和这次经历分不开。

从北邮毕业后,每次我回到实验室,都会劝告师弟师妹们:千万别相信"成绩不重要"!在学习过程中训练出来的能力,将使我们受益终身。

我也想对各位备战高考的学子说:"少小而学,及壮有为;壮年而学,及老不衰;老年而学,及死不朽。"没有什么一考定终身,人生处处是考场。考好了,只是个开始,人生的竞赛才刚起步;考砸了,也别以为完蛋了,不如想办法抓住机会,扳回一局。

享受成长,日拱一卒,随手记录下此刻的心情吧!

人生，是一串数字吗

□张佳玮

小时候，也许你还没接触卷尺的时候，父母在门廊上用铅笔画一条线，记录你已经长多高了。一条线连一条线，层叠出了你的青春。

那时你接触不到什么数字，只在商店看见想要的东西，咬着手指朝父母发呆。也许父母肯给你买呢？你并不知道确切的价格，知道也没用，因为你不了解家里的财政、父母的预算、心理的价位。你被保护得很好，你不了解数字。唯一接触数字与等级的时刻，是在学校里。试卷上的成绩，有高有低。

那时，大体上一切都很简单。你慢慢成长了，你学的知识越来越多了。先是语文数学，然后是其他各色科目。到中学，你得随时在意分数的科目，多达九门。

你开始了解自己的身高与体重并记下许多数据：50米跑的数据，100米跑的数据，做了多少个仰卧起坐，多少个引体向上。你的身体好坏被数字量化了。

你不喜欢数字。你相信有许多东西是数字无法衡量的，比如你的课外知识，比如你的巧舌如簧，比如你在自己爱好方面令旁人瞠目结舌的精通。哼，这些哪是数字能衡量的呢？

直到你必须面对竞争的压力了，你意识到，数字可以影响你的未来。

你的成绩好坏影响的不再只是父母的心情，还可能影响到你家的经济状况、你的未来，以及你是否能达成自己的理想。你开始懂得定闹钟来确定自己的学习时间，你通过一次又一次模拟考试计算自己高考的分数范围，计算自己离心仪大学的距离。

然后你进入了成年人的世界。

你记住了所有的数字：工资、银行利率、房租、预算。甚至在为自己规划的未来里，也包括无数的数字：未来打算达到的年收入、几年内达到财务自由、你理想中的房屋尺寸、理想中的车子价位，甚至打算在多少岁提前退休……就像我刚到法国时，立志要跑二百家博物馆——用这种方式来了解世界，大概是最高效的吧？但几年下来，累死累活也就跑了四十来家，而且明白了，数字真不是关键的，直到有一天，你忍受不了了。

你开始多少明白了，人毕竟不是机器。你可以用标准化、数字化的要求来勒令自己提升自我，但那不是生活。你开始试图不在每一个瞬间都达到自己的最高速度。孔子所谓"从心所欲不逾矩"，差不多就是这意思。自己心里有杆秤，都不需要琢磨，自成规矩，自有方圆。没必要揪着数字不放了。

从不在意数字，到看什么都是数字，到重新不在意，或者说超越数字，你多少变成了一个对自己掌控自如的人。所谓掌控自如，不一定是了如指掌，而是，你知道什么时候对自己紧一点儿，什么时候对自己松一点儿。你知道了自己的极限，也接受了这一切。

这就是你的生活。当然，如果是没那么在意的数字，就记着也无所谓，只是别用来绑缚自己就行。比如，我还是每去一家博物馆就记一个。能到二百家，也好；到不了，也无所谓。数字毕竟只是记录，怕自己遗忘。真到了束缚自己的地步，就没意思了。

人生大体就是如此。

享受成长，日拱一卒，随手记录下此刻的心情吧！

我还亏欠世界一些画作

□ [荷兰] 凡·高 译/赵习群 赵 越

我不仅很晚才开始绘画，更为严峻的是，或许我也很难指望能再活很多年。

如果用冷静的分析去预测或计划这段时间，那么，自然地，我也无从知晓。但是如果与很多我们了解其生活的人，或者与那些和我们相似的人对比，就可以做一些有根据的推断。在接下来我还有余力工作的时间里，我可以接受的事实是，我的身体还可以维持一段时间，如果一切都没事的话，六到十年，这个假设并不草率吧。我愿意接受这个长度，更重要的是，因为眼下没什么可担心的。

这个时间段，是我最可靠的指望。其他的方面充满变数，我不敢随意揣测，比如，过了之后还有没有时间，很大程度取决于第一个十年的结果。

如我所说，未来五到十年的计划我有考虑过，但是目前并不在我的日程上。我的计划不是要救自己，也不是要避免太过情绪化或者太多困难——对于活长活短，我并不关心，并且，我也没有医生的本事去引导自己身体力行。因此，我不在意这些事情，继续我行我素，但是有一件事是明确的：我必须在有限的几年中完成一定数量的创作。我并不急于求成，因为这样做显然不可行，但是我必须平静而沉着地继续创作，尽最大的可能有规律地、全心全意地去画画。

我在世上唯一的顾虑就只有对这世界未尽的义务和责任，因活在世间三十载，我还亏欠它一些可以流传后世的素描和绘画，不是为了某些特定活动应景作乐，而是为了在画中表达纯真的人性。因此，这就是我的目标，专注于这个想法，就可以让判断什么该做什么不该做变得更简单，也使我免于误入混沌的歧途，因为我的一切作为，都是出于这个愿望。

享受成长，日拱一卒，随手记录下此刻的心情吧！

才能与命运

□王鼎钧

人在青少年时期经常对自己的前途有很多幻想或疑惑：我将来到底能成为一个什么样的人？如果确切知道将来会幸福，现在我甘愿吃苦；如果将来确实能富有，我现在愿意节省。

谁也不知道自己将来的成就到底有多大。上天没有给一个人未卜先知的能力，但可能给我们机运，不知什么时候、什么地方，他会偶然想起我们，特意照顾。这时候，你是一个什么样的人？当鱼来的时候，你手里是不是有网呢？

许多人自以为怀才不遇，但是有一天忽然有重要的责任轮到他时，这才发现自己专长不符，或者健康不佳。为什么不早一点儿锻炼身体、追求知识？早就有人劝过他，他当时叹口气说：那有什么用啊？

是的，也许有用，也许无用，我们事先很难预测，得活下去才可以知道。我们只有一面活着，一面准备，准备有一天重担当前有力气一肩挑起。

享受成长，日拱一卒，随手记录下此刻的心情吧！

找到属于自己的星辰

□陈 霖

记得初中的一次语文考试,作文题目大意是写新近发生的故事。结果全班同学基本被批评不合题意,而我得了最高分——因为我写了考试前在厕所观察虫子的一些感想。至今,我都觉得这很荒谬,但也让我对写作少了一些反感,甚至觉得它可以是有趣的。

等我上了高中,印象最深的是有一次参加市里报社的写作比赛,主题是"我的父母"。在写作的过程中,我得到了意料之外的收获——自我的接纳与和解。

我就读的是一所私立学校,选它的原因是每个月有150块的补贴。看着周围家庭富裕的同学,我的内心其实并不平静。他们的父母或许是公务员,或许是银行领导,而我的父母只是普通的农民工。但在写那篇文章的过程中,父母对我的爱以及他们身上的品质胜过了职业和收入,我第一次感到轻松和自豪。直到现在,我都可以坦诚地告诉别人,我爸爸是农民工,但他的技术可是客户愿意等一个月的那种。

想来，大概也是因为过往与写作的缘分，我的第一份工作是在公益机构做传播协调员，主要的内容便是写。

除了传播，我还教过一学期的书。离职的时候，教务处处长说学生们对我评价非常好，我不能走。对于教书，我看似有些天赋，但其实并非天赋。

前年春节去拜访初中英语老师的时候，她告诉我，我以前自习课都会仿照她上课的时候，带着大家把学过的知识复习一遍。而我对此毫无印象。不过，这也让我理解了她当初看起来有点过于大胆的决定——休产假的时候把剩下半学期的英语教学留给我，而不是找代课老师。毕竟，我是她手把手带出来的学徒。

最奇妙的是，负责另外两个班的英语老师本来计划趁机超过我们，结果期末考试，我们班不仅在区里取得了不错的名次，而且超过另一个老师的班级平均成绩好几分。

未来，如果有机会，我想我还会考虑回到学校做老师，将教书这件事进行下去，作为对那段闪光岁月的回应。而此刻，我正等待着研究生复试的通知。过去的大半年，我一直在为初试做准备：五六点起床学习教材、上下班地铁里背资料做阅读、考前出差在酒店卫生间背书看题……好在，这份坚持换来了不错的成绩，甚至比当初在学校全职备考的分数还要高出许多。

其实，不管是写作、教书，还是考研，抑或我热爱的跑步，它们之所以在我的生命中留下闪光的痕迹，是因为在和它们的互动中，我发现了自己身上让我喜欢的东西，比如尝试的勇气、改变的决心、对生活的热爱。与此同时，这些东西并没有因为我年龄的增长而被磨灭，反而越发彰显。

如果你仔细回忆你的过往，带着觉察去审视那些闪光的时刻，或让你嘴角上扬的小事，你也会找到属于你自己的星辰，照亮通往未来的道路。而在那些惊喜的时刻，也许还有意外的线索。

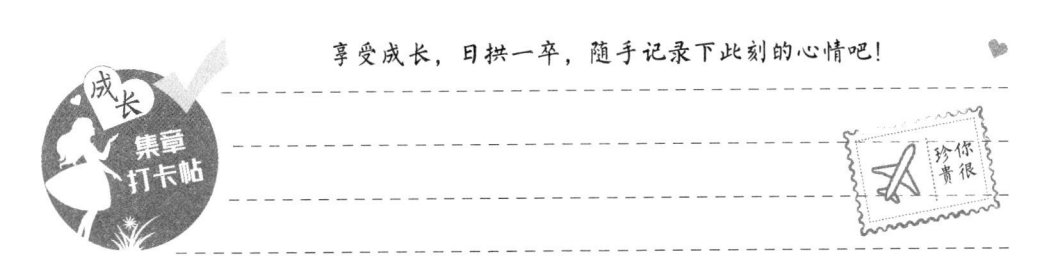

享受成长，日拱一卒，随手记录下此刻的心情吧！

等那个你接不住的东西

□河森堡

人要想做好一件事，往往需要分两步：第一步是让自己处于可以把事做好的状态，第二步才是把事情做好。

我在博物馆给人讲解时就有切身体会。如果一周之内我每天都讲，连续讲两周，我就嘴皮子特别利索，第一句话刚说出口，第三句话在脑中就已经准备好了，说话跟自动步枪似的。一个词语在脑中往往有若干个同义词作为备选，我一边说前边的，一边在所有措辞方案中选出那个最恰当的说出来，表达既流畅又精准。

但如果我两个星期不做这种高强度的讲解，我就能清晰地感觉到，我的表达迟钝了。说话开始颠三倒四，有的词语在嘴边绕圈，可就是抓不着，嘴在脑子前边，手又在嘴前边，有时候比画半天手势，愣是说不出一句完整话，急得满头

是汗。

再比如,我知道一些职业作家,每天都会写几百上千字的内容,其实写出来的东西也不错,但不给任何人看,写完之后关闭文件不保存,就上床睡觉了。他们要的就是保持那种写作的感觉,脑内和写作相关的神经回路得多走走电信号,要不容易迟钝。

其实仔细观察,体育、艺术、科研、社交等领域都是这样,那些真正惊艳众人的成就和突破,往往是在一种良好状态的惯性之上实现的。平时一直保持在80%左右,灵光一闪后撞穿天花板,抵达了110%,于是人就到了一个新的层次。所谓进步即如此。

所以,我觉得无论干什么,都先别想着做出成绩来,应该先想着如何让自己处于那种容易做出成绩的状态并且稳住,指不定哪天灵光一闪,或者顿悟,噌一下,人就上去了,成绩就有了。

灵光一闪这种事可遇不可求,等待是唯一的办法,但那一瞬间真正来临时,只有持久的勤勉才能接住它。从本质来说,勤勉是一种正确的等待姿势。

"每天下班都看见他去图书馆自学,一副和自己过不去的样子,也不知道他图个啥。"

"他在等。"

"等什么?"

"等那个你接不住的东西。"

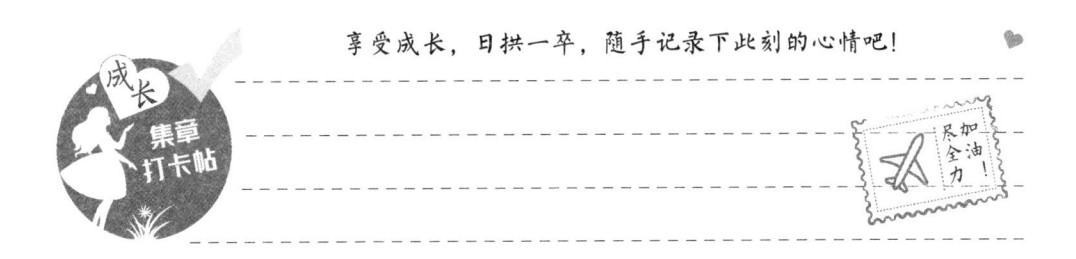

享受成长,日拱一卒,随手记录下此刻的心情吧!

《黑神话：悟空》爆火，"真身"是他

□《意林·作文素材》编辑部

你有没有想过，当你在游戏里操控着那个帅气的角色时，他的每一个动作其实都来自一个真实的人？没错，他就是动作捕捉演员。这个听起来很酷炫的职业背后需要付出不为人知的辛酸和汗水。

殷凯就是《黑神话：悟空》里"天命人"的真身。别看游戏里的角色飘逸潇洒，现实中的殷凯可没少吃苦头。他从小习武，后来在上海体育大学学习表演。2015年，机缘巧合下，他被一家游戏公司选中成为动作捕捉演员，从此踏上了这条不寻常的职业道路。

动作捕捉常用于游戏、动画和影视行业中，人们在演员身上安装定位设备，记录演员表演的动作数据，然后将这些动作同步到虚拟角色上进行精修、加工，使虚拟角色的动作达到逼真、自然的效果。

虽然参与《黑神话：悟空》的动作捕捉演员有十几位，但由于项目时间跨度大，殷凯除主角"天命人"外还完成了几十个怪物的动作捕捉。用殷凯的话来说："大家进入游戏所操作的那个角色就是我，且路上遇到的怪兽，百分之六七十也是我演的。"饰演这些角色时，殷凯会丰富他们独特的性格特点："我们每拍一个角色，都会提前写好人物小传，并跟导演沟通角色的性格，探讨他们用什么武器，适合出什么招式等。"

对动作捕捉演员来说，除了基本的表演素养，大量的体能、肢体、表情训练也必不可少。在工作时段，他们基本上就是在不间断地跑、跳、打，需要付出不少的汗水与努力。

在《黑神话：悟空》制作之初，殷凯为了完成动作捕捉，需要全国各地到处跑，直到后来游戏科学团队搭建了属于自己的动作捕捉棚。由于需要拍摄的角色众多，为赶工量，殷凯每天的拍摄时间都很长，最长的时候一天要拍16个小时，中间也只能偶尔停下来喝口水、吃个饭。完成一个角色的动作并不等于任务结束，还要匹配到游戏中去看效果，如果不合适就得推翻重新定制动作捕捉方案，直到令所有人满意为止。

在《黑神话：悟空》的角色动作设计中，"天命人"的棍棒招式设计给殷凯留下的印象最为深刻。在设计"天命人"动作的时候，殷凯加入了很多武术元素，但这些元素既要符合猴子拿棍的行为，又要保证动作流畅帅气，为此，在长达四年的拍摄期内，他不断细细打磨。

从2015年入行到现在，殷凯见证了中国动作捕捉行业与动作捕捉演员的发展周期。"最开始的时候，很少有人知道动作捕捉是什么东西，甚至国内都没有'动作捕捉演员'这一定义，动作捕捉演员也是近些年才被大众熟知的一个职业。"不过随着这几年一些影视、动漫、游戏等都在用动作捕捉，这一职业也在国内慢慢得到了一些认可和普及。

说到这里，你可能会问，既然这么辛苦，为什么还有人愿意做这份工作呢？殷凯的回答简单又坚定："看到自己的表演被大家喜爱，一切都值了。"这份对工作的热爱和执着，让人不禁肃然起敬。相信，随着动作捕捉行业被越来越多的人了解与喜欢，动作捕捉演员未来也会有越来越好的发展舞台。

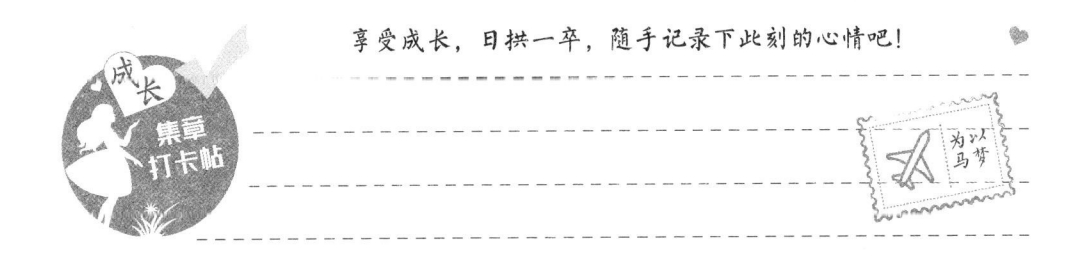

享受成长，日拱一卒，随手记录下此刻的心情吧！

有心为匠

□张 莹

偶尔翻出一封老信,一看日期,已在时光里度过了二十个春秋。软软的信纸,淡蓝的钢笔字,保留着岁月的温度。写信的是一个叫尚荣的同学,白白的皮肤,微卷的头发,戴着一副白色玻璃眼镜,嘴角一直上扬。

他爱画画,课间,总是安静地坐在座位上,拿出纸和笔,放在课本上,一点点画起来。有人叫他出去玩,他只是笑笑,推一推鼻梁上的眼镜,说:"不去了!"然后低头,自顾自地画着。同学们也笑,后来便不再叫他。

在那个年代,在那所普通的高中,永远不会有人注意到这个爱画画的男孩。他的安静,让他的画越来越逼真。常常有围着他的同学惊呼:"天哪!你画得怎么这么像啊?"他脸一红,宛若家乡春天桃树上的一朵桃花。

毕业的时候,我说:"送我一幅你的画吧,好喜欢你画的小猫!"他脸更红了,说:"好,谢谢你瞧得上。"后来,我听说他去考中国美术学院。这个独自生长、独自摸索的男孩,终究还是落榜了。我们也在青春里落落散去,不知所

终。只是听说，他继续画着，过得并不好。

时隔多年，再次听说他的消息，是在一次画展上。彼时他的画已价值不菲，周围热热闹闹地围了一群人。这些年，他一直坚持着，住过漏雨的房子，守过生病的老人，吃过冰凉的馒头，也听过各种冷嘲热讽，但到底是一点点熬过来了，其中的艰辛，也只有他自己知道。

偶尔说起过往，他安静地笑着，说："有心为匠，不过如此。"

想起小时候老家的剃头匠，一副担子，行走乡间，养活全家。打开一把手柄黝黑、边缘发亮的刀子，不疾不徐在一张脸上慢慢打磨。每一根毛发，每一个毛孔，他都是要负责的。常常是刮脸的人眯着眼，不言不语，一个下午，就在这样的摩挲中度过。光阴是慢的，剃头匠的心也是慢的。

那慢，带着静，静得让山河岁月都染了色彩。

而一个好的剃头匠，往往是上了年纪的人，是一点点磨砺出来的。所以，等一个好的剃头匠，也是需要耐心的。

记得那时候，爷爷的须发留得很长了，吃饭的时候，偶然还会有米粒落在上面。可他不着急，他说，等着那副担子。

那副担子，就是上了年纪的那个剃头匠。

年龄渐长，我开始喜欢一些老物事，尤其是上面有一些雕花的，有着岁月的痕迹。很多年以前，柔柔的斜阳里，有老人，一下下雕琢着石头，抑或木头，于一次又一次日升日落中，于一点一滴碎末间，怡然地在纹理间留下一段永恒。

历史，便在这一声一响、一上一下里，回荡、沉淀，累积成我们喜欢的样子。

有心为匠，不过如此。

享受成长，日拱一卒，随手记录下此刻的心情吧！

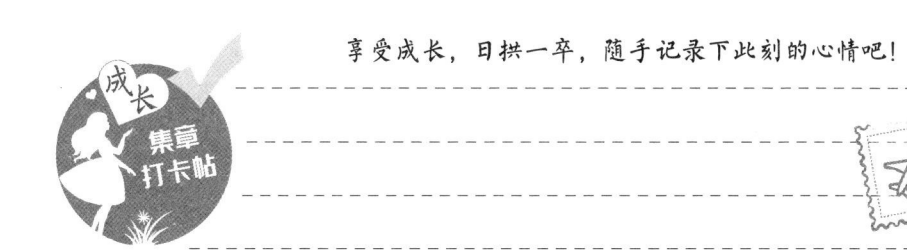

我不是"播神"

□康 辉

我迄今最大的失误,是在2008年5月13日凌晨的那次直播中。5月12日汶川地震发生10小时32分钟后,我走进演播室直播,一边焦灼地期待着灾区前方可能传回的新消息,一边不停地播报与之相关的各类信息。当播到一组外国领导人向我国发来的慰问电时,我不知怎么回事,竟将"慰问电"说成了"贺电"!这两个字脱口而出的一瞬间,我眼前如一道霹雳闪现。我急忙纠正过来,强自镇定地继续将后面的内容播完。直播结束,我沮丧地回到办公室,暗骂自己:"这样低级的失误在这个时候出现,简直是对灾区人民犯罪啊!"我开始预想着最坏的结果和要承担的最大责任。

那时候没有发达的社交媒体,但网络论坛、博客等正如火如荼,我做好了迎接网上无数板砖的准备。但意外的是,网络上有关我这个失误的留言、评论、帖

子绝大多数是对我表示理解和谅解的。来自观众的宽容令我很感动，也越发令我惭愧。我一遍遍反复检讨着为什么会出现这样的错误，归根结底，问题还是出在不够专注，而这正是直播的大忌。

同事们交流起来，一致感慨，有时候直播中出错简直就是鬼使神差！但冷静下来，仔细梳理就会发现万事总有因果，有失误也就必定有原因。除了不够专注，对一些自以为熟极了的内容过于自信，也是出现失误的一大主因。

2012年，神舟九号与天宫一号成功实现太空对接，同一天，"蛟龙"号7000米级海试深潜成功。我在直播中当即引用毛泽东主席的诗词"可上九天揽月，可下五洋捉鳖"。说完这段话，耳机里传来导播无奈又忍俊不禁的声音："康老师，你刚才说成'可上五天揽月，可下九洋捉鳖'了。"我的第一反应是：这怎么可能？这是我从小就背过不知多少遍的啊。可事实就在那儿明摆着呢，这就是自以为是的结果啊！新闻片播完，镜头切回演播室，我先就刚才的口误道了歉，再纠正了一遍，心里的懊悔就别提了。从此也长了记性，再熟悉的也不能大意，嘴永远别跑到脑子前面去。

事后有人对我说："其实我们看的时候也没注意到，你这一纠正反而让更多人知道你出错了，没必要。"我不敢苟同。比起把头埋在沙堆里就以为别人看不见的鸵鸟策略，坦诚并及时改正不是更好的处理方式吗？

我不是"播神"，也从未见过什么神。无限趋近完美的工作，只能靠每一次的认真仔细、小心翼翼一点点积累。完美或许不存在，但追求完美的人应该存在。

享受成长，日拱一卒，随手记录下此刻的心情吧！

疲惫是因为姿势错了

□沈嘉柯

大学时上游泳课，体育老师教了我们几个动作，就让大家下水，只要能够浮起来，游到对面的岸边，就算及格过关。就这样，我自己摸索着学会了游泳。毕业之后的十几年，我常去游泳。每次都全身疲倦，但我又想坚持，因为游泳的好处太多了。

去年年底，我家附近开了一家全新的游泳馆。我在这家新开的游泳馆里面游了1000米，一身疲惫地爬上岸。

旁边那个年轻的救生员男孩终于忍不住了，他跟我说："我看你常常游泳，是办了卡的吧！"

我说："是啊！"

他接着说："但是我看你每次都游得好辛苦，是刚刚学的吗？"

我有点儿不高兴："怎么会呢？我游了十几年了。"

他说："那你是不是感觉游得很吃力？"

我吃了一惊，点头说："是啊！"

他告诉我："那是因为你的动作姿势错了啊！"

我心里在想，这家伙该不会是要推销他自己的教练课程吧！

这个救生员接着说，你可以找教练上游泳课，学一下正确的姿势。我笑了，果然如此。我正打算拒绝他，他已经直接趴在地上，一边演练动作，一边解释应该怎样划水。"动作不要太匆忙，换气的时候等待3秒钟，自己利用水的浮力，浮上来换气。划水的时候，大腿要收拢，小腿要打开画圈圈。这样才能保证重心一直在下半身，利用反推力往前。"

我照着他教我的游起来。第一次觉得别扭，还有点儿手忙脚乱。第二次纠正换气，但是没有纠正小腿，更加费力。第三次都纠正过来了，但还是没能找到那种感觉。

我休息了10分钟，他下水又示范了一下。第五次的时候我找到了感觉。就这样，不知不觉，我居然游了二三十个来回。最后上岸的时候，全身很舒服，并且觉得精神抖擞，一扫过往的疲惫不堪。

直到这次经历，我才真正喜欢上了游泳。原来，我可以专注地游泳，得到锻炼，并且精力充沛，身体还不累。

以专业的办法去做一件事情，从中得到快乐和良好的回报。下一次再去，根本就不必强逼自己，而是巴不得一有时间就去。

要想学习到正确的东西，太需要克服偏见和心理僵化。哪怕掌握了认知方法，我仍然是不完美的，充满不足还会犯错，但我的纠正能力超过了从前的自己，也超过了很多固执的人。这令我有机会成为更好的自己，这才是真正的成长。

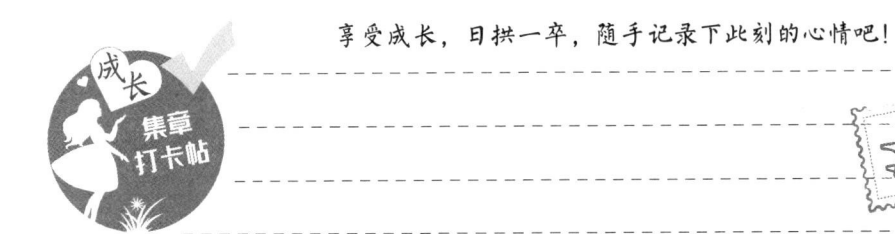

享受成长，日拱一卒，随手记录下此刻的心情吧！

100岁那年，你还会立下志愿吗

□李 悦

如果新的一年，你即将迎来百岁生日，你还会立下志愿吗？

韩国哲学家金亨锡在100岁那年的1月1日制订了他的新年计划：继续在学术季刊上发表文章，在韩国影响力最大的"三大报纸"上写专栏并编辑成书出版，还有演讲的邀约日程已经排到4月，也都要一一完成……

100岁那年，金亨锡出版了百岁随笔集《活着活着就100岁了》，在卷首题言："写着今天的故事，期待着新的明天。"他感叹："我人生最繁忙的时期，是从40岁到60多岁，以及从97岁到100岁。"临近60岁的退休期，他发现自己"依然可以授课，对学问的热情也很高涨"。70多岁，他还能完成创意性的文学著作，写出了《历史哲学》《宗教的哲学性理解》等作品，90多岁的前辈说他正处在人生的"黄金年纪"。到90岁时，金亨锡修正了曾经的观点：人生应该分为接受教育的30年，职场工作的30年，以及作为社会人获取成功的30年。而"60到90岁，是学以致用、报效社会的宝贵时期"。

人类可以永葆青春吗？法国哲学家让·吉东在《我的哲学遗言》一书中写道："只要你相信自己面前有永远这回事。"那些感觉到自己在不断衰老的人，"也许，他们是不相信永远的"。所谓相信永远，就是坚信自己拥有无限的时间。日本哲学家岸见一郎在其著作《老去的勇气》一书中进一步阐释："人生不是马拉松，而是舞蹈""即使最终没有到达目的地，过程中的每个瞬间都是完整的，都是被完成了的"。

我国文学翻译家文洁若93岁的时候翻译了太宰治等日本作家的五本小说。在她最满意的翻译作品、日本小说《五重塔》里，她曾用自己的语言道出作者的感叹："人之一生莫不与草木同朽……纵然惋惜留恋，到头来终究是惜春春仍去，淹留徒伤神。"面对的办法，是"既不回顾自己的过去，也不去想自己的未来……在这鸡犬相闻，东家道喜，西家报丧的尘世上，竟能丝毫也不分心，只是拼死拼活地干。"

100岁的金亨锡就是这样做的。他充满热忱地投入自己热爱的事业中，以感恩的心态高效地工作。在人生的第100个新年，他依然立下了新志愿，记下了自己在新一年里的最大愿望："只要是能做事，哪怕是对近邻亲人提供小小的帮助也是好的。""至于我要为自己做的事，已经全部做完了。"

2021年年末，已经102岁的金亨锡被授予以韩国"国父"金九先生之号冠名的白凡奖大奖。所以你看，对新年，对人生，永远别失去想象力。哪怕是到了100岁那一年。

享受成长，日拱一卒，随手记录下此刻的心情吧！

成为中学老师后，北大博士与世界和解

口述/盈盈　实习记者/周蔚晚

2008年，我以艺术特长生的身份考入黑龙江省的一所省级重点中学。我的高中母校历来是黑龙江的物理竞赛重要阵地，所以高中入学的第一周，我选择了参加学校的物理竞赛课程，提前学习高中物理的主要内容。我后来并没有成为学校物理奥赛班的在编成员，我隐隐感觉到，教练似乎不喜欢我。我吃不了竞赛班的苦，加上的确没有走竞赛这条路的必要，就慢慢退出了。

但我后来还是一直刷题，并在高三那年参加了物理竞赛的笔试，想给自主招生的简历增加一些亮点。结果笔试成绩出来后，我居然进了全省前10名。

有了竞赛成绩后，我参加了北大的保送考试，顺利进入了北大数学学院。智力带来的纯粹之美，是我当时最向往的。

来到北大数学学院后，我学得很认真，但只能勉强达到中等偏上的水平。这里的竞争实在太激烈了，几乎集合了所有竞赛的金牌选手。很快我就意识到，我并不适合也没有能力成为一名数学家。当时无论考试还是做研究，数学证明都是最核心的活动。

可是一个很简单的小问题，我都需要苦思冥想好几天，用10页纸才能证明出来。我逐渐开始怀疑，费了这么大劲把这些东西证明出来，对一个人的人生、对我们身处其中的这个世界，到底有什么用呢？

正是在这种怀疑之中，大二下学期，我决定转入人文学院，因为当时我对人类社会的发展、历史的变迁认知极其有限，我猜想，或许一个新的学习领域会带给我不一样的启示。

大学最后一年，我参加了保研考试，我的导师主动提出让我直接攻读博士。当时的我对做学术并没有清晰的认知，单纯出于对导师的喜爱，我成为中文系的一名博士生。

就像曾经从数学学院出走那样，到博士三年级，我再次发现我并不那么适合做学术。因为读博不仅需要读书、写论文，还需要进行社交，学术圈也是一个人际圈。用我导师的话说，我在人情往来方面"缺根筋"。也是那个时候，我有了做中学老师的想法。

读博的最后一年，我参加了北京、深圳几所重点中学的招聘，最后入职北京的一所名校。其实找工作的同时，我也在写博士论文，写到最后，意义的缺失每天都撞击着我，脑子里止不住地产生疑问：我每天写的东西，在这个世界上，有几个人会看呢？我相信做老师可以更直接地去影响一些人。

真正成为一名中学老师之后，我的共情能力有了显著提高。时间长了，我还发现，有些孩子尽管学习成绩不是特别好，但是他们的人格非常健全，这份健全渐渐成了我想要努力守护的东西。

学生们也给了我特别好的回馈：教师节那天，我亲手从学生们手里接过他们为我画的肖像、制作的手工作品时，差点儿当场哭出来。我也突然明白了什么叫"为人师表"，因为老师的一举一动、一颦一笑，都会在学生们的心中留下痕迹，甚至放大。

来到这个岗位，感受到了"为人师表"和"仁爱之心"的真正含义，我才意识到，这每一个字都不是"套话"，而是饱含深情。那一刻，我与世界和解了。

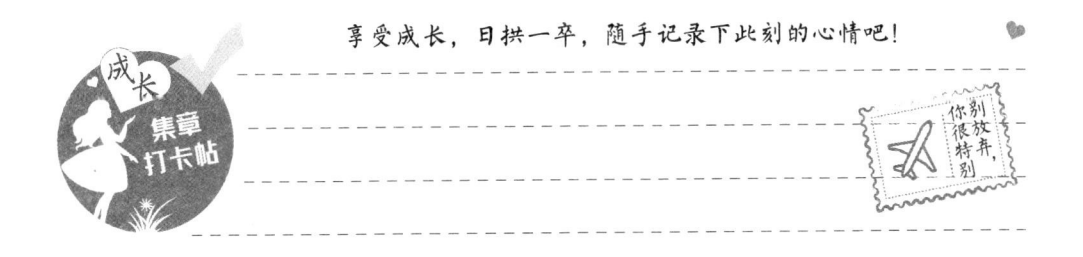

享受成长，日拱一卒，随手记录下此刻的心情吧！

你的新年目标为什么总实现不了

□雷嚯嚯

岁末年初，朋友圈会出现一种现象：很多人会借此机会制订新一年的目标。你是不是也是其中一员？不过仔细想一下，有些目标是不是有似曾相识的感觉？把去年没有完成的目标又立起来了？

曾有媒体调查发现：一般年初立的目标，如果没有超乎寻常的毅力，超过半数的网友坚持不到三个月目标就会放弃。年初的信誓旦旦，一不留神就变成过眼云烟。那么问题来了，你的新年目标为什么从来完不成？

不要把"改变心情"当成"改变自我"。

心理学中有一种现象叫"错误愿望综合征"，就是试图通过为自己制订新的目标，使得之前的自责、遗憾和懊恼等情绪得到释放。社会心理学家库尔特·勒温在1926年提出过心理替代作用的概念：大脑会把你说的，当成你做的。立下目标并在公众场合表达出来，虽然有满满的仪式感，但语言也会给心理造成错觉，产生一种已经完成的愉悦感，不知不觉中把"制订目标"和"完成目标"画上等

号，导致动力大大减少，"浅尝辄止"最终让目标轰然倒下。

愿望不等于目标，目标需要拆解。

愿望受欲望的驱使，而目标需要在愿望的基础上，规划实现的路径，并做出相应的拆解和量化，然后找出"关键动作"。比如，"2022年我要减肥"这个口号只停留在愿望的阶段。全年究竟要减多少斤？每周甚至每天的减肥安排是什么？如果临时有事没有时间完成计划，该如何补救？"关键动作"是跑步还是做瑜伽？有了量化和拆解目标的意识，才能让目标管理更加高效。很多人只停留在陈述愿望阶段，"三分钟热度"之后就无从下手了。这是价值的本末倒置，更会让目标在短期内就倒掉。

放下心理包袱，不追求"完美主义"。

完美是个褒义词，但"完美主义"包含一定负面效应。从下定决心到制订计划，再到完成蜕变，绝不是一蹴而就的。在社会行为学上，在坚持和放弃之间摇摆是正常现象。追求"完美主义"会因为担心失败而导致拖延和无限自我否定。在实现目标的过程中，要放下心理包袱，即使偶尔几次没能按计划做到，也不要全盘否定自己之前的成果，而应继续坚持，把每天的"战术动作"做到位。放弃很容易，但坚持下去总会有惊喜。

希望每个人的目标都能屹立不倒，我们都能遇见更好的自己。

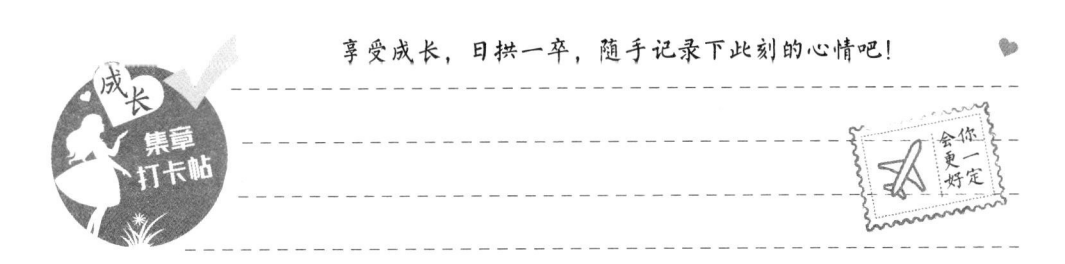

享受成长，日拱一卒，随手记录下此刻的心情吧！

管好自己的三只青蛙

□刘船洋

什么是"三只青蛙"？它指的是我们每天（周、月、年）最重要的三件事。这是美国作家博恩·凯西做的一个类比，首次出现在他的时间管理著作《吃掉那只青蛙》当中。书中曾提到过帕累托原则，也就是常说的二八原则：在任何一组东西中，最重要的只占其中一小部分，约20%，其余80%尽管是多数，却是次要的。

于常人而言，每天最重要的三件事就可以起到80%的效果，完成它们就意味着每天的工作基本完成。所以，当你选择每天优先吃掉"三只青蛙"，便可以避免把精力、时间浪费在一些不重要的事情上面。

不过，大多数人对"三只青蛙"的了解仅仅停留在要列三件事上面，如以下三位小伙伴的"三只青蛙"清单：

小A的今日三件事：吃饭、喝水、睡觉。这样自欺欺人式地实践"三只青蛙"纯属对自己的不负责。

小B的今日三件事：阅读、锻炼身体、上课。小B的"三只青蛙"明显比小A要正式得多，也多了一层思考。

小C的今日三件事：阅读图书《×××》50页、锻炼身体（跑步5000米）、整理房间（衣橱）。比起小B的计划，小C的计划明显更详细，也正因为目标具体，小C执行起来会更顺畅、更高效。

所以，挑选、制订"三只青蛙"任务的第一步就是要注意做到目标具体化、可量化。总之，想要更清晰地朝目标前进，更有效率地利用好每一天，就需要把功夫用到"刀刃"上。

享受成长，日拱一卒，随手记录下此刻的心情吧！

第五辑

长大的瞬间，
留在了时光里

何以为青春

  有人说人生不是轨道，而是旷野。所以成长的道路也是宽阔的，宽阔到装得下所有的喜悦和烦恼。成长的喜悦像是夏夜中皓月千里的灿灿星光，其间欣喜无以言表，而成长的烦恼又像永远集不齐的卡游，粘住你没商量。我们在一次又一次试图甩掉烦恼的努力中逐渐长大，一不小心把长大的瞬间留在了时光里。

父亲的皮带

□莫 言

那年，我考取了省城的一所大学，临行时，父亲将我送到火车站。

当时正值客运高峰，站台内人头攒动，汽笛轰鸣。父亲弯着腰背着一个大旅行包在前面开道，我拎着手提袋在后面紧紧跟着。9月的天气依然闷热，不一会儿父亲的衣衫就被汗水浸透。我不禁暗暗埋怨：天这么热，还带着东西，真是。父亲虽然背着重重的行李，可步履丝毫不见缓慢，我在后面一路小跑，还是落下了一段距离。

从候车室到车厢门不足100米，我们却足足走了20分钟。终于，我看见父亲在一节车厢前停下脚步，从怀里摸出车票，核对了一下，随即向我欢快地招手。等我赶到时，父亲正坐在行李上点上一支烟惬意地抽着："军军（我的小名），你快上去，我把包递给你，记住，是5号窗口！"

我随着人流挤上了列车，从5号窗口伸出头来，只见父亲搓了搓手掌，猛地把那只大包举了起来，就在我接过包的一刹那，只听啪的一声，包带应声而断，旅行包从窗口垂直落下，巨大的惯性将拉链崩脱，里面滚出一大堆苹果、鸭梨、月饼、花生……

父亲慌了，手忙脚乱地将散落在地上的食品一一拾进包里，甚至蜷缩着身子，一只脚探下去，将落在铁轨边的两只鸭梨捡了起来。

我吓得大叫："爸，快上来，不要了，不要了！"

"这梨是刚摘的，带在路上吃。"父亲笑嘻嘻地从铁轨下站了出来，把拉链拉上，可包带断了没法提，父亲急得团团转，突然他的手停在了腰上，"有了"，只听嗖的一声，他竟然将皮带解了下来，往旅行包两头一扣，正好是一根包带。

这时汽笛声响了。如释重负的父亲把手插进兜里，把裤子提得老高，模样十分滑稽。

旁边有几个年轻人笑了起来，父亲也笑了，看着我憨憨地笑，可我怎么也笑不出来。火车启动了，父亲依旧提着裤子站在那里，直至变成一个小黑点，我的眼泪再也止不住地流了出来……

那根皮带我一直珍藏着，以后无论遇到成功还是失败，它总能给我无穷的动力，尤其是每当回忆起父亲抽出皮带的一刹那，我觉得那是世上最酷的动作。

享受成长，日拱一卒，随手记录下此刻的心情吧！

阿勒泰的木耳

□李 娟

阿勒泰连绵起伏的群山背阴面有成片浩荡的森林，那里安静、绝美、携着秘密。木耳一排排半透明地立在伏倒的树木上，它们是森林里最神秘、最敏感的耳朵，总是会比你先听到什么，更多地知道些什么，却不为你所了解。

那时候，知道这山里有木耳的，还只是很少的几个人，采回家也只是自己尝尝鲜而已，而我妈却想靠它发财。

我妈一心想找到那野生的木耳。她爬山峰，下深谷，出去得一天比一天早，回来得一天比一天晚。每天回来，头发都乱糟糟的，疲惫与失望折磨着她。终于有一天，她从森林里回来，拿着一根小树枝。树枝的梢头长着指头大的一小团褐色的、嫩嫩软软的小东西。像一个混混沌沌、灵智未开的小精灵。那就是木耳。

从我妈找回第一朵木耳开始，生活中开始有了飞翔与畅游的内容，也有了无数次的坠落和窒息。

当晾干的木耳攒够了六公斤时（平均九公斤湿的才能出一公斤干货），我们把它们仔细地包装好。我妈提着装着木耳的箱子，搭上一辆运木头的卡车去了山下。那天半夜时分我妈才回来，她兴奋地告诉我们，在山下小镇，一个干部模样的人，想买木耳作为礼品，他把六公斤木耳全买了，八十块钱一公斤！这远远比我们靠小店做生意赚得多，我妈高兴得直想飞起来。那个夏天真是漫长，我不知道究竟弄了多少木耳。每次我妈下山，想要的人便闻讯而至，简直跟抢一样。我们就顺势把木耳涨到了一百块钱一公斤。

渐渐地，有一些人也开始采木耳卖木耳了。采木耳的队伍悄然扩大。采木耳的痕迹，满山遍野都是。木耳生长的速度极快，尤其在下过雨后。但采木耳的人一多，它就赶不上采摘的速度了。木耳明显地少了，于是除了采木耳，人们又挖党参，挖虫草，只要是能卖到钱的都挖。山脚下、森林边狼藉一片。秋天下山时，木耳已卖到一百八十块钱一公斤。刚入冬，又涨到两百块钱一公斤。

这时，木耳的用处已不是用来吃了，而是作为礼品和一种时髦的东西，最终流传到一个本来与木耳没有任何关系的地方。

又一年春天来临，木耳的世界疯狂到了极限。远在宁夏、甘肃的人也涌来了，山下的人爆满，像蝗虫一样，到处都是，他们靠着破旧的行李露宿在河边那片废墟里；还来了铁匠，专门给大家打制挖野货时要用的工具，炉火熊熊，贪婪地吞噬着早春的空气。进山的那两天，所有人背着铺盖行李，提着面粉粮油，扛着铁锹木铲，成群结队，浩浩荡荡向北走。进山，进山。对木耳狂热的渴望照亮了他们暗黑疲惫的脸……而来订购木耳的人把价出到了五百块钱一公斤。

我们真有点儿怕了，我对我妈说："今年我们还去弄吗？"

她也怕了，但她想了又想，说："不弄的话怎么办呢？你看我一天天老了，我们怎么生活……"

那么，我们过去又是怎么生活的呢？那些没有木耳的日子，没有希望又胜似有无穷希望的日子，那些简单的、平和喜悦的日子，不是生活吗？我们几乎都要忘了，忘了森林里除木耳之外的那些更多更广阔更令人惊喜的一切……

就在那一年，像几年前突然出现一样，木耳突然消失了，像是从来就没有过一样地没有了……森林里曾有过木耳的地方都梦一样空着，真的什么也找不到了……

我觉得那一年的每一个人都在哭。木耳再也没有了……其实，我们对木耳的了解是多么不够啊！

那一天，我一个人进山，走了很远，看到前面有人，那是我妈，她还在找。远远地就看到她的附近有一朵木耳，整个世界最后的一朵，静静地生长着，但是她没有发现。我站在那里，看着她很久很久，直到看着她失望地离去。

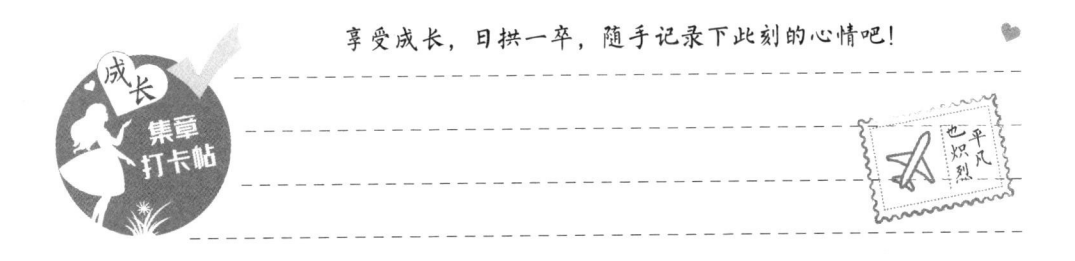

享受成长，日拱一卒，随手记录下此刻的心情吧！

爸妈一刻也没有停止对我的改造

□尼格买提·热合曼

我与父母像是来自不同的星球,他们越发开朗,我就越发低落。常听说一些孩子因为兄弟姐妹比他们优秀而自卑,而我很奇怪,是因为这样一对父母。他们定是早早就发现了问题,便开始了长远的、艰难的改造我的计划。

首先是当时的一件稀罕物——电子琴。

我至今还清清楚楚地记得那台琴长什么样子,它的颜色、质地,甚至连那黑色的帆布包都历历在目。

那是一台浅金色的琴,被我用水彩笔在琴键上写下一个个音符。当它初来我家时,我兴奋极了,抱着电子琴就叮叮咚咚地一顿乱敲。殊不知这琴还有个附赠的产品——一位极其严厉的音乐老师。他带着我一点点学,为我的不配合伤透了脑筋。我可以有两万种为难他的方式,有八万个拒绝上课的理由,最终这老师敌

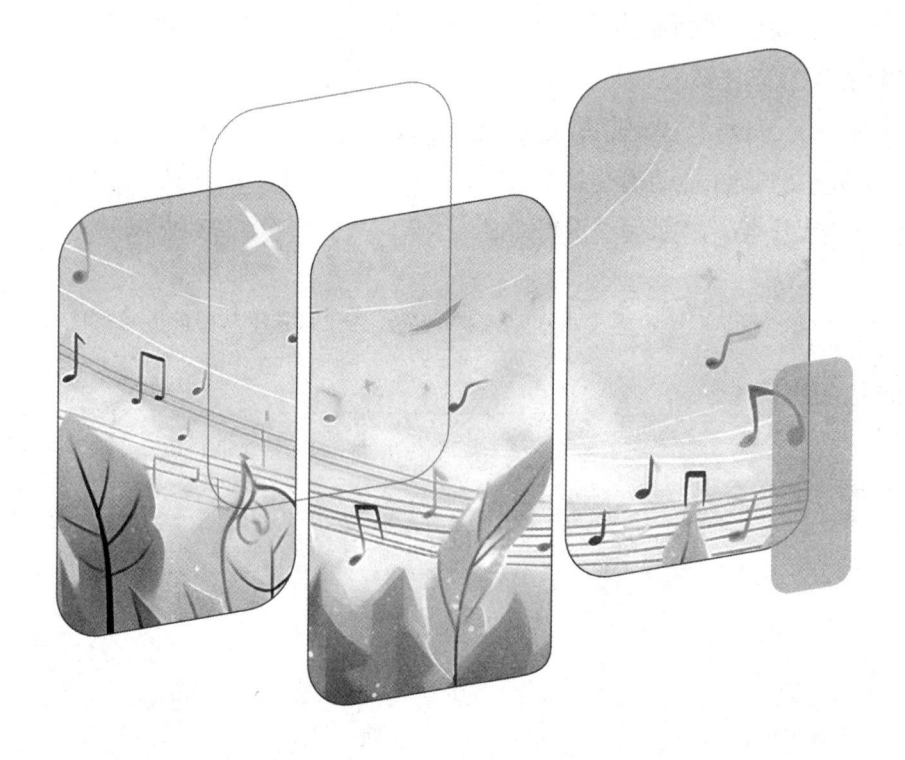

不过我的非暴力不合作，从某一天起，不来了。

电子琴这事就这么被放弃了。之后我一度责怪我的父母，为什么当时不再坚持一下，哪怕学到点儿皮毛，我后来也不至于总在冥思苦想半天后，在特长一栏里勉为其难地写下"唱歌跳舞"这样无趣的答案。再者说，如果我学琴能坚持下来，多少也能压制住后来的日子里，爸妈在培养我这件事情上，变本加厉地探索与尝试。

下一项挑战，是画画。

孩子们，如果你读到了这里，就尽量少在童年时期展现出对某种艺术门类的兴趣吧，爸妈简直天生一双火眼金睛，生怕错过了孩子在某个领域展现出的所谓天赋。对，我确实是在电子琴之后，在某一张可恨的纸上随便画了那么几笔。完了，他们仿佛看见了毕加索、伦勃朗、达·芬奇，匆忙再苦苦寻到一位老师，让我每周日背着画板苦行几站去老师家学画画。

那个年代还没有双休日一说，唯独能玩儿的星期天，我都要告别院里的小伙伴，步行前往老师的家里学画画。好在在画画这件事情上，爸妈和老师还算没白费努力，强压出了那么一点儿成果。我画的几幅儿童画在自治区的绘画大赛中拿过奖，在中日儿童绘画比赛上获过名次，其中有一幅画还被送到华盛顿（对，是真的华盛顿）的世界儿童画展展出。

我对那幅画的记忆太深了，画的是在爸爸的老家伊宁，我们坐着大篷马车的场景，那是我在伊宁最美的回忆。记忆这东西有多神奇！三十多岁了，只要右手一撑，一屁股稳稳地坐上去，儿时那份简单轻松的快乐就迅速占领心房。

那幅画就叫《大篷车》。

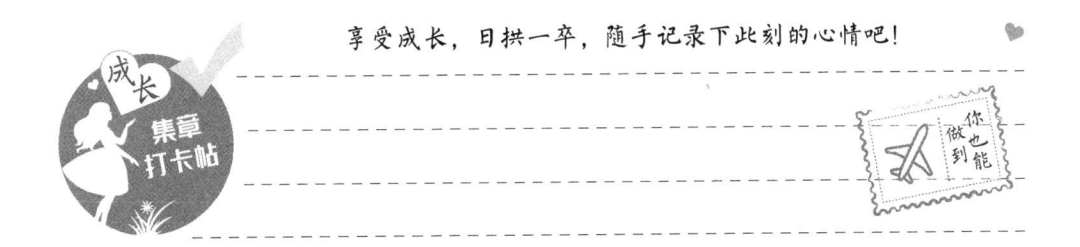

享受成长，日拱一卒，随手记录下此刻的心情吧！

童年的最后一天

□黎紫书

夏日炎炎，黑狗炭头是这样走路的——蹑手蹑脚，舌头伸得好长好长，几乎要触到路面了，哈。

大太阳让上学的路变得漫长。炭头一路上呵呵呵地努力呼吸，直到走到学校门口，女孩拿手上的野芒草抽一抽它的头说："去吧，放学时再来。"炭头才转身往回家的路上呵呵呵地走。夏日的阳光让炭头看起来比平日黑得更纯粹一些，皮毛发亮，长尾巴竖起来摇啊摇的，像在赶苍蝇，也像妈妈坐在病榻上摇蒲扇的动作和节拍。

夏日的夜，纳凉，赶蚊蚋，有着驱不走的郁闷。

炭头是在妈妈犯病后才来的。女孩那时误以为它是只小猫，把它捡了回来。爸爸不喜欢炭头，他说狗毛会让妈妈的病加重。女孩听话地把小狗丢弃，它又自己循路回来，女孩就再也舍不得抛弃它了。不依，不依，不依！她一脸倔强，把小狗紧紧抱在怀里，爸爸没辙了。邻居说自来狗是好兆头，而小狗还适时地在家里发现了借宿的毒蛇，汪汪汪直叫，算是救了大家的命。妈先心软了，爸也就无

话。从此家里多了条狗，黑不溜秋的，叫炭头吧。

炭头真黑，浑身没有半丝杂毛，只有眼珠略带棕褐，像两枚琥珀纽扣钉在一团黑绒上。这双眼睛就那样看着女孩一天天长大，也陪女孩一起凝视妈妈印在墙上的身影，以及爸爸愈来愈精瘦黝黑的背脊。

妈妈日益频繁地到医院去，留诊的时间愈来愈长。上门来讨债的人似乎多了些，勤了些。也有热心的邻里打听了各种偏方，或送来一些奇怪的野味与草药。爸爸傍着炉灶静静地熬药和抽烟。隔壁家的大娘经常过来，还在说着一大堆偏方的名目，不时瞟一眼炭头，还差一味黑狗血的药引子啊。

女孩听得毛骨悚然。她回过身来狠狠地瞪着那大娘。爸爸却沉默地看着自己吐出来的烟雾。

夏日，只有知了在外头穷嚷嚷，像无休止的抱怨。

知了的喧闹，在课堂上也听得到。女孩有点儿烦。好不容易等到放学的钟声响起，她收拾书包走到门口。那里人很多，人声比知了的叫声更喧闹。她没听到炭头的吠声，不像往常一样有一只黑狗摇着尾巴向她奔来。女孩只看见爸爸站在前面的树荫下，难得地没有抽烟。

那一天，爸爸陪她走回家。路上女孩什么也没问，沉默地让爸爸牵着她的手。只是走到半路时，她忽然想起炭头蹑手蹑脚伸长舌头呵呵呵地走路的样子，才忍不住把手抽回，咬着嘴唇狠狠地擦眼泪。

享受成长，日拱一卒，随手记录下此刻的心情吧！

不确定的世界，确定的勇气

□帐不戒

医生这份工作带给我的最大好处，就是它让我从一个习惯逃避、性格懦弱的人，变成了一个解决问题的人，一个勇敢的人。

说起来奇怪，这份工作面对最多的是对死亡的恐惧，但它又把人教育得坚强勇敢。这是不是从某个侧面说明，恐惧和勇气是一体两面？

学医之前，我胆子很小。我怕鬼，半夜做噩梦总梦见从床底下伸出一双枯瘦的鬼爪，一直到小学毕业我每晚都必须开着小夜灯睡觉；我害怕睡着就再也醒不过来，晚上偷偷在被子里打着手电筒看小说，困得实在熬不住的时候才会把自己交给黑色睡眠；我没有办法对着陌生的亲戚长辈礼貌地打招呼；我害怕失败，没有勇气独自负责一件事情。

实习时，我战战兢兢地来到病床前，看着老师们对病人进行各种操作，面上一派风轻云淡。我以为，他们一定是有万全的把握，知道自己一定不会失败。熟悉之后我才发现，他们穿刺也时有失手。再之后，跟着医生站上手术台，我惊奇地发现，他们也没有万全的把握，忐忑和担忧随着麻药注入开始，到最后一针缝合也没有结束。

这一行，永远没有完全的把握，永远是心里悬着一块石头，谁也不知道下一秒会发生什么事情。

发现这一点时，我是绝望的，可是，勇气就是在绝望中迸发的。第一次单独抢救病人，是在内科。早晨，我刚分发了监测六点钟体温的体温表，转过头回到护士站打印抽血的条码，抢救室一个肝硬化的病人突然就不行了。两分钟不到，心率掉到四十，我跑到病房的时候，脑袋一片空白，身体却有自己的意识，已经开始做起心肺复苏。在急诊科的时候，我只是一个辅助者，每次出诊，我身边都有老医生，有护士，有人会告诉我下一步该怎么做，如果我的体力不够，还可以让护士帮忙。那些需要拨打急诊电话的病人，要么是来自血淋淋的事故现场，结果一目了然，要么是急发慢性病，用上药物和器械后，状态就能慢慢稳定。而现在，做决定的只有我自己。

一切都是徒劳的,我在绝望中几乎想流泪,手下的身躯没有一点儿声音,死亡就在四周盘旋,等待我松手的那一刻扑上来。这个认知让我害怕,可是其他人比我还害怕,隔壁床的病人心率噌噌往上升,家属们七嘴八舌地逃出房间,其他病房的家属被声音引来聚在门口围观……触目所及,都是恐惧和好奇,除了我自己,没人能帮我。我突然就镇定下来了,语气严肃地交代门口的家属,让他们帮忙去值班室叫醒医生,自己一边计数按压,一边默记时间和数据。

那个凌晨,我和医生一直在抢救室里,她做心肺复苏的时候,我给病人上各种抢救药品;她休息的时候,我来做心肺复苏。等到病人家属终于齐聚床前,同意放弃抢救时,我俩的衣服已经全部湿透了。洗完手,我们对视一眼,看到了同样的释然和无奈。没有人真的勇敢,没有人能做到风轻云淡,我们只是在当时的处境下,执行了最正确的流程。

世界一下就变得简单了,不管事态多么糟糕,不管环境多么差劲,最重要的是解决问题,而不是放任思想奔逸。只要按照逻辑的最优解去认真处理问题,它就不会变得更糟,而这个行为就能被称作勇敢。

临床工作,与其他工作最大的不同,就是你无法逃避,病人将生死交到了你的手上,不管你有没有信心,有没有做好准备,你都要以最快的反应速度去解决问题。没有时间能够等待,也没有人能够代替你,你只能一点点地去做,按照操作流程,按照书中的记录,回顾自己过往的经验,在忐忑中,度过一天又一天,然后不知不觉,就成了病人眼中沉稳可靠的人,成了同事眼中业务出色的前辈。

这个世界就是不确定的,就是充满陷阱,一个勇敢的人不是不恐惧,而是能够面对恐惧,带着恐惧往前行走。在我看来,能够改变的,都不叫困难。有时候困难不是一个事实,而是一种心态,当你正面抗击它的时候,你的内心会告诉你正确的选择。

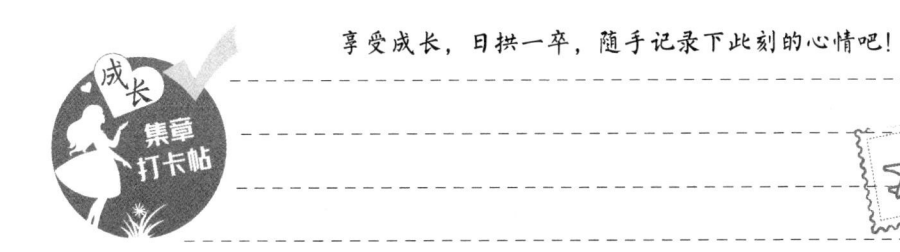

享受成长,日拱一卒,随手记录下此刻的心情吧!

成绩最差的学习委员

□ 曾 颖

我是凭着自己一塌糊涂的中考成绩进入职业中学的。

那是1984年,职业教育刚刚在故乡小城推行,是新生事物,我学的专业又是"家用电器"——在黑白电视机都还没有普及的年代,也算是时髦新潮的专业。同级还有两个建筑专业班,被强制分去学建筑的同学一个个灰头土脸。没想到多年后,他们中涌现出了多个千万富翁。

回到进职中的那一年,包括学校老师在内,大家更看好的都是家电专业。学校接受各种采访,也都是安排家电专业的学生去。我永远记得进职中第一天的场景。由于小学、初中成绩都不太好,我对教室和老师心存倦意,总觉得那一眼望不到底的读书生涯,会有一个不出所料的失败结局在前方等我。

我们班只有四十几个人,教室空出一大截。班主任是位头发花白的红脸男人,梳着背头,随时面带笑容,一说话就露出两颗门牙,仿佛是一只快乐的卡通兔子。我没想到的是,这个让我第一眼看到就心生愉悦的老师,会深深地影响我,将我的命运从另一条道路上硬生生地拽了回来。

这位老师叫李洪高,当时四十几岁,教了大半辈子数学。人到中年,面对我们这帮奇异的学生,他的内心其实远没有表面看上去那么轻松。作为一名教师,看着眼前这帮刚在中考中吃了人生第一场败仗,并且不知路在何方的学生,他的内心也是打鼓的,但因为是老师,他必须表现得足够乐观坚强。

开学那天,在点完名之后,李老师开始委任临时班干部,说等一个月大家熟识后再进行选举。一位皮肤黝黑的农村同学被任命为班长,这个称号一直保留至今;一位一看就学习很认真,可能中考运气不佳才流落于此的瘦小的女生被任命为团支书;令我始料不及的是,任命班上的学习委员时,李老师居然叫了我的名字,连我本人也觉得不可思议。要知道,从幼儿园到初中,十多年里我可是连小组长都没当过一次,更不要说学习委员——它对于我就像天鹅肉之于癞蛤蟆,想想都是罪过。此刻,这个任命从天而降,砸得我的头嗡嗡响。我再次抬头看李老师,确认他的眼睛的确看的是我。他眼含笑意,坚定地冲我点了点头。我也由此成为成绩最差的学习委员。

除了我自己，其实没有任何人在乎这件事。全班四十几个人，一半都有这样那样的职务。几十年之后开同学会，大家叫得出班长、团支书甚至文娱委员，唯独回忆不起我这个学习委员，足见在同学们的记忆中，这职位是完全没有存在感的。但这对我，是石破天惊、开天辟地般的一件大事。这意味着，在新的学校里，老师并不讨厌我，这对于一个青春期叛逆少年意味着什么是不言而喻的。

那时的我像一面奇怪的放大镜，总能发现并放大来自外面世界的敌意，有时甚至有些神经过敏地制造和挖掘这种敌意。周边的环境也因为我的这种敏感与敌意而变得不友好，这又正好成为我证明世间冷漠的例证。如此恶性循环之下，我自然就变成一个愤世嫉俗的人，从别人一句寻常的问候之中，都能听出莫名的恶意来。李老师这一看似不经意的"任命"，让我感受到了久违的信任。

学习委员有两大工作职责：一是配合教导处写"教学日志"，也就是悄悄给老师的讲课质量打分；二是办黑板报。前者要求我每堂课必须坐在教室里，而不能像小学、初中时那样，待在学校背后的小树林或隔壁茶馆里的时间比在教室里的多；而办黑板报，对于5岁就能在厕所墙上画"丁老头"的我来说，也不是太难的事，加之从小到大，我唯一擅长的就是作文，虽然字写得丑了点，但文章的内容还算有趣。

因而，我的黑板报办得还算过得去，甚至在年级和学校都有了一点儿名气。后来，我进报社、编报纸、写新闻，与这段经历也多少有关。但我的专业是"家用电器"，主要科目是"电工基础""电子技术""收音机""录音机""电视机""冰箱"等，后期甚至还有计算机二进制基础编程之类。这些课，实验操作尚好，基础理论却很枯燥。我这个混了八年的"学渣"，简直如同蚊子叮钢板，完全扎不进去。加之学校初创，经费紧张，实验很难实际操作一回，而外聘的专业老师大多是不擅讲课更擅实操的工人师傅。到了期中考试，我的成绩可想而知。

那些日子，我人生第一次为了学习而焦虑。此前，为学习成绩挨过的批评甚至打骂不可谓不多，但我都没那么焦虑过；此时，我开始在乎——作为一名学习委员，我的成绩至少不能是倒数啊！那也太对不起老李了！"老李"是我心中对李洪高老师的昵称，它自然而然地蹦出来，并在我心中保留了一生。

为了缓解这种焦虑，我想过许多办法：找当电工的舅舅补课，买各种课外书，撺掇母亲订与电子有关的杂志和报纸……我甚至用肥皂盒加几个三极管和电容电阻，做出了一个电子门铃。

母亲为了配合我破天荒的勤奋，甚至卖了50斤粮票，花9.8元为我买了本厚得像砖的《三极管参数大全》——这相当于一个没有电脑的家庭花巨资买了个硬盘放在桌上当摆设，但它至少表明了母亲和我希望把学习搞好的愿望和决心。

但这一切，丝毫没改变我一塌糊涂的成绩单——上面七个科目，除语文和体育，基本是红色。可是老李在通知书中，不吝惜言语地对我细小的优点进行了放大式的表扬：办黑板报被称赞为热心公益，帮图书馆抬书被视为乐于助人，在联欢会上演哑剧被认为有文艺潜质，连写作文被教导主任批评不符合主流思想，也被他表扬为有独立思考的能力……

那封通知书发到我妈手中，我妈惊讶得把字数并不多的通知书翻来覆去看了很多遍。这是有史以来第一次，她没有恐惧开家长会。

这样的场景，让我汗颜并且羞愧。我发自内心地想努力学习，以对得起李老师对我的欣赏和信任。但遗憾的是，直至毕业，我也没有把家电专业学好。但我至少努力过，还把原先不及格的科目，挣扎着考及格了。

因了那份尴尬和遗憾，我努力想成为更好的自己，这种信念在以往是从没有过的，是老李帮我树立起来，并让我受益一生。我至今每天坚持早晨6点就起床读书、写字，心里的感觉与38年前一样。如果说如今的我对这个世界充满热爱和眷恋，那源头，一定可以追溯于此。

我曾是一个成绩很差的学习委员，我对此既惭愧又感激，同时充满欣慰和自豪。我没有学会修理电视机，却学会了修理自己。这一切，都要感谢那个乐观开朗并且偶尔有些小小狡猾的老李。

转眼，他离开人间3年了。愿他在天堂，知道我在想他。

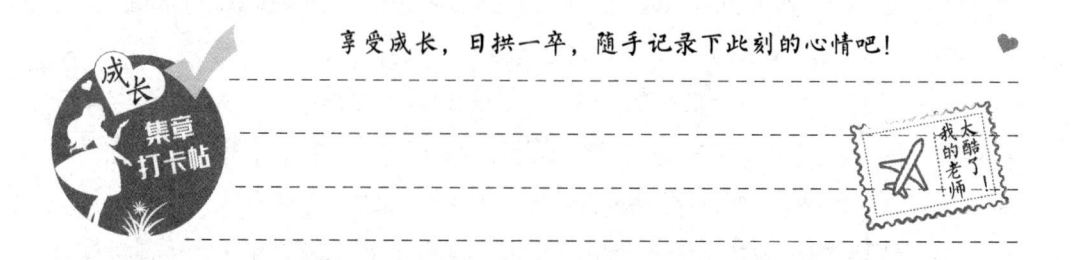

享受成长，日拱一卒，随手记录下此刻的心情吧！

谦逊如水

□ [俄] 列夫·托尔斯泰　译 / 陈建华

人自视越高,他就越弱小;人自视越低,无论对人对己,他就越坚强。

水是液态的,轻盈而随和,但如果它攻击那牢固的、坚硬的和顽固的东西,则没有能与之匹敌的:它冲垮房屋,把巨大的船只像碎木片一样掀翻,冲毁土地。空气则比水更为柔弱,轻忽而随和,而当它攻击牢固、坚硬而顽固的东西时也更为强大:它连根拔起大树,同样能摧毁房屋,掀起巨浪,甚至把水赶入乌云之中。柔弱的、轻盈的、随和的,能战胜坚硬的、猛烈的、顽固的。

人们的生活也是这样,你想成为胜利者,就要柔弱、轻盈而随和。

为了变得强大,必须像水那样。水奔流起来,势不可当;遇到堤坝,它停下来;但它会冲垮堤坝,又继续流淌。

在方的容器中它是方的,在圆的容器中它是圆的。正因为它这样随和,所以它既是最柔弱的,又是最刚强的。

享受成长,日拱一卒,随手记录下此刻的心情吧!

我也曾热衷游戏，但我很快戒掉了

□宋保亮

1997年，我从南京大学毕业后，进入中国科学院上海生化所读研究生。入学后，我发现学习非常自由，没有老师天天盯着，生活费也很充足，于是也开始热衷打游戏。但是，我很快觉得这样不行，虚度光阴。为了彻底戒掉游戏，我把游戏从电脑里删除，还在自己的书桌上贴了张字条——"每天看一篇文献"。

我给大家的第一个建议是：要抵制诱惑，专心学习。

我在这个阶段坚持读了很多文献，我的思维和眼界因此非常开阔。我的实验训练是在博士后阶段完成的，和大多数人的科学训练是反着的。

我给大家的第二个建议是：学习没有固定的模式，可能也没有完美的条件，但你一定要利用现有的有利条件尽可能发展自己。

在我研究生毕业前，美国西南医学中心的两位大牛Mike Brown和Joe Goldstein第一次来中国，他们是1985年生理学或医学领域的诺贝尔奖得主。我穿过大半个上海去参加了这场学术会议，正是研究生阶段的积累，使我有底气敢于

主动和他们交流。此后，我获得了他们给我的到美国西南医学中心做博士后的邀请，这是我的科学研究生涯中最重要的经历。

我给大家的第三个建议是：不要错过和大牛亲密接触的机会。

在Brown-Goldstein实验室，我接受了最严格的科研训练，他们实验设计的严格、对高质量数据的追求等对我影响特别大。我很庆幸我没有因为工资选择其他的实验室，否则我不可能成长这么快。

我的第四个建议是：不要让金钱左右你的选择，牺牲了长远的事业发展。

在我带的研究生中，有两人我认为是非常优秀的：一个特别喜欢问问题，他一直在思考课题，经常会来跟我说"宋老师，我又有一个想法"；另一个特别勤奋，通常大多数同学会从我布置的实验中挑一到两个简单的做，而她把我建议做的实验都做了。最后这两个人都发表了高水平的科研论文。

我给大家的第五个建议是：勤于动脑、勤于动手，找一个你身边优秀的人，作为你的榜样，每一个细节你都要做得和他一样好，甚至更好。

在这里，我想分享我认识的大师——北大的程和平院士的经历。他在研究生阶段最早接触到双光子显微镜，一直设想把这种显微镜小型化。2018年，他们成功做出了2.2克的双光子显微镜，可以装在动物的头上记录其脑内的神经活动。

我给大家的第六个建议是：脑子里要装着一两个非常前沿甚至是异想天开的科学问题，等将来条件成熟或者你哪天灵光一闪，你就有可能找到突破点来攻克这个难关。

当下，是近几百年来中华民族的科技水平最接近世界最高水平的时候，我们国家对人才和科技的重视程度也是前所未有的。科学研究是不断挑战你们的智力和毅力极限的过程，希望你们都能承担起这项光荣的历史使命。

享受成长，日拱一卒，随手记录下此刻的心情吧！

不及格的课代表

□黎饭饭

小敏是我初中时的英语课代表。她皮肤黝黑，圆脸微胖，两颊上有两朵常年不散的高原红，唯一的亮点也许是笑起来的时候，眼睛会眯成一条缝，显得十分可亲。

不过这样"可亲"的时刻屈指可数。因为她非常严厉，或者说死板。早读时，她总会敲醒趴在课桌上补觉的同学；有人忘记做作业，她一五一十地报告给老师。"真装。"女生们在背后这样议论她，"不就是个课代表吗？真拿自己当回事儿。"

议论归议论，大家不得不听从着小敏的管理，直到开学第一次月考，刚发下试卷，小敏便匆匆地将自己的那张收了起来。同桌注意到异样，趁小敏上厕所时偷偷翻出她的试卷，鲜红色的"40"赫然出现在眼前。

同桌如获至宝般拿给前后同学看，四周发出一阵爆笑："哇，咱们的英语课代表，居然只考40分！"班里瞬间炸开了锅，"不及格也能当课代表吗？""没能力还口气大，啧啧。"

那张40分的试卷仿佛比任何漫画书都好笑，大家争相传阅。小敏回到教室时，正好看到这一幕，但她没了平时严厉呵斥他人的底气，只是沉默地从同学手中将试卷抽走。

发现了小敏的"秘密"后，越来越没有人理会她的指挥。有人给老师写了匿名信，要求撤掉小敏的课代表职务。不知道是因为看到了那封信，还是也认为小敏能力不足，又或者是发现只要是小敏的早读大家都松松散散地趴在座位上，老师便指派了一名成绩好的女生做"副课代表"，只给小敏一些抄板书、布置作业之类的任务。小敏主动想要带领大家早读，却遭到拒绝。

"你难道不知道你的很多发音都是错的吗？"副课代表说，"作为一名课代表，考不了第一就算了，连90分都没有，大家怎么听你的话？"

小敏的脸憋得通红："我会考到90分的。"

没过多久的期中考试，小敏依然没有及格。没有人再听小敏的话，连英语老师也会在听写单词后，别有意味地对小敏说："认真一点儿，你有好好背吗？"

那天之后，小敏变得沉默起来，也不再"多管闲事"。凡是课间她都努力捧着英语书在看，放学之后还久久地留在班里做题。但大家对她的关注依旧没有消减，每节课的随堂测验，总会偷瞄一眼小敏的成绩，以确保还有足够的底气嘲笑她。

终于，期末考试，小敏勉强考了81分。来年的班干部选举上，她走上讲台，小心翼翼地说："对不起，我不够格做英语课代表，从这学期起，我将辞去课代表的职务，由新课代表带领大家学习英语。"一阵沉默后，不知谁起的头，台下竟响起欢快的掌声。噼里啪啦，掌声越来越大，像是上涨的潮水般，逐渐淹没她的头顶。小敏红着脸，在掌声中匆匆跑下讲台。

初三分了快慢班，我再次见到小敏是半年后，在一家商场里。她瘦了不少，脸上的红晕也淡了，笑起来还是眯着眼睛。

"你怎么在这儿啊？"我说。

"我舅舅家的店，让我在这儿打工。"她说。

小敏忽然提起她做课代表的那段时间。"我在农村上小学，没学过英语，刚入学时自告奋勇做了英语课代表，现在想起来真是丢人现眼。"她喃喃道，"我知道好多人都讨厌我，其实我也讨厌这个没能力的自己，无论怎么努力，都得不到想要的位置……"

我连忙岔开话题："你别想这么多了，好好准备中考吧。"

小敏愣了两秒，笑道："你分班了还不知道，我已经退学了。我脑子笨，比不得你们。做课代表这件事，终究是我错了。"我怔怔地想：如果当初我们没有集体反对小敏做课代表，一切会不会不一样？

在那些交头接耳的悄悄话中，在看热闹的欢声笑语中，在小敏辞职后整齐划一的掌声中，一个女孩的人生正在悄然改变。集体的诅咒就像洪水，聚集在一起，能够毫不留情地将人淹没。在这场以压垮小敏为目的的狂欢中，没有人是无辜的。

享受成长，日拱一卒，随手记录下此刻的心情吧！

一个叛逆青年的三封家书

□洪明基

14岁那年,我得到去美国读书的机会,踏上背井离乡的求学之路。

尽管远离家乡,但爸爸、叔叔和爷爷对我的要求非常严格,以至于我对他们始终是抵触的。这种情况一直持续到大学毕业前夕。当时,我的学习、生活状况还是不错的。在当年的考试中,我的法律课和宏观经济课在全年级得了第一名;生活上,我也有女友爱护照顾,有朋友沟通交流,过得算是自在。只是内心总会莫名产生一种不安,或者说是迷茫,还有些许的叛逆。

"青春就是迷茫与叛逆的挣扎史。"那段时间,我看每一件事都不顺眼——爷爷、爸爸和五叔跟我说的每一句话,我都感觉特别逆耳——我已经长大了,他们还在不停地批评我。于是,我会想尽各种方法来反驳他们。

我很迷茫,根本不知道人生目标是什么,也没有具体想过;我对这个世界的很多事情都不太认可,感觉生活就是这样,就像尼采所说:"人,动物的人,就根本没有意义。"每次情绪不好或者感觉不顺,我就会产生厌世心理。

有天晚上,我实在郁闷得不行,就决定写信发泄一下。我写了三封信,分别给我的爸爸、五叔,还有爷爷。大致意思是:我不知道我在干吗,也不知道我跟这个世界有什么关系,为什么要读书,我觉得我寻找不到生命的意义。既然人生没有意义,活着也就没什么意义了,我决定在暑假前结束我的生命。反正你们也不是特别在乎我。当然,我还是有责任告知你们一下。

现在回想,写这三封信既有对前途和生存意义的迷茫,也有一种调皮捣蛋式的叛逆在里面。

信写完,我便匆匆寄出,然后跑到朋友家躲了起来。刚开始,我很为这个鬼主意开心,觉得一定会弄得他们三个"老头子"坐立不安:"终于小小报复了一下,谁让你们平时对我那么凶。"

到了第三天,我心里有点儿不安了:一是怕爸爸把信给妈妈看,让妈妈担心;二是我也很害怕等假期回家的时候面对他们三个人。这时,我在朋友的书架上看到一本书《高效能人士的七个习惯》。翻开书,我看到了"积极主动"的内容：一个人无论做任何事，首要的是积极主动去解决自己遇到的问题。我感觉像被电击了一下，一口气把书读完，当即决定第二天早上就回学校去。

第二天，我赶回学校，推开宿舍门，看到桌上有三封信，分别是爷爷、爸爸和叔叔的。我有些纠结，既非常急切地想知道他们的回复，又害怕他们暴风骤雨般的指责。

最终，我还是把这三封信一一拆开。

爸爸的回信很短也很让人意外，他一改往日的严厉，变得温和。他说："明基，看到你的厌世，我很震惊。人生很短，你长大了，人活着就要快乐，希望你能找到自己喜欢的事去做，不断追求深层次的快乐，好好珍惜自己的生命。"

我看的第二封信是五叔写的。他说："明基，你长大了，在寻找生命的意义了。对于一个男人来说，最有意义的事，就是要胸怀天下，要看到中国的大势，并为此做好准备。我们平时对你严厉，是希望你能够成为做大事的人。人生其实就是等待一个机遇，这个机遇来临之前，你要通过一切方法来武装自己；只有这样，当这个机遇到来的时候，你才能有信心去把握好它。希望你能堂堂正正地做一个中国人。"

最后一封是爷爷写的，信里除了鼓励和认可外，爷爷还说："明基，等你这

个暑假回来，我带你回汕头，到我们的祠堂去看看，我们的根在那里。我们洪家的生存史也是一部创业打拼的历史。你长大了，我相信你会想明白，你是能够肩负起家族的使命和责任的。"

这三封家书，我看了一遍又一遍。

爸爸让我寻找自己喜欢的东西，人生的目标是快乐；我的叔叔给我讲世界大势，尤其说到中国的大势，希望我把握好机遇；爷爷更多给我讲的是家族使命和民族责任。

我的祖辈和父辈都是爱国人士，可当时我对爱国的感觉并不是很强烈，是这三封信让我第一次真正有了对于国家和民族的责任感。我开始思考，我的人生应该如何度过？我到底喜欢什么？什么样的东西能给我带来快乐，让我可以努力地去工作？我生活的意义在哪里？作为洪氏家族的一员，我这一生应该承担起什么样的责任……

我把自己关在宿舍里整整三天，懵懵懂懂地悟出了一些道理：要做一个负责任的人，对自己的家族负责，要武装自己，找到自己喜欢的事，做出一番事业。

稻盛和夫说过这样一句话："要想拥有一个充实的人生，你只有两种选择：一种是'从事自己喜欢的工作'，另一种则是'让自己喜欢上工作'。"

我喜欢美食，美食能够带给我快乐，算是个超级吃货，于是，我下定决心，要以吃作为切入点，打开一条通往未来的路。

想明白以后，我感觉自己一夜间长大了，找到了人生的价值追求，一种强烈的责任感油然而生，一股强大的力量瞬间充满全身。我并不明白这股力量是什么，但正是这股力量帮我做出了人生中第一个重要决定——开始美食创业。

这三封家书是我人生的转折点，我找到了自己喜欢的、有能力去做的、社会需要的、对自己又很有意义的事。

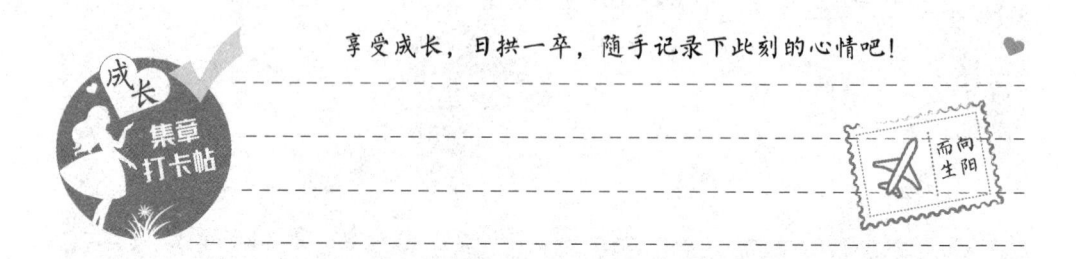

享受成长，日拱一卒，随手记录下此刻的心情吧！

我要用一生来证明我爸是错的

□陈鲁豫

18岁那年我读大一,爸爸和我进行了我们父女俩史上仅有的一次严肃的谈话。我爸的神情和语气我忘了,但中心思想简单明确。他说,你要明白,在这个世界上改变是绝对的,不变是相对的,你要允许一个人、一段情感发生改变。我当时无比震惊、错愕,还有一些愤怒地看着我爸。我觉得成年人的世界太可怕了,我要用我的一生来证明我爸是错的。

那场谈话其实没什么作用,压根儿影响不了我当时单纯的世界观,而日子一天天过去,我慢慢地明白,伴随着每一次成长的多半是阵痛、崩溃、恐惧。然后我就成了今天的样子,谈不上有多喜欢这个样子,但我已经坦然接受。当然,我还没有与生活、与自己和解,但心里已不再那么慌张。因为曾经发生的一切,无论多傻多糟,都把我带到了今天。

我爸说得对,人性是脆弱多变的。但他忘了告诉我,或许当时中年的他也没有意识到,人性始终暗流涌动、不断改变,就是为了让我们熬过一次又一次成长的阵痛,熬过头破血流、狼狈不堪。既然变化是天性,那就意味着不论多痛、多糟的经历,都会如感冒般盘桓多日,然后在某天神秘消失。我爸还忘了告诉我最重要的一点:要有耐心,要相信有些人、有些事的出现只是为了引出主旋律和故事的高潮。

享受成长,日拱一卒,随手记录下此刻的心情吧!

我也曾是个被遗忘的孩子

□ [日] 黑泽明　译 / 李正伦

那是我当电影导演以后的事了。

我在日本剧场观看稻垣浩先生讲述智障儿童的影片——《被遗忘的孩子们》。其中有这么一个镜头，场景是学校的教室，孩子们都在听课，可是只有一个学生，课桌远离大家的行列，单独坐在一旁自顾自地玩。

我看着看着就产生了莫名的忧郁，同时不由得心慌意乱，再也坐不下去了。

我好像在哪里见过那孩子。

他是谁呢？

我突然想起来：那是我呀！

想到这儿，我立刻站起来去了走廊，坐到那里的沙发上。

我想这可能是脑供血不足的征兆，便躺了下来。剧场的女员工颇为担心地走到我跟前，问："您怎么啦？""啊，没什么。"我回答了一句便想坐起身，但一阵恶心简直要吐出来。最后，她叫了辆车把我送回家。

那么，那时候我为什么情绪不好呢？原因是一看《被遗忘的孩子们》，我就想起了那些不愿回忆的、令人不快的事。

我在森村小学上一年级时，觉得学校这种地方对我来说纯粹是监狱。在教室里，我只感到痛苦和难受，一动不动地坐在椅子上，一直透过玻璃窗注视着陪我来上学的家人，看着他在走廊上来回踱步。

回想过去，我还没到智障儿童那种程度，但智力发育很晚是无可否认的。老师说的东西我根本不懂，只好自己玩自己的，结果老师把我的桌椅挪到远离大家的地方，把我当作需要特殊对待的学生看待。

上课的老师常常望着我这边，说："这个，黑泽君大概不懂吧？"或者是："这对黑泽君来说是很难回答的啦。"每当此时，我看到别的孩子都望着我嘿嘿窃笑，心里便非常难受。然而更伤心的是正如老师所说，我的确不懂老师讲的究竟是什么。

我记得有这么一件事——

下雨天，我们在室内做抛球游戏。球朝我飞来，可是我却接不住。大概同学们觉得很有趣，所以拼命地拿球砸我，常常砸得我很疼，让人心里不痛快。于是，我把砸到身上的球拾起来，扔到室外的雨地里。

"干什么？"老师大声怒斥我。

现在我当然懂得老师发火的原因，可那时还不明白。我把砸得自己心烦的球拾起来扔出去，这有什么不对？就这样，在小学一年级到二年级这段时间，我简直就像在地狱受罪一般。

现在看来，只按老规矩行事，把智力发展较迟的孩子送进学校，简直是罪恶行径。因为孩子们的智力发展参差不齐，有快有慢，一年有一年的水平，那种僵死的规定完全是错误的。

写到这里我很激动，因为我七岁的时候就是那么呆头呆脑。学校生活使我深感痛苦，所以为了这样的孩子，我不由得把这段生活写了下来。

我的智力发展起来，是在我家搬到小石川，我转校上了黑田小学三年级的时候。我记得，从此以后，我就像泛焦（摄影技术专用名词，即画面中一定范围内的景物全部清晰）那样，和从前截然不同了。

享受成长，日拱一卒，随手记录下此刻的心情吧！

一场疾病"治愈"了母亲和我

□阿 芙

那年,我们一家出去旅游,妈妈喊我:"嘿!你回头,我给你拍张照。"拍完照片,她站着没动,盯着照片看了好一会儿,又走到我跟前,伸手在我左边嘴角用力蹭了蹭:"这是什么?"我拿出镜子,发现自己的嘴角有一块明显的白色。

妈妈带我去了医院,很快我就被确诊为患了白癜风。

医生开了一堆外擦、口服的药,让我停掉所有的化妆品和护肤品,还嘱咐:"不要吃富含维生素C的食物。"从此,妈妈开始严格监督我的饮食,并且对我的管束一发不可收拾:"这条裙子不是纯棉的,对皮肤不好。""美甲不要做了,再不小心碰到脸,影响恢复。"对于涂药,她更是极端,执意要我每日不间断地涂药,恨不得我吃饭睡觉时都要涂药。

随着时间推移,她对我的病情越发敏感了,仿佛我的白癜风一不小心就会发展至全身。一旦出了家门,她就将我的脸遮得严严实实的。

日复一日,我觉得自己被一根根丝带缠住,越收越紧,勒得遍体红痕,几近窒息。

起初,我只是对橘子、橙子馋得慌,那种酸甜的味道让我很怀念。等白斑开始渐渐缩小,我实在忍不住了,开始偷吃"禁品"。吃到的瞬间,第一感觉并不

第五辑 长大的瞬间，留在了时光里

是来自橘子的酸甜，而是一种自由的畅快。我脑海中立刻蹦出妈妈那种不容反驳的表情。那一刻，我只觉得她剥夺了我的消遣、爱好。这些本和治疗无关，只因她觉得有关，我便从此无法拥有这些东西。这种不自由感如鲠在喉。于是，我开始"忘记"喝药、擦药。

被发现后，妈妈和我爆发了严重的争吵。我怪她步步紧逼，她怪我对自己的病不上心，我们各执一词，最后她以"不管你了"结束了对话。

但是，冷静下来后我开始反思，我和妈妈争吵的症结究竟在哪里，为什么来自亲人的善意会让我感到窒息？

转机出现在我养了猫之后。小猫刚来到我家时，因为紧张和水土不服，肠胃出了点儿问题。我带它去医院打针，小心翼翼地照料它。那一刻，我忽然想到了妈妈。我开始明白妈妈的歇斯底里、草木皆兵，正是因为她爱我，把我当作了一直需要被保护的对象。我觉得应该和妈妈谈一谈了。

"我知道你是为我好，可是我觉得自己正在失去自由。"我对她说。

妈妈眼圈泛红，露出愧疚的神色："我只是太担心你了。"

"我生病不是你的责任，你要相信我能照顾好自己。"我说。

妈妈听完有些惆怅，但也意识到，女儿已经是独立的个体了。

"行吧。"她终于松口，"你自己负责。"

此后，妈妈不再对我施加那些毫无道理的限制，我和她都感觉轻松了很多。我也开始主动配合治疗、控制饮食。当喝完最后一瓶药，白癜风终于和我分道扬镳，妈妈很开心，仿佛打了场胜仗。

这场突如其来的疾病，在妈妈和我的坚持下快速痊愈了，同时它也像一场爱的风暴，"治愈"了我们。如今我们比以前更好了。

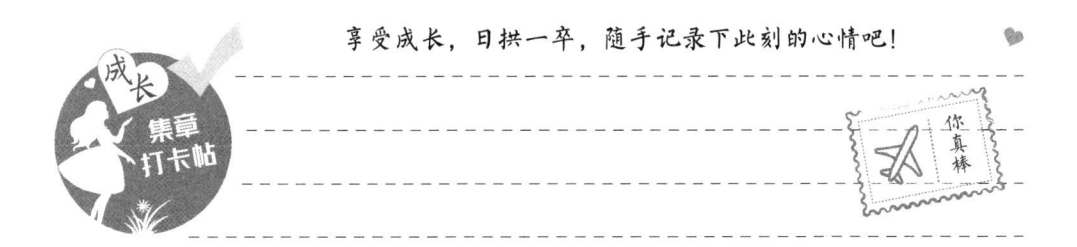

享受成长，日拱一卒，随手记录下此刻的心情吧！

没有像样的足球，我们却踢过最像样的球

□庞余亮

第一次在师范学校里接触足球时，我还穿着一双松紧口的布鞋。那年，我正在操场边的煤渣跑道上散步时，一只黑白相间的足球朝我滚了过来，在操场上光着身子踢球的几个高年级同学招呼我把球踢回去。我很兴奋，看着那几乎不动的足球，用力一踢，只觉得足球好重，足球是踢回去了，而我却崴了脚，一瘸一拐地走了好几天。脚好之后，我紧抠了几个月，买了一双球鞋，开始学踢足球。就这样，上了几年师范就踢了几年足球，不过踢得非常蹩脚。

毕业时，同学们把已经看不出皮的黑足球放了气让我带回家。待我到了分配的学校后，心凉了半截儿，本来准备独享足球，但学校里连半个足球场也没有，唯一的泥操场坑坑洼洼的，像是我抠完了青春痘后的面颊，寂寞中有一种别样的疼。

第二年秋天，我们学校分来了一位苏州大学的师范毕业生。我们很谈得来，后来才知道他踢得一脚好足球，我把那只"饿"了很久的足球找出来，用打自行车的气筒打气，我摁着气嘴，他打气，好不容易才打了个"半饱"。球就这么踢了起来。那天很多学生在放学后都不回家，看着我们在泥操场上对跑着传球，其中一名胆大的学生加入了我们，我们开始三角传球。学生个子小，我们三个人有点儿像两只老鹰带着一只小鸡在踢足球。后来踢足球的学生多了，我们干脆分成两队。

泥操场的东边长了一丛杂生的苦楝树，大部分是苦楝果落下来长成的，所以我们就用两棵苦楝树做门。我们进球的标准与学生们进球的标准是不一样的，我们不能用力踢球，只能推射；高度也规定好了，膝盖以下才能算进；没有越位，也没有角球；两支队打半场球，改为一个球门。我们轻易地对足球进行了革命。

足球踢起来了，操场上的草就不用拔了，那些草都被我们踢光了。有时候我们踢高了，球打在苦楝树上，就会把苦楝果打得哗啦哗啦地往下落，像下雨一样，一阵又一阵的。有时球就干脆卡在了苦楝树的枝杈间，苦楝树长得严严实实

的，会爬树的学生蹿上去，把球弄下来，又落下了一阵苦楝果雨。

后来有的学生家长向校长反映，学生们的鞋子像狗啃似的，穿上没多久就把鞋底磨坏了，我估计为此被打的学生不在少数。好在夏天到了，我们就光着脚丫踢球。苦楝树丛外是东围墙，东围墙外是一条大河，因为河面宽，我和我的球友一般不敢使太大劲，踢得小心翼翼的。

足球还在草丛中滚动，我们开始教学生一些战术球：怎么人球分过、怎么争头球、怎么踢角球、怎么踢香蕉球，外旋还是内旋……学生们还知道了贝利、马拉多纳、范巴斯滕、普拉蒂尼等一些名字。

我们以为学生们劲不大，所以就没有警告他们，不要把球踢到苦楝树丛外的大河中去。有一天我们目睹了一个学生把球踢得比苦楝树高很多，好久球才从天空中落下来。再有一天一个学生就把球踢过了苦楝树丛的上方，飞过了东围墙，落到东大河里去了。这个学生攀上一棵苦楝树，再跳上围墙，不待我们反应过来，他就跳下去了，不一会儿一只湿漉漉的足球就飞过了围墙，飞到了我们身边。

有了第一次，就有了第二次、第三次。有一次足球被踢到了水里，还被一个放鸭子的老头儿当成鸭子拾到了鸭船里，他死硬着不肯交出来。学生们和他争执起来，最后这个老头儿把足球交出来了，不过没有抛给我们，而是抛向了更远的河面。我们的学生也就扑向了水面，波涛把水面上的足球冲得一耸一耸的，学生们的头像足球一样，向那只水中的足球靠拢。这是我从未忘记过的情景。

很多年过去了。有一天我实在寂寞，一股热流在我身体里冲来冲去，找不到突破的门——我又一次去踢足球，而且踢的是倒挂金钩。足球打在苦楝树的树桩上，内胆真的就破了。球老了，像一个瘪下去的句号。我看了看苦楝树林。苦楝树林好像密了许多，一些小苦楝树也争着长了起来，这些都是我们的足球无意间踢落的种子啊！

享受成长，日拱一卒，随手记录下此刻的心情吧！

我做过一节课的英雄

□ 申赋渔

这件事发生在初三上学期快要结束时。那是初中阶段的最后一节体育课,体育老师把初三两个班的同学集合在操场上。"玩个游戏吧。"体育老师说,"斗鸡。"体育老师是按班来分的,所有男生都上场,女生做啦啦队。

才几分钟,强弱已分,我们班的男生只剩我一个,而对方还有五个人。所有人的目光都聚集在了我的身上,我还是一动不动。他们朝我围了过来,就在冲向我的那一刻,我已经看出他们各人实力的强弱。我也朝他们冲了过去。我选择的是跳跃最慢的那一个,一撞,他倒在了地上。我没有停步,立即绕到了其他四人的后边。我们班的同学发出一阵欢呼声。我来回跳跃着,不让他们四面夹攻,而在他们追击我的时候,选择离我最近的那个下手。因为我的孤军奋战,并且一连斗倒了四个敌手,激起了同学们的热情。他们本来已经失去希望了,现在,所有的同学都在朝我大喊大叫,为我鼓劲。

我转过身,单腿跳跃着,踉跄地逃离这个庞大的追击者。场边的喊声都停了下来。我远离了对手,但对手依然在缓慢地向我移动。我站着,但已经站不稳了,身子摇摇晃晃。我长长地吸了一口气,突然朝他冲过去。就在靠近他身体的

那一刻，我跳了起来，把身体腾到空中，然后落下来。我的重心没有落在地上，而是把整个身体都压在了他的身上。他站着，想使劲把我顶下去，可是他只是把我的身体微微地抬高了一点点。两个人僵立不动了，我听到他发出巨大的喘息声，他的脸上已经满是汗水。四周鸦雀无声。

嗵的一声，他坐倒在地。我就站在他的旁边。体育老师长长地吹起铁哨。我赢了。我缓慢地、艰难地松开手，把一直抱着的那条腿放到地上。

我们班的同学朝我跑过来，把我围在中间，围着我说着、笑着，如众星拱月。

下课了，快乐的人群慢慢散去，我一个人走出校门，走到旁边的一座小小的水泥桥上，靠栏杆站着。冬日的夕阳洒下金色的跳跃的光，从田里归来的人们，扛着锄头，挑着空担，说笑着，三三两两从我面前走过。我的左腿又胀又痛，心里却有着说不出的快活。我对着每一个从我面前走过的人莫名地笑着。他们对我一无所知，也不知道我是一个英雄。

几天之后就放了寒假，整个寒假我都处在激动之中。我盼着早点开学，早点回到我的班级。全校的学生都已经知道我，知道初三有个"斗鸡大王"。

开学了。可是，他们已经不记得我了。那场惊心动魄的"战斗"，竟然再也没人提起了。再过几个月就要中考了，考上了就可以上高中，考不上就回家种地。所有人都明白这个道理，大家都在用功。而我这个英雄，只做了一节体育课的时间。

时间过去三十多年了，我努力回忆我在这所学校里的一切，我只记得这场"斗鸡"。我记得同学们把我围在中间，对着我又喊又笑。这也是我这三十多年来，荣耀的巅峰。

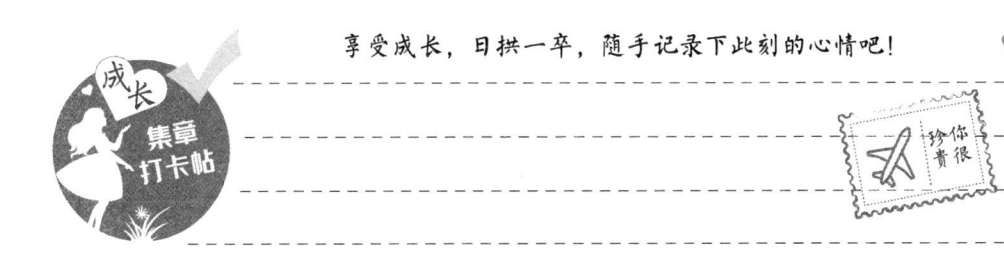

享受成长，日拱一卒，随手记录下此刻的心情吧！

留在时光里的玩具熊

□佚 名

2012年,我读初一,在校门口的小卖部里看上一只毛绒玩具,是只棕色的小熊,我很想买,但是钱不够。我清楚地记得自己当时只有5块钱,还差20块。老板告诉我,可以先付定金,剩下的两周之内给他就行,他把这只小熊给我留着。

于是我在店里的账本上记下了我的名字。后来,我始终攒不够那20块钱,时间也早就超过两周了,我就再也没有勇气跟老板提起这件事,也许是自卑吧,也没有去要回我那5块钱。就是每次路过那家店时,我都会盯着那只棕色的小熊看上一会儿,难过又苦楚。

初三时搬去了新校区,学业忙碌,再后来,去了外地读高中,大学毕业上班。恍惚发现,已经10年了,我没忘记这件事,但也的确不怎么想得起来了。

直到今天偶然间路过那里,青春期里的那些自卑敏感不复存在,我怀着试一试的心态重新走进那家店,跟老板重提了这件事。

其实不抱任何希望的,甚至担心老板觉得我有病。

老板比10年前胖了好多好多,盯着我看了一会儿,问,七(4)班的×××?说完就去架子上翻,从一堆账本里抽出一个笔记本,翻开后拿给我看,问我,你怎么现在才来买?

我惊得简直说不出话,想不到他还对我有印象,但最令人无法置信的是,玩具熊他没卖。货架后面是他们两口子住的地方,他进去了一会儿,拿了只熊出来,有些褪色但很干净,标签已经没有了,对我说留了好多年,后来他有孙女了,孙女玩过,问我还要不要。

我从看到那只熊开始就绷不住了,一直流眼泪到现在,说不上来什么感觉,词穷,没有办法描述。老板说不要钱了送给我,他们店里本来就不搞什么付定金,账本上记录的全是学生赊的账,当时是看我太想要了,才说给我留着。

但后来我还是把那20块钱付了,就当是给13岁的自己一个交代。

年少不可得之物,现在我送给你了。

享受成长,日拱一卒,随手记录下此刻的心情吧!

意外的荣光

□ 杨　照

初中时期，在升学重压之下，每学期都会有一个最大、最残酷的考试，叫"竞试"。跟平常月考不一样，"竞试"要全年级一起排名，一共二十二个班，超过一千名学生，从第一名一直排下来，排到一千多名，将大张的板报纸写得密密麻麻，贴在穿堂的大布告栏上。

初中二年级，我每天踢足球逃课，成绩当然好不了，印象中，二年级下学期的"竞试"应该排在三四百名吧。我自己都懒得去看成绩，别人看后回来会告诉我的。管他的，是几名就是几名。

上了初三，"竞试"改个名字，变成"模拟考"，但千人大排名的形式没改，只是从一学期一次增加成一学期两次。跟我一起踢球乱混的死党，几乎都被分到"放牛"班去了，只有我一个人在"升学"班。上学变成一件很无聊又很寂寞的事，而且刚好那一年，搬了家，我开始搭公交车上学，于是，连放学也变成很无聊、很寂寞的事。无聊寂寞中，在家里就躲起来练吉他；在学校，就只能慢慢收拾课本，认真做参考习题。

第一次模拟考很快来了，跟联考一样，连续考了两天。考完后第三天的下午，理化老师高大的身影突然闪进来，打断了导师正在上的数学课，理化老师对着我们班导说："你们班李明骏（我的本名）模拟考第一名哩！"所有人都吓了一跳，导师也愣了一下，说："真的吗？你怎么知道？"理化老师说："他们正在贴啊，我凑过去偷看，最上面的名字，就是'李明'两个字，难道还有别的'李明'吗？"

理化老师讲到这里时，班上好几个同学同时反应过来说道："五班的李明媛啦！"

噢，理化老师之前没有教过我们这一届，才会不认识五班的考试高手李明媛，如果是她模拟考第一名，那就不意外了。理化老师快快地自认错误，喃念着："怎么真有两个李明什么的……第一名贴的位子那么高，玻璃又反光，干吗？故意让人家看不清楚吗？"然后理化老师不情愿地离开了我们教室。

理化老师既然预告了，一下课，几名热心的同学连忙跑到穿堂去。导师还没离开教室，其中一名同学就狂奔回来，疯了似的大叫："真的是李明骏，李明骏第一名！"怕大家不相信他，又赶紧加上："五班李明媛第九啦！我都看到了，不会错！"

教室里闹成一团，我清楚记得那吵闹的样子，好像大家都中了奖券一样。我怎么也想不到，我的成绩竟然可以给全班带来那么大的快乐。

每个人生命中应该都曾闪过些意外的荣光，意外比荣光更使我们难忘，或说意外使得本来无足轻重的荣光，留下记忆刻痕。

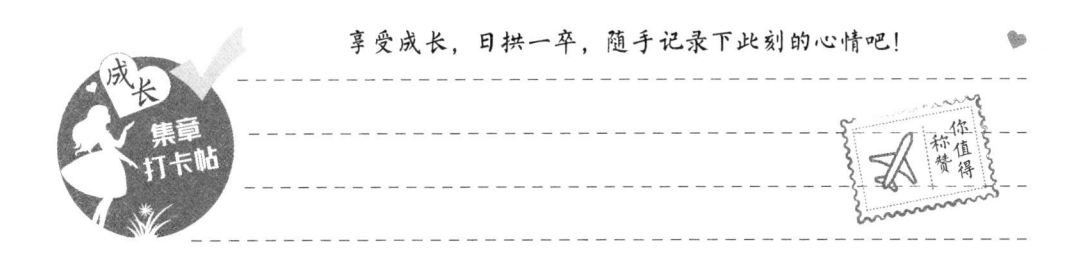

享受成长，日拱一卒，随手记录下此刻的心情吧！

"高级词"和学生腔

□仇士鹏

"濊濣"一词是什么意思？绝大多数人都会一愣，甚至连它的发音都把握不准。高中时，我把它用在了自己的作文里。记得写下这两个字时，我可谓春风得意，这么生僻、高级的词语用出来，不得狠狠惊艳老师一把，作文直接上升一个档次，说不定我还会被大肆表扬一通。

但是拿到试卷后一看，这个词被阅卷老师圈了起来，旁边打了问号，还特地减了两分。我气鼓鼓地冲向办公室，刚到门口，老师就朝我招招手："我们正在说你呢。你作文里用的'濊濣'是什么意思啊？我们翻了字典都没看到，你写错了还是在哪里看到的？"

我略带委屈地说道："这是我日常积累下的高级词！是我做课外文言文训练的时候摘抄下来的，表示水流回旋的样子。"

老师愣了愣，发出一声跌宕起伏的"哦——"，然后夸张地说："这是文言文里的词语啊！"

我挠了挠头，继续说道："这肯定比潆洄显得有格调啊。"

"你是不是觉得阅卷老师看到后,肯定会惊叹你的知识储备,认为你的文学底蕴非常深厚,然后给你一个高分?"

我害羞地点了点头。

"正相反!"老师声音突然大了起来,"要是我来改卷子,肯定不止扣两分。"

"为什么呀?老师你平时不是提倡我们积累好词好句,然后灵活运用吗?"

"这没错,但有一个前提,必须是现代汉语!"老师解释道,"你写的文章不是给古人看的,是给现代人看的,必须符合当下的阅读习惯。你可以引用一些古诗词,哪怕生僻一点儿都没关系,但是绝不能直接用冷门的古汉语替换现代汉语去写文章。否则可能会被当成错别字,作扣分处理。"说着,老师看向我,"一个人跟你说话的时候,半文半白,刻意塞几个谁都没听说过的词语,你是什么感觉?会觉得他装腔作势对不对?还让你感觉不舒服。一个词,彰显不了你的功底,只能显得你满瓶不响半瓶咣当。"

说着,老师随手抽出几本书:"你看这些作家写的书,里面有这种生僻的文言词吗?绝对没有。他们的文化底蕴比你浅薄吗?绝对不会。他们写文章,是为了表情达意,遣词造句都是为了让读者更容易理解他们的思想、感受以及他们传达的情感,而不是为了炫耀。你不能捡了芝麻,丢了西瓜,忘了写作的根本目的啊!"

心怀侥幸的我,还给一家报纸投了稿,其中有一个词,形容草木很茂盛,我最初用了"葳蕤",然后改成了"蓊蘙"。最后刊发出来的时候,编辑改回了"茂盛",兜兜转转回到起点。

看来,写作在该用力的地方用力,在该平实的地方平实,才能让文章流畅自然。不合理的润饰会事倍功半,甚至是画蛇添足,恰当才是表达最好的法宝。

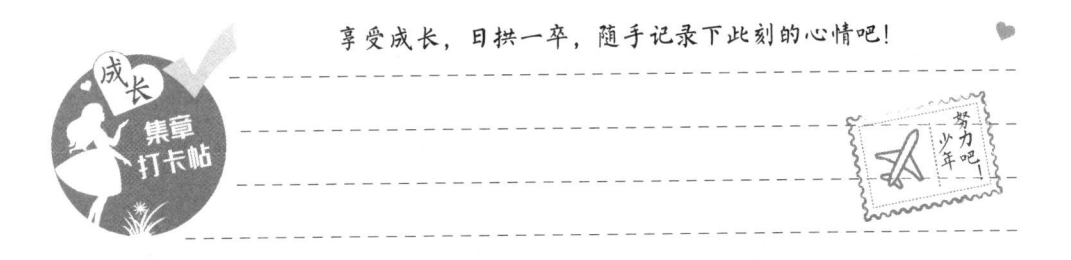

享受成长,日拱一卒,随手记录下此刻的心情吧!

好朋友"身份认证"

□陈思呈

马玲玲是我时间最久的朋友之一。

刚上初中的某一天,有个女孩子递给我一张卡片,上面认真地写满了字,大意是,她经过一段时间的观察,决定跟我做"最好的朋友"。没错,那个女孩就是当年的马玲玲同学。

每个十几岁的女孩子都想有一个"最好的朋友",这个定位等于给对方颁发一种身份认证,有了这个认证之后,你对对方负有忠诚的责任。如果一边做着A的"最好的朋友",一边又和B往来密切,那是不可以的。

我被认证,心里有点儿高兴,但同时又觉得不太满足,主要是因为我喜欢异于平常的人和事,希望与传奇的人结为朋友,不愿意这么快就被马玲玲"订"下。于是,我的回信便有些语焉不详,行为上也颇为矜持,比如说课间上厕所没有特别地约她一起去,放学回家也没有特意等她。这样过了几天之后,马玲玲就有些失望了,于是她又给我递了张卡片,取消这个认证。看这过程,严肃程度跟取消订婚也差别不大了吧。

后来我俩真的成了好朋友的主要原因是家住得近，上学、放学路上经常不期而遇，一回生两回熟，熟了之后，我们不需要通过认证，便顺利地成了闺密。上学、放学的路上，我们都急于向对方"发表演说"。我们对生活都有一大堆莫名其妙的看法，但不管多可笑的看法，马玲玲都有兴趣听，并且让我觉得她听得津津有味。

但毕竟也有意见不同的时候。那个时候，一般是以吵架来解决。吵架之后，必定有一个人猛踩单车飞驰而去。

印象最深的一次吵架，是我去马玲玲家睡觉，深夜里，我们正滔滔不绝地发表对世界、对人生的宏论，不知怎么就吵起来了。我一边吵架一边想：我都和她吵成这样了，如果还待在她家里，还睡在她的床上，实在太没骨气了。这么想着，我便决绝地起身，拉开她家大门，一头扎进黑夜之中，走了。刚与我吵了架的马玲玲当然也不理我，却是马玲玲的爸妈听到动静，拦也来不及了，赶紧给我爸妈打电话。往下就不用说了，我爸妈在大街上把我逮住并痛骂了一顿。本来是很有风骨的事情，被这些大人整得也太狼狈了。

后来长大了，我去外地念书。她学校放假时，就喜欢来找我玩，真有点儿走亲戚的感觉。我们愉快地逛街，嚣张地无所事事，好像之前的时光都被无限地拉长了。

亲爱的马玲玲，你见证了我飞扬跋扈的青春。就算这么多年过去，你很少联系我，我也很少联你，可是我心里对你的亲人定位，从来没有改变过。

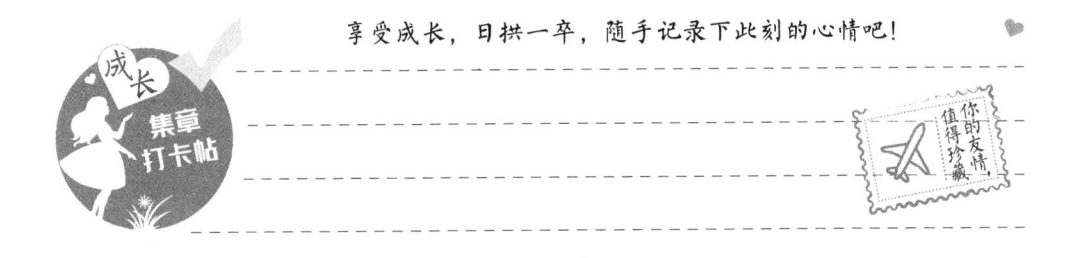

享受成长，日拱一卒，随手记录下此刻的心情吧！

馒头小姐你好！
我是不勇敢的菜团子

□混血王子

初中时，学校举行拔河比赛，班主任选了一些男生和两个最壮的女生去参加，这两个女生就是我和馒头小姐。

那时，我作为插班生，刚刚转学到这个班级。做任何事都很小心翼翼，有时躲在角落里假装学习，看见一群女生结伴去厕所，就把头狠狠埋在桌肚里。这次拔河比赛，是我第一次代表这个班级参加集体活动，我确有私心，也是盼望着能真正融入这个陌生的集体，所以拔河时我拼命使劲。

我和馒头小姐是拔河队仅有的两名女生，我只知道，她是绳子末端的核心成员。拔河用的绳子很粗，好几轮淘汰赛下来，我的掌心被勒得发紫，手肿到不行。但我早已顾不上这些辛苦——我们赢了！是第一名！

我开心极了，双手是什么感觉已经不重要了。就在我们欢呼庆祝的时候，有几个别的班的男生从我们身边经过，然后很大声地调侃道："你知道他们班为什么赢吗？因为他们班有两个女胖子，一个像大馒头，一个像菜团子，哈哈哈！"

紧接着，我们班的几个男生也附和他们。瞬间，我将头埋得很低很低，想掉眼泪，可我又不敢，泪珠挂在睫毛上，太沉重了。

这时，我突然听见了一个爽朗的笑声。我感受到了来去自如、锋芒与理想，像是赵云孤胆走单骑，特别自信地挥舞着龙胆亮银枪，快马加鞭，把我这个不中用的阿斗给救了……我回头，原来是那个和我一起参加拔河比赛的"两个女生之一"的馒头小姐。

馒头小姐一把将我抱住，特别开心地抱着我转圈，然后大喊："哈哈哈，我是大馒头，你是菜团子。菜菜，我可以这样称呼你吗？今天多亏你了，菜菜，我们班是拔河比赛的第一名，第一名，第一名！"

就这样，"馒头"与"菜菜"这两个可爱的外号，我们互相叫了对方很多很多年，初中、高中，直到考上不同的大学各奔东西。

馒头小姐，你可能不知道的是，我因为考研失利，陷入深深的自责。正当我绝望到不想动弹的时候，我总能想起那时你抱紧我的样子——你抱着我转圈，你用笑声告诉我，要永远热爱自己，所以我准备爬出那个深渊，我也真的做到了。

亲爱的馒头小姐，我很少去写友谊。曾经的我对友情是那么不屑，但我之所以明白什么是爱，正是因为你——闻起来是风铃花的味道。风铃花的花语我有些记不清了，但好奇怪，为什么一想到你，我心田的小山坡上便漫山遍野开满了风铃花呢？

享受成长，日拱一卒，随手记录下此刻的心情吧！

披着刀子的童年

□一 隅

我的小学是在家乡的小村子里上的,在那个条件并不算好的年代,小女生间衍生出的游戏很多,印象深刻的是"演戏"。

那时候有着明确的分工,各种角色,什么厨娘啦,侍女啦,有很多,什么都可以做,唯独"女王"这个至高无上的角色不能选。因为这个游戏从诞生起,那个扎着羊角辫儿,每天都穿着漂亮公主裙的女孩,就将这个角色独揽了。

似乎所有的人都理所当然地认为,长得好看、有漂亮裙子穿的女孩,天生就是女王。

那个时候的我留着短短的头发,没有可爱的发卡,衣柜里没有靓丽的裙子。儿时的我也不懂什么是自卑,只是有一种不甘的劲儿,不愿意做什么侍女的角色,觉得要不然就做女王,要不然就不玩。

现在想起来都觉得那个时候的自己霸气得不得了,宁愿一个人拿着粉笔在水泥地上描摹着想象,做自己世界的女王。

第五辑 长大的瞬间，留在了时光里

数一数儿时的"辉煌"历史，有件事自然要提。你能想象到一个不大点儿的女孩领着一个一边捂着流血的脑门儿、一边哭泣的不大点儿的男孩在街上走的情景吗？没错，那个女孩就是我。

原因呢，不是说好的江湖规矩吗？骂人不可以带上爸妈的。触犯到原则问题，我一怒之下捡起石子就砸。从来都不知道自己的手法可以这么准，直到旁边有女生发出尖叫声时，我还在原地呆呆地站着。害怕不是没有的，那时的我还担心过自己会有坐牢的危险，反应过来后，我领着他就去找医生，事后还在庆幸好在没有警察叔叔来抓我。

那个时候流行下午放学后去同学家写作业，时常有女生来我家，吵闹玩笑偶尔发生，原因早已模糊。

记得我只是出去上了个厕所，她就把房门锁上，不让我进。恰好她的作业在屋外放着，我拿来威胁她说："你要是不开门，我就把你的作业撕掉，让你重写！"她似乎觉得我不敢，一点儿开门的意思都没有。

平日里怎样都可以，小瞧我自然是不行的，然后我就在她的目瞪口呆中把她的作业撕成了两半，那姑娘一下子就哭了出来。妈妈听见动静赶过来，狠狠地批评我，我却在心里扮鬼脸：胶带一粘不就好了，有什么好哭的？我的倔性子，不允许别人小瞧的性格，可能从那时就养成了。

我不知道是不是很多人的童年都是如我一般，现在回想起来，怎么也想象不到当年的我是那样犀利。

如今的我，身边三三两两的有几个死党，偶尔见了儿时的伙伴，也会笑着问候。岁月将我磨得光滑圆润，在我身上再也看不到儿时的那种嚣张跋扈的样子了，只不过喜爱自由、倔强不已的性子终究没变。

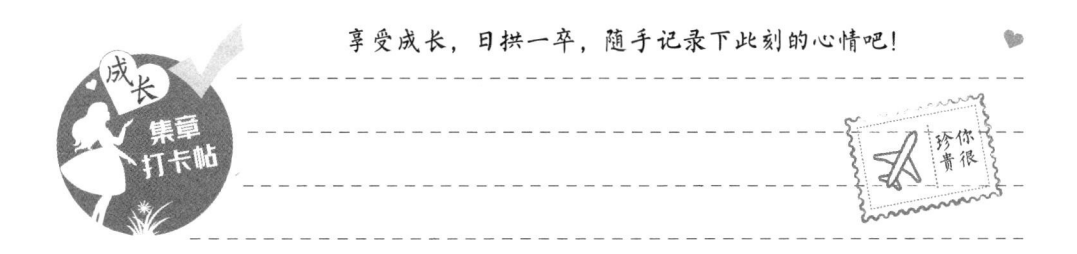

享受成长，日拱一卒，随手记录下此刻的心情吧！

写什么都可以，就是不要写作文

□张大春

我在小学五年级遇到了俞敏之老师。俞老师教国文，也是班导，办公桌就在课室后面，她偶尔会坐在那儿抽没有滤嘴的香烟，夹烟的手指黄黄的。坐在俞老师对面的，是另一位教数学的班导刘美蓉。刘老师在那一年还怀着孕——我对她的记忆不多，似乎总是在俞老师的烟雾中改考卷，以及拿大板子抽打我们的手掌心。

俞老师也打人，不过不用大板子，她的兵器是一根较细的藤条，有的时候抽抽屁股，有的时候抽抽小腿，点到为止。那一年"九年国教"的政策定案，初中联考废止，对我们而言，风中传来的消息就是一句话：比我们高一级的学长们都无须联考就可以进入中学了。而俞老师却神色凝重地告诉我们："你们如果掉以轻心，就'下去'了！"

五年级正式开课之前的暑假里，学校还是依往例举办暑修，教习珠算、作文，还有大段时间的体育课。俞老师使用的课本很特别，是一本有如小说的儿童读物，国语日报出版，童书作家苏尚耀写的《好孩子生活周记》。两年以后我考进另一所私立初中，才发现苏尚耀也是一位老师，教的也是国文，长年穿着或深蓝或土绿的中山装，他也在办公室里抽没有滤嘴的香烟，手指也是黄黄的。

除了指斥作文中的缺陷，俞敏之老师教书通常都流露着一种"吉人辞寡"的风度。她平时说话扼要明朗，句短意白，从未卖弄过几十年后非常流行的那些"修辞法则"，也没有倡导过"如何将作文提升到六级分"的诸般公式。印象中，她最常鼓励我们多认识成语，不是为了把成语写进作文，而是因为成语里面常常"藏着故事"。但是一旦骂上了人，话就无消无歇、无休无止、绵绵无绝期了。我甚至觉得：若不是因为在拈出坏作文时可以痛快骂人，她可能根本不愿意上这堂课呢。

有一回我在一篇作文里用了"载欣载奔"的成语，俞老师给画了个大红叉，说:"怕人家不知道你读过陶渊明吗?""读过陶渊明就要随手拿人家的东西吗?""人家的东西拿来你家放着你也不看一眼合不合适吗?"直到我活到当年俞老师那样的年纪,已经健忘得一塌糊涂,是在什么样的上下文联系之间用了这个成语,已经不能想起,只依稀记得有两个穿着蓑衣在雨中奔跑的农夫——说不定也只是一则简短的看图说故事吧?

但是俞老师足足骂了我一整节的下课时间,必然有她的道理。她强调的是文言语感和白话语感的融合。同样是"载……载……",我们在使用"载歌载舞"的时候或许不会感到突兀,而用"载欣载奔"形容高兴奔跑,却难掩别扭。

五年级下学期的某次月考,俞老师出了个作文题:《放学后》。我得到的等级是"丙"。非但成绩空前的差,在发还作文簿的时候,俞老师还特地用我的那一篇当反面教材,声色俱厉,显得浙江乡音更浓重:"第一行跟第二行,意思差个十万八千里,翻什么鬼筋斗啊?"

我的第一行写的是四个字、四个标点符号:"打啊!杀啊!"——这当然是指放学之后校车上最常听见的打闹声。之后的第二行,另起一段,第一句如此写道:"我是坐校车上下学的……"

俞老师摇晃着我的作文簿,接着再骂:"打啊杀啊跟你坐校车有什么关系?文从字顺是什么意思你不懂吗?上面一个字跟下面一个字可以没关系嘛,上面一个词跟下面一个词也可以没关系嘛,上面一句话跟下面一句话也可以没关系嘛,上面一段文章和下面一段文章也可以没关系嘛!"——你已经听出来了,老太太说的是反话!接着,隔了五六个同学,她把作文簿扔过来,全班同学一时俱回头,都知道是我写的了。他们当然也都立刻明白:俞老师是因为失望而生气的。

"我看你是要'下去'了!"她说。

从俞老师帐下,一直到高三,前后八年,教过我国文的还有孙砚方老师、陈翠香老师、申伯楷老师、林学礼老师、胡达霄老师、魏开瑜老师,几乎每一位国文老师都当堂朗读过我的作文。那些一时为老师激赏、同学赞叹的东西究竟是些什么东西?我连一句、一字都记不得了,五十年春秋华发到如今,印象深刻的偏只"载欣载奔"和《放学后》那蹩脚的起手式。两番痛切的斥责,则字字灌耳,不敢忘却。想来兴许有些沉重,却在我成为专职写作之人的时候,时刻作用着。无论我日后写什么,也无论使用什么书写工具,时刻在我眼前浮起的,总是米黄色打着绿格子的折页毛边纸，也总是那浓重的浙江腔的提醒："上面一段和下面一段……"

说得雅驯一点儿，俞老师讲究的就是语感协调、结构严密，但是教人写作，雅驯之言虽简明扼要，却显得空洞、飘忽。我很庆幸，在我求学的过程中，那么多老师里面没有一个教我什么是类叠法，什么是排比法，什么是映衬法，他们只要带着饱满的情感朗诵课文，在上下文相互呼应之际，递出一个心领神会的眼神，就足以让学子体会：什么是语言的美好。

初中毕业前夕，高中联考在即，却由于不大受管束，又浮荡着那种不知道哪天就再也不会踏进校门的惆怅情绪，我们在校园各个角落里寻找着偷看了三年的女生班同学。有的拿出纪念册，要个题款或赠言；有的伺机递上自觉帅气的照片，要求交换留影；我则带着那本珍藏了五年的《好孩子生活周记》，在理化教室旁的楼梯上拦住苏尚耀老师，请他给签个名。他从中山装胸前的口袋里拔出老花镜戴上，工整地签下了名字。我问他："为什么老师说'写什么都可以，就是不要写作文'？"

他乍没听清，我又问了一次，他沉吟了一会儿，才说："作文是人家给你出题目；真正写文章，是自己找题目的。"

我是在那一刻，感觉小学、中学一起毕了业。

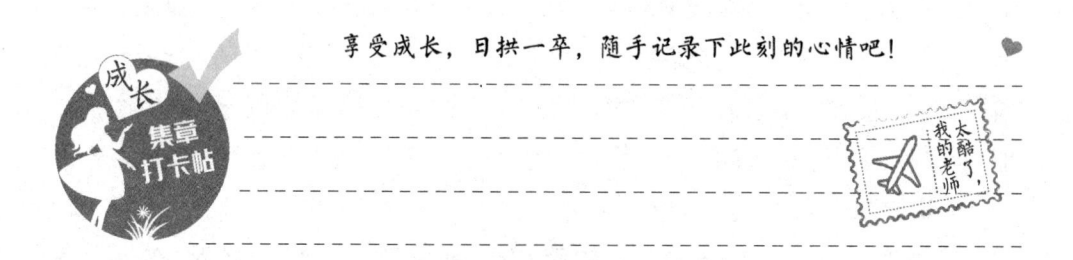

第六辑

答案在路上，
自由在风里，风吹哪页读哪页

何以为青春

　　人生就要马不停蹄？人生从不是赛跑，而是漫步，体味路上的风景。在市井中放放风，偶尔和小情绪握握手，如果你愿意，去追追那很远的风，也无妨，或者干脆坐下来，听听风的嘱咐、雨的呢喃。那时你就会无比庆幸此刻年少，青春正燃烧，不用赶什么浪潮，也不用搭什么船，你自己就是海。

儿子的固执

□ 余 华

2004年11月我们在哈佛大学的时候，周成荫教授让一位学生带着余海果在波士顿到处游玩儿。那位学生后来笑着告诉我说，余海果的语言很特别，她有一次抓住余海果的手腕，可能使了点儿劲，余海果不说捏重了，他说："你捏住我的血管了。"

我记得余海果还在上幼儿园的时候，有时我会突然吼他一声。有一天他认真地告诉我，这突然的吼声对他的伤害很大。他做了一个比喻，说："好比是拿着遥控器，咔嚓一下把电视关了一样，你会咔嚓一下把我的生命关了。"

我和余海果相处十一年了，我经常被他奇怪而特别的比喻吸引。当他上了小学，开始写作文以后，他的比喻总是在那些错别字和病句中间闪闪发亮。

余海果一直声称自己不喜欢写作。开始写作文的时候，就会把自己关进小屋子，过一会儿出来宣布一下，已经写了多少个字了，然后进去继续写，再过一会儿又出来一下，又宣布写了多少个字了。他每写几个字都要重新清点一下总共有多少字了，这是他写作最初的成就感。

《在美国钓鱼》是余海果迄今为止写得最长的一篇作文，这篇作文对他意义重大，这之后他不屑于点算字数了，开始点算页码。他从自己的小房间出来，宣布自己又写了半页或者又写了一页，然后像是经历了一次长跑一样，疲惫地说要让自己休息一下了。

我和陈虹曾经希望他多写几篇关于美国的作文，我们在爱荷华城住了两个多月。在万圣节的晚上，他和两个同龄的孩子挨家挨户去要糖果，最后背着一大袋糖果回家，倒在桌子上清点时得意扬扬。之后的感恩节我们又在洛杉矶度过，他去了朝思暮想的迪士尼乐园和环球影城，他还在我们住的希尔顿酒店的露天泳池里游泳，他说他喜欢洛杉矶，因为这是一个冬天还能露天游泳的城市。圣诞节我们已经在旧金山了，晚上我们专门去了一座教堂，在肃静的气氛里他坐立不安，神父在讲述的时候，他偷偷告诉我，他快要得忧郁症了。纽约的曼哈顿和芝加哥的市中心气势恢宏，行走在那里的街道上就像是行走在峡谷里。还有北卡罗莱纳州安静的小镇，还有灯火辉煌的拉斯维加斯……有很多可以写作的经历，比如他在爱荷华城的赫尔斯曼小学和伯克莱的拉孔特小学分别上了两个月的课，与美国孩子在一起的经历，我们都希望他写一写，但是他摇头，他说写作一定要自己想写了才能写好。

前几天他突然觉得自己想写作了。那是因为他上卫生间时没有开灯，他坐在黑暗中突然有了一种别样的感觉，这种感觉让他深感不安。他从卫生间里出来时告诉我们，他想好了一首诗，题目叫《地下一层》。我们家在二十层，可是卫生间的黑暗让他写下了这首《地下一层》。他裤子都来不及系好，就赶紧在本子上记下了他的诗，然后用他脆生生的声音朗读起来：

地下一层，永久的平静，

地下一层，汽车的监狱，

地下一层，一个见不着阳光的悲剧，

地下一层，一片枯死在地下的根。

我说把"监狱"用在"汽车"的后面是不是过重了？我觉得应该用一个温和的词来代替"监狱"。他不同意，他说他要表达的是他在黑暗中的感觉。

那个曾经带着他在波士顿游玩的哈佛学生告诉我，余海果喜欢拿着摄像机到处拍摄，当别人告诉他应该拍摄什么时，他总是摇头拒绝，他说："我有自己的艺术感觉。"

享受成长，日拱一卒，随手记录下此刻的心情吧！

我们还需要阅读文学吗

□梁晓声

关于我们为什么要阅读文学，我个人觉得，说到底还不是因为文学可能使我们的生活变得更好一些。

人类绝不会是因为文学这件事很糟糕、文学刺激、文学里边有我们现实生活中完全不能做到的，或者文学里有我们心里想而不敢做的，我们看文学才过瘾。我估计人类最后恐怕还是因为阅读文学会使自己的休闲时光变得更丰富一些。

阅读文学可以和各式各样的人有所交流，甚至成为朋友，文学里的朋友可能比现实中的朋友更值得我们尊重。说到底，文学作品不仅写了现实中的人是怎样的，还写了人在现实中应该是怎样的。

这是在我快60岁的时候，重新回过头来反观我读过的作品，才突然悟到的。比如雨果、托尔斯泰、狄更斯，他们笔下的人物都是给我们提出人在现实生活中应该是那样的一个参照。

当我意识到这一点，才明白写作的意义。我想这可能是一些年轻的写作者还没有意识到的，也是我想分享给他们的。

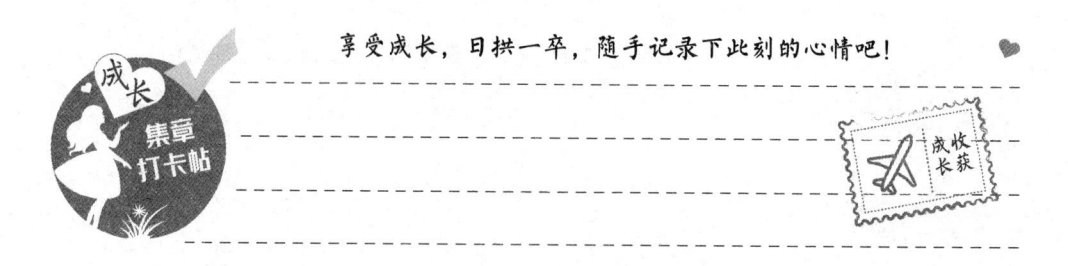

享受成长，日拱一卒，随手记录下此刻的心情吧！

第六辑 答案在路上，自由在风里，风吹哪页读哪页

不同之处在心灵

□毕淑敏

有个奇怪的悖论：我们都希望自己和别人不一样，却希望别人应该和自己一样。很多人爱说"将心比心"，这在常态下可行，在特殊情形之下，就不那么灵光。

我认识一些女朋友，爱穿奇形怪状的衣服，理由就是"我不想和别人一样"，这恐怕可以印证上面的说法。

其实，一样和不一样，都是相对的。我第一次上人体解剖课的时候，最惊讶的是那些尸体上肌肉的起止点，居然和书上写的一模一样。

我问老医生："有没有不是这样长的肌肉呢？"

外科老医生说，他做过几千例手术了，都差不多，几乎没有例外。

那一刻，我感到很失望。原来看起来千姿百态的衣物遮盖之下的人体，居然这样整齐划一。

从此，我不再追求外在形式上的出新，因为我们都是一样的组织、内脏、骨骼、细胞……

但是，我们又常常说，没有两片叶子是相同的。叶子都不同，人当然更不同了。这不同之处就在于我们的心灵。

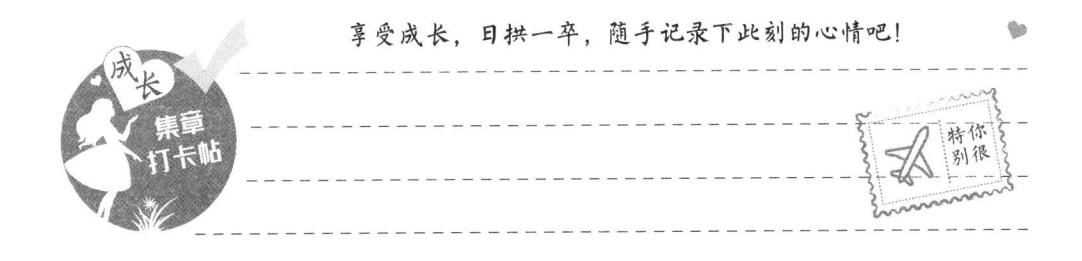

享受成长，日拱一卒，随手记录下此刻的心情吧！

从废品站捡回来的"老师"

□苟文彬

20世纪70年代末，我出生在一个闭塞的小山村里。那里不仅与外界隔绝，供业余消遣的纸质书也极少。喜欢阅读的我，极度渴望有好多好多书看。

我平生拥有的第一本课外书，是9岁那年夏天，从新华书店买的《小学生作文写作技巧》。书中既有作文创作技巧指导，又有老师点评，借助这本书，我写的作文明显比以前好多了。10岁那年，有一次我卖完废品，发现垃圾站的墙角有好几个又高又长的书架。书架上的书很久没翻动过，每抽一本出来，都能闻到一股霉味，再拍几下，灰尘就在屋顶透进来的光柱中跳舞。旧书四毛钱一斤，我挑拣了一大摞，这就是我人生中的第一摞课外书。

这些旧书有被小伙伴们称为"天书"的《杨家将》《三侠五义》《西游记》等。利用烧火煮饭、放牛割草的间隙，我把这些"天书"都看完了，而且能讲给小伙伴们听。能让一群成天疯玩的小伙伴安静下来，我很有成就感，在旧书里汲取故事的欲望就越来越强烈。

又一个春日，我正在阁楼里翻旧书，忽闻父亲唤我去育秧房帮他烧火，忙乱中抓起几本书就跑。育秧房灶膛的火渐渐旺起来，我也有时间看书了。这时才发现手上拿的是《人民文学》，此前从未翻动过。先是胡乱翻一通，没找到像演义、传奇那样的故事内容，再翻目录，找到一篇《父亲与种子》（1982年第1期），心想：我的父亲不正在培育种子吗？让我看看别人是怎么写的。依稀记得故事讲的是父亲爱种子，甚过爱作者哥儿仨。"'春种一粒粟，秋收万颗子'，一茬接一茬的无限壮美的收获之后"，作者的父亲在英壮之年去世，对哥儿仨交代了最后的话："我走了。给我墓坑里搁一碗种子。"

看到这里，我骤然紧张起来：父亲也正值壮年，会不会也这样突然就走了呢？我越想越害怕，竟然号啕大哭起来。父亲从育秧房里探出还冒着热气的脑袋，大声说："火烧得好好的，哭啥？"见我还哭，再看看我手里的书，他似乎明白了，大声说："原来是看书给感动的，说明看懂了，看懂了可以写感想嘛。"

感想我写给班主任了，还起了个标题《我的父亲快死了》。第二天早课，语文老师刘老师问我为什么有这么奇怪的写作思路。一番描述后，刘老师说："原来你是被给墓坑里搁一碗种子触动了，我们可以举一反三呀。"

"去年夏天，奶奶下葬，我放了一包冰糖在她的坑里。那是我卖地瓜换来的，奶奶没吃着就走了，我让她带到梦里吃去。"想起奶奶，我就流泪。刘老师拍拍我的肩膀，说："这么好的真实经历，赶紧写出来。"

作文写出来后，被刘老师推荐去区里参加比赛，还拿了奖。从此，我与《人民文学》等旧书走得更近了，从起初看散文，到后来看诗歌，再看小说、报告文学。随着阅读的体裁越来越广泛，理解越来越深入，我渐渐地爱上了文学，爱上了写作。

这个业余爱好至今已坚持近40年，从最开始在报刊上发表豆腐块，到后来的整版、连载、头条，再到出版几本专著。在别人眼里，我似乎成了一个名副其实的"作家"。但我始终记得，那些旧书是我的"老师"，是我从废品站捡回来的"老师"。

享受成长，日拱一卒，随手记录下此刻的心情吧！

学习的四大场景

□韩 焱

教育学家戴维·索恩伯格在《学习场景的革命》一书中将人类学习分成了四种：

一个人总自己在那儿读书，实际上只是用了一种学习场景，叫洞穴场景，就是一个人钻到洞里，和外界没什么接触，只跟书籍对话，自己看到知识之后就储存下来。除此之外，还有三种场景。一种叫营火，就是一对多，老师一个人讲，很多人在听，这是一种集体传授智慧的方法，我们大量的知识都是通过营火这个场景获得的。另一种场景叫水源，所有动物要喝水都会聚集到水塘旁边，各种动物就会有交谈，这就像我们会在公司的茶水间讨论各种各样的事情。这是多对多的场景，大家聚到一起迅速把局部的经验扩大到整体。最后一种场景叫山顶，我们必须去实践，必须亲自爬山，在这个过程中应用我们曾经学到的东西。也就是说，我们要承接一些任务，亲自去完成它，就是在工作中学，比如我们承接了领导交代的一个任务，最终完成了，这也是一种学习场景。

只有不偏好任何一种学习场景，从洞穴到营火到水源再到山顶，能够有所经历，才是一个真正的学习者，才不会变成所谓的书呆子。

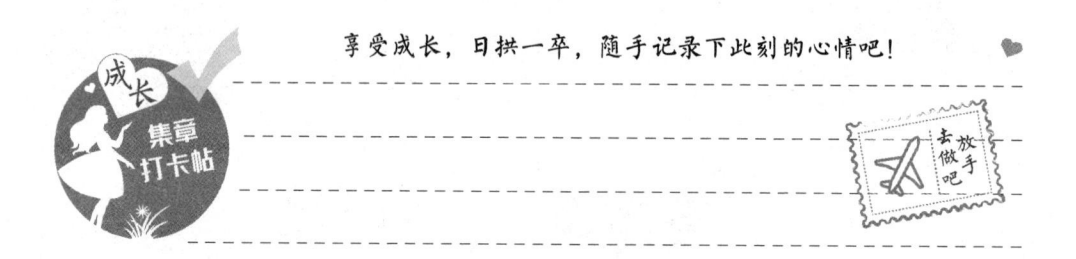

享受成长，日拱一卒，随手记录下此刻的心情吧！

就这一辈子吧，没打算有下辈子

□韩少功

我以前很少照相，总觉得留影、留手稿、留交往记录，是作家自恋和自大的坏毛病，无非是哪个家伙一心要进入文学史和博物馆，时刻准备着捏住下巴或目光深沉的姿态——累不累呵？因此，我总是年少气盛地一再避开镜头，无意积攒那种狗狗撒尿"到此一游"式的到处留痕。

近一二十年来，电子数码技术使摄影的成本大降，全民摄影蔚然成风，一个读图时代悄然到来。影像的五光十色琳琅满目，重塑了人们对生活的感受，其冲击力、感染力、影响力非同小可。好几次，我给学生们上课，发现自己哪怕讲出了满堂的惊呼或大笑，但他们并未记下多少，倒是PPT的一些影像更能使他们入脑入心，引来一次次议论和回味。

所谓有内必有外，有品必有相，有义理必有声色。回望自己多年的文字生涯，我相信独尊文字的态度无异于半盲，差一点儿后悔自己大大辜负了相机，暗想自己若能年轻十岁，恐怕会从头开始，去兼任一个"读图"的影像工作者。可惜自己已扛不动那么多摄影器材了，很多事只能留给年轻人去干。

没想到的是，承蒙辽宁美术出版社诚邀，这一次我仓促应召，不得不临时找几位朋友帮忙，好歹收集一些零落旧照，勉强编印一本影册。我想起多年前去拉萨一朋友家，未见他家有任何已故亲人的旧照。那位藏族朋友说，按照他们的习俗，销毁亡人旧照以及所有遗物，有利于转世轮回，让他们回到一个干干净净的陌生世界。

好吧，就这一辈子吧，我其实并未打算日后再来。是的，我的亲人，我的朋友，我所有牵挂的世间生命，我曾在20世纪和21世纪到此人世间一游，陪伴了你们这些岁月，幸福已经足够。

享受成长，日拱一卒，随手记录下此刻的心情吧！

多得很就不了不起了吗

□季羡林

  自从移家朗润园，每年在春夏之交的时候，我一出门向西走，总是清香飘拂，溢满鼻官。抬眼一看，在涟满了绿水的荷塘岸边，在高高低低的土山上面，就能看到成片的洋槐，满树繁花，闪着银光。花朵缀满高树枝头，开上去，开上去，一直开到高空，让我立刻想到新疆天池上看到的白皑皑的万古雪峰。

  这种槐树在北方是非常习见的树种。我虽然也陶醉于氤氲的香气中，但却从来没有认真注意过这种花树。有一年，也是在这样春夏之交的时候，我陪一位印度朋友参观北大校园。走到槐花树下，他猛然用鼻子吸了吸气，抬头看了看，眼睛瞪得又大又圆。"真好看呀！这真是奇迹！""什么奇迹呀？""你们这样的花树。"

  "这有什么了不起呢？我们这里多得很。""多得很就不了不起了吗？"我无言以对，看来辩论下去已经毫无意义了。可是他的话却对我起了作用：我认真注意槐花了，我仿佛第一次见到它，非常陌生又似曾相识。我在它身上发现了许多新的以前从来没有发现的东西。在沉思之余，我忽然想到，自己也曾有过类似的情景。我在海德拉巴看到耸入云天的木棉树时，也曾大为惊诧。碗口大的红花挂满枝头，殷红如朝阳，灿烂似晚霞，我不禁大为慨叹："真好看呀！简直神奇极了！""什么神奇？""这木棉花。"

  "这有什么神奇呢？这里到处都有。"陪伴我们的印度朋友满脸迷惑不解的神气。我的眼睛瞪得多大，我自己看不到。现在到了中国，在洋槐树下，轮到印度朋友（当然不是同一个人）瞪大眼睛了。

  在日常生活中，我们都有这样一个经验：越是看惯了的东西，便越是习焉不察，美丑都难看出。这种现象在心理学上是容易解释的：一定要同客观存在的东西保持一定的距离，才能客观地去观察。难道我们就不能有意识地去改变这种习惯吗？难道我们就不能永远用新的眼光去看待一切事物吗？

  我想自己先试一试看，果然有了神奇的效果。我现在再走过荷塘看到槐花，努力在自己的心中制造出第一次见到的幻想，我不再熟视无睹，而是尽情地欣赏。槐花也仿佛是得到了知己，大大小小、高高低低的洋槐，似乎在喃喃自语，又对我讲话。周围的山石树木，仿佛一下子活了起来，一片生机，融融氤氲。荷塘里的绿水仿佛更绿了，槐树上的白花仿佛更白了，人家篱笆里开的红花仿佛更红了。风吹，鸟鸣，都洋溢着无限生气。一切眼前的东西连在一起，汇成了宇宙的大欢畅。

享受成长，日拱一卒，随手记录下此刻的心情吧！

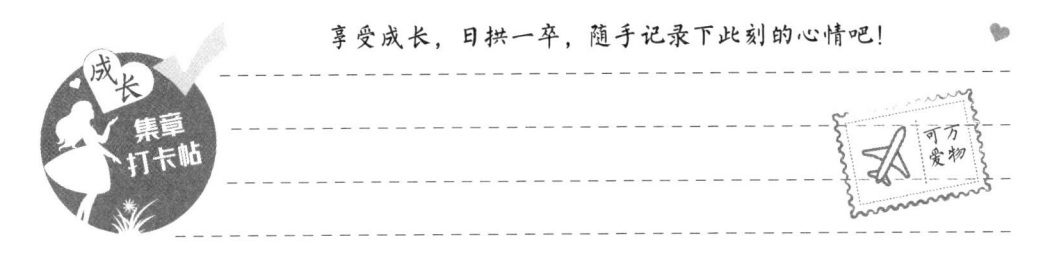

站着长

□金沙滩

山药，横着种，竖着长。道理很简单，种植时让山药种块躺着埋进土里，种块上的所有胚芽均在同一合适的深度，利于发芽成活、出芽整齐；发芽后，浅层土壤的养分不能满足山药的成长，于是山药向下扎根，以吸收深层的养分。随着成长，山药需要的养分越来越多，便不断向下扎根，自然而然就站了起来，长成了营养丰富的山药。

人生与山药也有相似之处，躺着生，站着长。人生初期，犹如刚出芽的幼苗，"躺平"状态理所应当。但是渐渐发育、长大之后，就没有"躺平"的资格了。只有在肥沃的社会土壤里深深扎根，不断耕耘，吸收营养，历练本领，才能站立成人，茁壮成长。

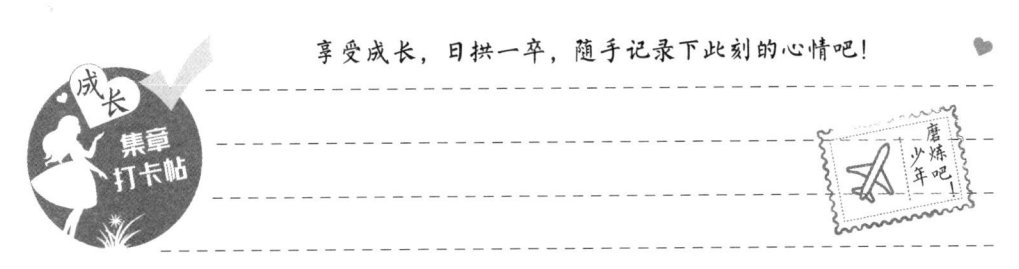

享受成长，日拱一卒，随手记录下此刻的心情吧！

既卑又亢的我，为何执意离开50万粉丝

□季九九

我从小到大长相都很普通，就是个子比较高、脸比较大，还算得上醒目。

我妈长得漂亮。她常安慰我她小时候也不好看，等长开了就好了。直到过了18岁，我才知道原来基因真的会突变——我没有延续她的变美之路，上大学后噌噌胖了10斤，脸肿得别人都以为我得了腮腺炎。

丑姑娘没有青春可言。看了几本书，心里没来由地滋生出了文艺少女的傲气，走哪儿都挂着一张"生人勿近"的脸。这样既卑又亢的我，根本想不到自己会在22岁的时候，成为拥有50多万粉丝的搞笑"网红"。我对"网红"没什么概念。我不追星，也不关注娱乐圈，即使到现在手机里都没有微博客户端。

22岁时我读大三，有一天朋友介绍我一起去拍搞笑小视频，每个月工资5500元。这对当时的我来说是笔巨款，再加上以为是视频拍摄和后期的工作，我就答应下来。

2013年小视频还不"火"，我们作为第一批内容创造者入驻了一家龙头互联网公司的视频平台。

我跟朋友每天发3条8秒视频，没多少粉丝，但他们觉得我俩有趣，也会提一些专业意见。我们特别惊喜竟然会有人喜欢我们，于是会很认真地回复每条评论。

而到了第二个月，我们突然就被排山倒海般的关注度淹没，粉丝越来越多，当有很多陌生人喜欢你、催你更新时，我开始感受到除了经济利益以外膨胀的虚荣心。于是，我们开始认真对待这件事，创作高流量的视频成了我们每天的目标。我们开始以8秒的段子塑造自己的背景和性格。很久之后我才知道，这就是所谓的"塑造人设"。

谩骂随着关注度的提高接踵而至。那是我有生以来第一次感受到这么多恶意。我开始跟他们怼，没过多久就觉得元气大伤。但也有很多粉丝喜欢我，他们愿意跟黑粉对骂到天亮。他们到底喜欢我什么呢？有一天老板跟我说，你扮丑，

网友就会喜欢，涨粉快。我突然觉得很委屈。网友喜欢我整天受欺负，摔倒、被打、被男生甩……我变成了大众娱乐的消费品，而且是很低端的那种。我开始对人性与生俱来的幸灾乐祸感到厌恶，更加厌恶顺应大众喜好的自己。阿根廷作家博尔赫斯曾提道："希望成为一个好演员而不乏决心，是观众让他打消这个念头。"我开始甩锅给网友——我想拍出优质的内容，我想被认可是个演员而不是搞笑丑角，但是你们逼我低俗无脑粗制滥造。后来我发现其实粉丝对骂也不是为了维护我，他们只是在借机发泄自己的生活压力。我的心态崩了，因为逗别人一乐的代价，就是不断贬损自己，最后变得怀疑人性，怀疑自我。虽然这份工作只占生活中很小的一部分。而这很小的一部分，就能让我半夜在洗衣房里崩溃大哭。最终，我把这份兼职辞了，然后顺利毕业成了一个普通的上班族，50万粉丝也一哄而散。

这条路上，人们疯狂喜欢你，拼命嘲笑你，然后迅速遗忘你，直到几个月前从公司打车回家，司机一直瞅着后视镜观察我。

"你是松松吗？"

"啊……嗯。"

"哇，这么巧，我以前经常看你们的视频啊，为什么后来不拍了？"

"毕业了，工作没时间了。"

"说起来还挺怀念的，跑夜班等客的时候会看看你们的视频。"

"这么多年还有人记得我们……"

"喜欢你们特别真实，大学生活特别有趣，不像明星有距离感，电视剧演的都是假的。"

没忍心告诉他，其实那些故事也是假的，我也是假的。但想到这些虚构曾经陪陌生人度过长夜，竟觉得有点儿温暖。

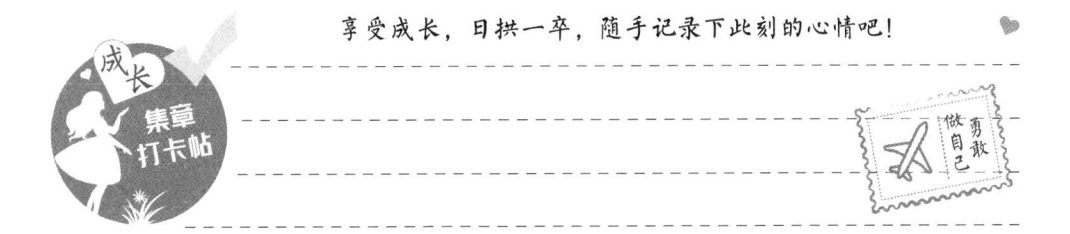

享受成长，日拱一卒，随手记录下此刻的心情吧！

母亲的稗草

□陈凤兰

一

余秀华在诗歌《我爱你》中说："如果给你寄一本书，我不会寄给你诗歌/我要给你一本关于植物，关于庄稼的/告诉你稻子和稗子的区别/告诉你一棵稗子/提心吊胆的春天。"稗草似乎第一次这么主观地，卑微地，战战兢兢地，走进了一首红遍大江南北的诗歌。

我从来没有对稗草有过如此好感，唯一的记忆就是母亲对稗草的憎恶，以及对我不热心于田间劳作的愤慨。母亲不知道稗草的学名，她只会沿袭乡村村民一贯的叫法——"派子"（谐音"败子"，意思是败家的儿子）。也许是江淮语系中"b""p"拼音读法不分，也许是乡人就想赋予它贬义色彩。

"稗子"也好，"败子"也罢，对我来说，都是意味着简单粗暴地挑战身体极限的低效劳动。每到秧苗挺直了腰杆极力分蘖时，母亲便吆喝我们姐妹，去田地里把稗草一棵一棵辨认出来，然后拔茎除根，抛掷田埂。

我质疑母亲的苛责。烈日当空的焦灼，稻田里水的烫热，偶尔蚂蟥的侵袭，漂浮着蚯蚓的尸体……那种超越体能极限的酸痛与炎热，让我憎恶起母亲的严酷、劳作的枯燥，还有稗草的喧宾夺主。

稗草叶片深绿，身姿挺直，若不是拔出后赫然呈红色的根，恐怕普通人真难以分辨。母亲能从有无毛绒、根的颜色甚至节结处的样子辨认出稗草和稻秧。这方面，母亲是专家。

在母亲眼中，我可能就是稗草。即便常常在稻田里脱颖而出，也只是落得个更容易辨认，成为不学无术、好逸恶劳的代表。

在我眼中，母亲把稗草一把一把地打个卷，远远地抛在田埂上，然后坐等烈日的曝晒，不失为一种残忍。万物有灵，在母亲那儿，植物也分了很多等级，有用无用便是她的标准。这样的行为着实让我和父亲鄙夷，可母亲不听，依旧我行我素。而我家的庄稼地，包括田埂，都成了村妇们学习的样板。

二

时间走得真快，一脚就跨进了新世纪，母亲依旧流连在她的几分地里，只是她再也守不住她的"江山"了。

村里引进的钢厂扩大规模，大面积征用土地，早年让我们觉得"一望无垠"的桑田，顷刻间就变成了轰隆隆的机器厂房，变成了整齐排列着汽车的停车场……母亲的红薯、西红柿等无处安放，母亲的心力与热情更无处寄托。她从一位当年生产队的"铁姑娘"迅速地化身为"失地农民"。

母亲的娘家在另一个乡，没出嫁的姑娘能被冠以"铁姑娘"，也是村里人对母亲极大的尊重，就像我们这个健身的年代里，谈及谁能跑"全马"或者"铁人三项"一样。

时代不断前行，母亲渐渐衰老。她不记得当年责令我们除一垄的草只许直身一次，不记得半夜把我哄到棉花地里陪她拔棉花秆，不记得草堆下总是卧着几条叫不出名字的蛇……她开始健忘，永远不记得我们的手机号码。

忽然有一天，母亲跑到十几里外的隔壁乡，找了一块别人不肯耕种的田地。对一辈子侍弄土地的母亲来说，成袋成袋地买米买面，简直就是奇耻大辱。母亲骑着电瓶车，横跨四座桥，转过三道弯，去田地里忙乎。我开车去找她，在一片铺染的绿意中看到了那个佝偻的身影。母亲依旧在除稗草，似乎不除稗草，稻子就没有灵魂。母亲看到我怯怯地笑了，把手里的一把稗草胡乱地卷成一团，噗地一下扔到田埂上，差点儿溅了我一身。

田埂上的一团团稗草，在艳阳下已渐渐褪去了绿，变成浅白，继而枯黄。脚一踢，松散开，微风中窸窣抖着。

母亲如今怕自己无用已经到了要害病的程度，我们只好带她去医院瞧瞧。医生显得漫不经心："疑病。"我估摸着这也不是医学名词，医生又悠悠补充说："癔症。"直到回家后，我各种查阅才终于弄明白这个医学术语。说到底，母亲就是"恐惧自己有病，然后就有病了"。血压高，后背痛，头像有个头箍箍着，整宿整宿地失眠……母亲在陈述疾病时，详细得让我感同身受。

搀扶母亲走出医院，我不敢松开手，这个曾经无所不能的母亲，似乎成了一个婴儿。她不会乘电梯，看不懂楼层。她死死地攥着我帮她补办的医保卡，生怕一不小心弄丢了。我也紧紧地抓着她粗糙的手,生怕把她弄丢了。我们生活的小县城,对不识字的母亲来讲,像是人潮涌动的汪洋大海,很难找到自己的码头。

医生开了药,治疗心理的,似乎很有用,也似乎很没用。

三

现在,母亲见到谁都一脸笑,全然没了当年为了工分跟队长打架的气势,也没了为了种韭菜把父亲种的玫瑰花砍掉的豪情,更没了把我们拽到田地里去体验体能极限的怒气……她渐渐矮了、蔫了,慢慢地接受了她已没有"斗天斗地"的能力。

母亲再也没有去稻田里拔稗草,因为农技员推荐的除草剂更便捷。母亲那善于识别稗草的双眼已经浑浊,灵巧有力的双手已经蜷曲,矫健的步伐已经蹒跚……土地不需要母亲,母亲却一直依恋着土地。

"稻田水浅,江湖水深",浙江大学教授发现,稗草几千年来,一直在拼命"拟态",努力跟水稻长得越来越像。当然,有了基因测序,稗草绵延千年的智慧,不敌高科技的碾压。稗草是,母亲是,我们也是。

正如尼采所说:"如果非要强说生命的意义,那么我只能说,生命的意义就是它没有意义。"但正是因为一切都是无意义的,所以我们才要寻找生命的意义。哪怕战战兢兢,哪怕卑微怯懦,哪怕提心吊胆,努力地活过,也许这就是生命最大的意义,也是对生命最大的尊重。

享受成长,日拱一卒,随手记录下此刻的心情吧!

不必对你的情绪感到羞耻

□李松蔚

很多人在成长过程中都有过这样的体验,用一种社会化的目光来评价自己的情绪——我有这种感受是我不对。往大了说,"我的存在"是错的。

所以很多人学会了隐藏,学会扮演一个更符合别人的标准、更"稳定"的自己。在有了欲望或脆弱的第一时间,不是去理解自己,而是给自己一个评判性的指令——"我怎么是这样的",然后惊慌失措地想要藏起来。越想藏,越藏不住。也许有时没表现出来,但在心里也对自己的情绪感到羞耻。

羞耻是一种后天训练的体验,它来自人际关系。羞耻的意思是,别人都在笑话我。很小的孩子就已经开始这种训练了。大人对他说:"哭什么哭,丢死人了!"有时候甚至会用想象中的观众来制造压力:"还哭,别人都在笑话你!"

哪里有别人呢?你睁开眼看,其实没有。就算有,别人也不会笑话你哭不哭、哭多久。只是很多孩子太害怕了,一听说有人看就低下头、闭上眼,全身紧缩,想让自己从想象中的目光里"隐去"。从此,他们学会了假装和强撑。日后也许有一天撑不住了,他们会深吸一口气,向全世界坦白:我没有你们看到的那么坚强,我一直在假装自己没有情绪,但我撑不下去了。这时候他们才会发现,自己想象了几十年的观众,可能根本不存在。

这是很多人走过的成长之路。"我是我",这个基本的事实对有的人来说却是心里最难堪的秘密。直到今天,还有很多人每天都在躲避或假装,承受着巨大的情绪负担。

没有一种情绪是不正当的,所有情绪都是我们的一部分。

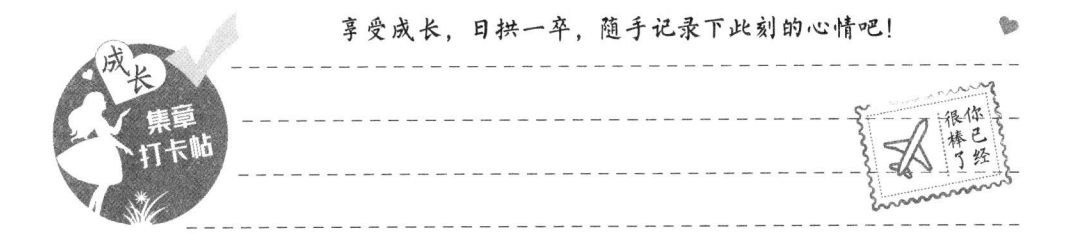

享受成长,日拱一卒,随手记录下此刻的心情吧!

路上捡到一个标点符号

□白音格力

我们都知道,古文是没有标点符号的,因此需要"明句读"。如果不懂句读,往往会误读、误解原意。而我们的人生,也是需要"明句读"的。

停一停,慢一慢,等一等,看一看,我们的人生需要一些"标点符号"。

在你为着梦想策马扬鞭、行色匆匆时,不妨给自己的行程安排一个逗号,暂且停一停,积蓄力量。

在你为生活奔波风尘仆仆、餐风饮露时,不妨给自己安排一个句号,缓下来,慢一慢,告一段落,再出发。

在你为着名利马不停蹄、日夜兼程的时候,不妨给自己安排一个叹号,既是肯定自己也是提醒自己,等一等,别丢了自己的真诚、善良。

在你不知方向、疲于奔命时,不妨给自己安排一个问号,问问自己想要什么,坚守什么,或者问问自己究竟是谁。

这样的标点符号,可能是一座小亭子,在匆忙赶路时停下来,坐一坐;可能是一本书,在漫漫长夜里,幽居纸页间;可能是一双清澈的眼,让你在人潮人海沸浪喧嚣里,周身清净。

享受成长,日拱一卒,随手记录下此刻的心情吧!

与什么样的事打交道，你就会成为什么样子

□良大师

约翰霍普金斯大学心理学教授霍兰德，一次上课，给学生讲了一个妙趣横生的故事，全班哄然大笑。

接着，开始正儿八经地讲课。没一会儿，他唾沫横飞地把刚刚那个笑话又讲了一遍。这时，几个学生应酬式地笑了两声。万万没想到，教授讲了一会儿课后，把之前那个故事又详细复述了一遍。这次，没有人再笑了，大家面面相觑，目光变成诧异。

这时，霍兰德好整以暇地说道："大家不会为了同一个笑话，一笑再笑，可为什么，大家却总为同一件破事，而反复悲伤呢？"

越不去做正经事，注意力就越容易聚焦在破事上。而那些破事，仿佛自带磁场，相互吸引。渐渐你就会浪费更多的精力，也难腾出空间去做正经事。

想起一位心理学家的说法：每个人处理的每一件事，都是"大脑重塑"的过程。与什么样的事打交道，你就会不由自主地"扮演"相应的角色，直到真正成为那个样子。

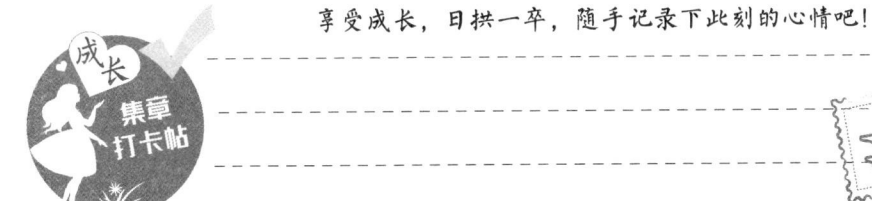

享受成长，日拱一卒，随手记录下此刻的心情吧！

弓循节制

□张敬驰

教我小提琴的老师，可以算是本地提琴界的一股清流。

当别的老师都在训练学生左手按弦的速度与熟练度时，他却不紧不慢地说："右手弓法，重在节制。就好比，全音符以下用半弓便可，无须拉全弓。"

这我当然知道，只是四秒以下的音符我的小笨手也来不及走完近一米的全弓弓长。有些时候，节制并非作为一种美德而刻意为之。当能力不足以承担全弓奏响的绚丽时，节制地运用半弓，也是一种不能为而不为的韬晦。

但自我忖度能力可以达到之时，便忽视节制的风险了。譬如，为了追求乐音的圆润，我常常在弓毛上抹过多的松香。

屡次劝教不听后，老师终于给我取了一份极长的总谱："从头到尾，把这首来过一遍。"

琴声初起，弓毛上附着的松香在琴弦的细微震颤下如腾起的烟雾，声音也是极其洪亮饱满，在琴房中回响激荡。

但总谱还未拉到一半,弓上的松香已耗去大半。虽与正常演奏时的用量相差无几,但和刚才的声音相比,显得尤为干涩生硬。

原来,节制并不是"不能为而不为",而是"可为而不为"。自己有能力去做,却懂得节制自己的力量,为的是在整个过程中达到一贯与浑圆,不会因一时的高歌而衬出之后的无力。

不过,老师教我的"弓忌太紧",却一直未有解释。调节旋钮将弓毛收紧,运弓时便更加有力,弓也更容易掌握。老师却总是将我的弓调成半松状态,待拉到乐曲高潮时,弓上支撑的横梁失去了平衡,稍不注意就匍倒在琴弦上。

"执弓不坚啊!"老师微微叹气。

待软弓用得自如后,便该参加比赛了。

"你用这把弓吧。"老师将他的弓递过来,硬弓,满松香。

"弓毛两面均上松香,虽浪费了点,但一曲下来应该没问题,至于硬弓,你上台就知道了。"

台上,用惯了软弓的手,拿起硬弓竟游刃有余。突然意识到,节制地用弓,是为了厚积薄发。

想起上台前老师在背后对我说的话:"乐曲到高潮的时刻,技法上别太节制。但,心还是收收好。你看那些冲着拿奖来的人,看上去肆意,弓实际上已经乱掉了……"

弓循节制,方得不乱,方可绚烂。

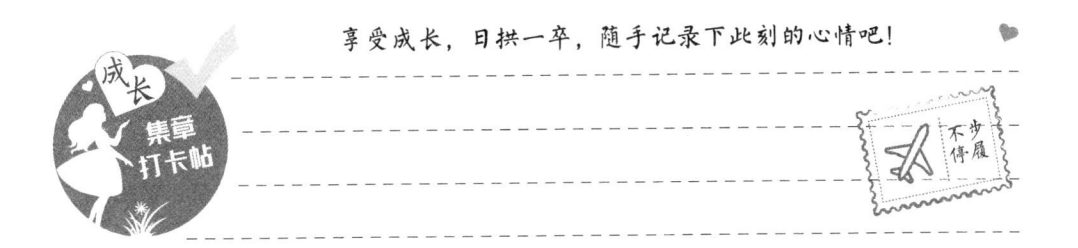

当所有人都在往前赶，我建议你输在起跑线

□ 韩大爷的杂货铺

初中时的一次历史考试，复习时间只有十五天。我对这类科目倒是蛮感兴趣，但特别讨厌背知识点。然而要命的是，考试就考知识点，老师考前还不给画重点。当时心想，我背不完，干脆不复习了。于是当大伙用双手捂住耳朵，嘴角唾沫横飞地念经时，放任自流的我只把书前后翻着玩。

既然已经对考试不抱啥希望了，那就干脆用这最后的几天，梳理一下整本书的脉络吧，也算有头有尾。

当时也不懂怎么梳理，就傻乎乎地抄目录，把每单元的标题写在一张大白纸上，不知道为啥，写完感觉脑子清楚了一点儿。于是又把每单元下面每节的题目再抄上去，抄完脑子更清楚了。便一鼓作气，把每节内容的每个小标题，以及这个小标题下大致讲了哪几个点，工工整整地抄在那张大白纸上。白纸被填满，心里感觉像有了张大地图，一些地点之间还能搭建起关联。

那时距离考试只剩三四天，大伙背得头昏脑胀，但也生生背完了一大半，而我手里就只有这一张大白纸，但我感觉我可以搏一搏。以前我不知道重点在哪，但自从画出那张大白纸后，心里莫名就有了感觉。

最后我的历史成绩是学年第一名。

那次以后，每当要备考历史，我都会给自己留出几天时间，拿出一张大白纸，抄目录，抄每小节的标题，在下面标注上该小节主要讲什么。这种做法在当时有点格格不入，老师说我在"绣花"，同学也劝我不要耽误时间，然而结果是，每次我的历史成绩都会领先全年级。

这件事让我很早就明白了几个道理：第一，当大多数人都如何如何的时候，并不意味着你也要怎样；第二，当所有人都陷入了一种狂热，你要提醒自己冷静，给自己一个跳出来的机会，站在更高远的视角旁观；第三，走在正确的道路上，慢也是快，走在错误的方向上，快也是慢。

第六辑 答案在路上，自由在风里，风吹哪页读哪页

高考前复习政治，坦白讲，这科目对当时的我们来说真的挺难。理论倒好理解，但应用层面就难了，尤其是选择题，四个选项跟四胞胎似的，看哪个都想选，一选就错。当时老师叫我们搞题海战术，一天刷上百道选择题，做完就讲，讲完叫大家把错题整理在错题本上，可久而久之我发现很多人错的地方总会一错再错，可谓"出门就上当，当当都一样"。我也是这样吗？不，我一道题都没错过，因为我一道题都没做过。每次有题发下来，我会认认真真读一遍题干，然后直接去看标准答案。长期这么顺下来，我形成了一种和出题人一样的思维习惯，高考政治选择题拿到了满分。

当时这么复习的时候有人说我懒，连动笔都不肯，可我发现，这世界上另有一种"勤奋"的懒惰，那就是抓过来就干，不给自己反省和思考问题本质的时间。你问他为啥，他振振有词地说自己不能输在起跑线上。

是啊！不能输在起跑线的人，连系鞋带都觉得是在浪费时间，开枪就跑，倒会领先三五米远，但会输在终点。

享受成长，日拱一卒，随手记录下此刻的心情吧！

最后一堂语文课

□ 曾 颖

我的最高学历是职业高中,学的是家电维修专业,对于我们来说,语文这门课程,颇有点像筵席上的瓜子儿,可有可无。但我们的语文老师黄老师并不这么看,他告诉大家:"即使你们今后是修电视机、收音机的,多知道一点儿祖先传下来的文字之美,也是没有坏处的!"

这句话与其说是开导学生,倒不如说是在开导他自己——作为一个刚从普通高中来到职高的老语文教师,他像一个上错了船的游客,不安而不适。就这点聊胜于无的理由,支持着黄老师把这一门"副科",当成了主科,依旧如从前带高考生般敬业。

黄老师上课通常是不怎么看课本的。他早已将要讲的课文以及知识点烂熟于心,张口即吟,抬手就写,举手投足间有一种不容打断的气势,即使平常最不喜欢学习的同学,在那抑扬顿挫的诵读和讲解中,也体会到了知识的美感与魅力。这种感受对我们这群职高生来说是稀缺的。我们中考没有考好,来到了这里,面对自己并不太喜爱且枯燥难懂的所谓专业知识,厌学和绝望的状态可想而知。而黄老师的语文课,不啻是绝望沙漠中的一片小小绿洲,让我们得到了异乎寻常的

开解与拯救。

一年时间匆匆而过。当我们升入二年级时，我们发现，我们最喜爱的语文课已离开了课程表——那是仅有的证明我们还是中学生的课程啊！

于是我们展开了一场有声的反抗：开学第一堂课，不知由谁发起，整个教室里响起了《国际歌》的旋律，我们不动嘴，只是让声音在喉头低沉地哼出。这种声音整齐地汇聚在一起，其效果是可想而知的。

这在校园中算是惊天动地的大事，学校从办学宗旨到专业课程设置的紧迫性，再到黄老师的健康等原因，都做了解释。为了增加可信度，还特意安排黄老师回学校来给我们当面做解释。

那天，黄老师依旧穿着那件我们熟悉的旧衣服，还是那浑厚的男中音，内里含着一些不舍的酸涩。他说："同学们，听到你们为挽留语文课……所做的，我感到……万分……荣幸。我很荣幸，你们通过我看到了文字之美、文化之美。但我的学养有限，只给你们开了一个小小的窗……不，只算是一个小小的洞，你们通过这个洞，看到一点点的星空与苍穹，那是一个你完全想象不到的广阔世界，你们需要继续扩大自己的眼界。这个世界有很多美好的东西，你没有看到，并不代表它不存在。一辈子很长，有很多东西需要坚持！即使你是一个修收音机的师傅，知道更多美好，与不知道，也是有很大差异的……"

那是黄老师最后一次在讲台上说话，也是我最后一次上语文课，但那又是一个开始。多年之后，我的同学中有的成了央视主持人，有的成了书法家或画家……不管当下在做什么，说起文化与美，都有一种心向往之并身体力行的景仰和坚持。我不知道，这些是否都与32年前那个阳光灿烂的下午有必然的因果关系。但至少，我的人生道路与之有着不可分的关系——像种子与果实！

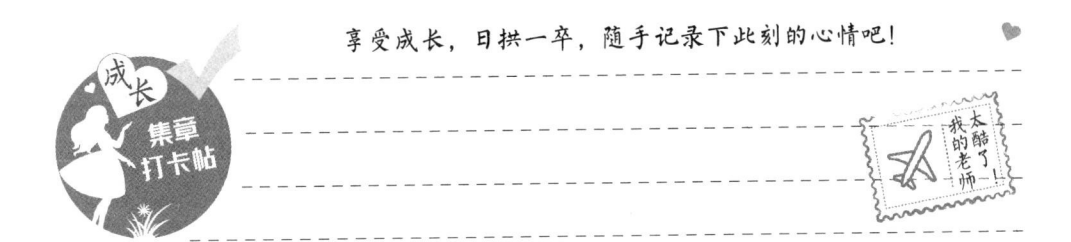

享受成长，日拱一卒，随手记录下此刻的心情吧！

拿什么来爱你，我的顽固自然卷

□艾 溪

作为一个给诸多理发师带去过可怕体验的人，我曾对自己的一头超级自然卷发恨之入骨。

三年级时，我坐在第二排。有一天，后面的男生突然举手对老师说："我看不见黑板，她的头太大了。"那天我是哭着回家的。而且，但凡有同学盯着我，我就觉得他肯定在看我的头发。对方一笑，我就觉得他肯定在嘲笑我。偶尔有同学拿我的头发开玩笑，我更是觉得天都塌了，好半天抬不起头。这种禁不起注视的自卑渗透在骨子里，让我极度害怕在公共场合说话，不敢举手回答问题，不敢参加各种学校活动。

事情的转变发生在我读研去欧洲实习的时候。有一天我洗完头，来不及吹干扎起来，就被临时安排去一所中学上课。

课堂上，一个长得像洋娃娃一样漂亮的姑娘一直盯着我看。那个眼神我可太

懂了，心里顿时涌起不适感。我强撑着上完了课，刚要离开，小姑娘突然蹿上讲台，眨巴着眼睛问："老师，我可以摸摸你的头发吗？"看我一脸震惊，她马上解释说："我觉得你的头发漂亮极了。"我的天！在我二十几年的人生中，那是第一次有人夸我的头发。被我弃之如敝屣的头发突然熠熠生辉起来。那一刻，别说摸头发，她就是想要我的头发，我也愿意送给她。

我就这样深一脚浅一脚地走回了办公室。巨大的喜悦包围着我，以至于我都没发现自己的头发还披着。

一进办公室，我们的行政助理就惊呼起来："哇，你的头发真令人羡慕。"我又一次受到了惊吓。第二天，我依然扎着头发去上班。女上司看到我，立马走过来说："办公室助理说你的头发很漂亮，你可以解开让我看看吗？"我在接二连三的冲击下飘飘欲仙。她一边欣赏我那颗夎得像脸盆一样大的头，一边赞叹地说："你知道吗？我们匈牙利人最羡慕人家头发多了，看起来就像个洋娃娃。"毫不夸张，我差点儿喜极而泣。

现在我已经能很坦然地接受别人对我的头发的注视。偶尔有人说："你的自然卷……好厉害。"我也能回一句："对啊，你想摸一摸吗？"常常一番交谈下来，发现对方没有任何恶意，只是纯粹好奇。这种与众不同，也不再让我焦虑。你仔细观察，身边谁和谁又是完全一样的呢？他的个子高一点儿，他的眼睛小一点儿，他的鼻子塌一点儿……有什么关系？人和人各不相同，才显得世界如此可爱。

世界永远和而不同。

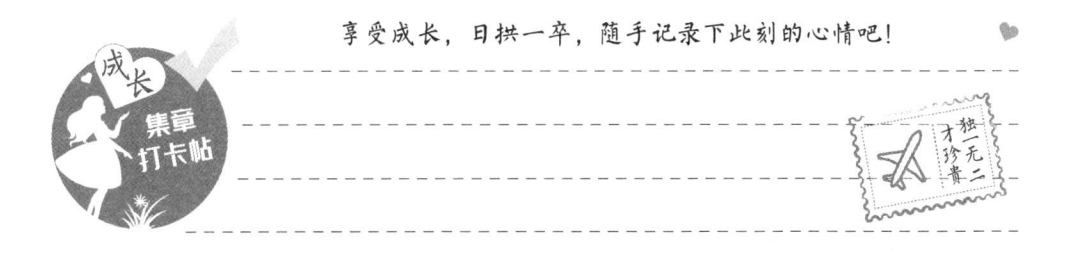

享受成长，日拱一卒，随手记录下此刻的心情吧！

讲真，你担心的事到底哪件发生了

□王 玮

现实生活中，我们每个人可能都有过类似的经历，"我近来特别焦虑，担心自己考不上研，飞机会失事，工作中会发生无可挽回的错误，我会疯掉……"还有人的焦虑说不清楚是为什么，只是一直心慌、担忧，惶惶不可终日。而差别大概在于有些人总是焦虑，有些人偶尔焦虑。他们担心的事情最后真的发生了吗？大部分是没有的。

精神科医生工具书《精神障碍诊断与统计手册》中提到了两点：其一，焦虑是对未来威胁的期待；其二，为了扼杀可能的威胁，个体会采取回避策略。可能，人们焦虑的主要原因就在于这个"回避"。

然而当今，人类已经很少面临危及生死存亡的事情了，但些许不适、偶发的事件还是可能被我们体内的边缘系统解读为生死攸关的重大危机。

从进化心理学的角度讲，很多时候，心理障碍或者心身疾病最初很可能是源于一次偶发的小概率事件。边缘系统很擅长从这一小概率事件中嗅出危险的气息，并出于本能地启动，脱离皮层控制，意图"快准狠"地解除危机。

比如，在你心烦意乱、头晕脑胀的时候，如果有人说"我有种神奇药丸，吃了你马上就神清气爽"。我猜，很多人都难以抵挡这种诱惑。渴望迅速消解痛苦是人类的本能，我们都想最好马上跟痛苦说拜拜。在这种心情的驱使下，那些可以帮助我们入睡的安眠药，那些在我们心烦意乱时可以转移注意力的高热量饮食，会对我们产生很大的诱惑。

这么做的后果就是，我们一步一步亲手缩小了自己的舒适区，最后把自己逼到无处可待。很多时候，一个原本小的心理问题，可能就是这样逐步恶化成为更大的心理问题的。

在我临毕业的半年内，我经历过一段严重的失眠。当时的背景是实验结果不好，没有做完，论文刚刚开始写，工作更是没有着落……我开始连续失眠，很多个夜晚眼睁睁地看着天亮。这让我无比焦虑：白天还有繁忙的工作，如果休息不好该如何挺过这一天……由于丝毫没有好转的迹象，我开始进一步担心：会不会就此失眠下去？如此越发睡不着。

那段时间，我那偶尔发作的过敏性鼻炎在一次感冒后急剧转为支气管哮喘，为此我甚至拜托师妹每天早上给我打个电话，看看我是否还能喘气……

我观察了自己几天，发现即使连续几晚都失眠，第二天依然精神十足，工作几乎不受影响，这样心里便坦然了：失眠就失眠吧，反正也不会影响白天的工作效率。后来，失眠慢慢好了，哮喘再也没犯过。

我猜可能因为我"忍"了那么一下，没有急于去"治愈"失眠和哮喘，而是选择把它们识别为特殊时期出现的小概率事件。当我发现自己是可以"在不适中待住"的时候，整个人对舒适的体验就扩大了。

如果当时，为了"迅速好转"而开始服用镇静安神类药物，可能以后一旦发觉有一丝失眠征兆时，我都会不假思索地选择服药。如果当时我认为过敏性鼻炎铁定恶化成支气管哮喘，为了预防"猝死"，恐怕以后只要一出现过敏症状，我就会直接按哮喘来治疗，力图不留一丝隐患。

所幸，我稍微"忍耐"了一下，什么都没有发生。

所以，我们担心的事哪件发生了呢？大部分没发生。

享受成长，日拱一卒，随手记录下此刻的心情吧！

优秀第一，成功第二

□周国平

我建议大家在确立人生目标时，把优秀放在第一位，而不要太看重外在的成功。一个人如果过于看重外在的成功，就会去找各种机会或关系，你也许能够获得一时的成功，但是在我看来，那种成功没有太大价值，因为你的内心并不感到喜悦。

在广西的那段时间，我就体会到了：一个人并不能完全支配自己的遭遇。就像我，被分配到了一个山沟里而不是大城市，这是我支配不了的。但是，要怎样对待这样的环境，如何在这样的环境里让自己变得更加优秀，这一点是我可以支配的。

外在的成功取决于很多偶然的因素，你无法支配，但是自身的素质是你可以支配的，因此要不断地在这方面努力。荀子有一句话我有特别大的感悟："君子

敬其在己者，而不慕其在天者，是以日进也。"也就是说，优秀的人往往会看重那些自己能支配的条件，而不去羡慕那些自己不能支配、由命运决定的因素，这样的人就会不断地进步。小人则相反，看重的是那些自己不能支配的条件，反而放弃自己能支配的因素，结果就会不断地退步。

那么，我就要做这样的君子，自己能支配的，我就好好完成；如若不能支配，我也不强求。我在山沟里自觉读书、写作的时候，并没有想到有一天自己会从山沟里走出来，实际上我当初所积累的这些学识，后来都用上了，一点儿都没有浪费，这是我完全没有想到的。当时的我心想：即使不被人赏识，即使我的这些作品永远发表不了，即使我读的那些书永远都派不上用场，但是我的生活是有意义的，我的内心是充实的，这才是更重要的。如果我的内心是空虚的、贫乏的，纵然很会与人打交道，也许可以靠自己的精明得到比较好的职务，但我觉得这没有多大的意义。

就外在的成功来说，今天的我可以说已经取得了相当程度的成功，甚至完全超出了我的预料。不过，这些并不是我最初所追求的目标，可以说是"天上掉馅饼"了，因为我根本没有想到有一天自己会成为所谓的知名作家、知名学者，也没有想到我的书会受到这么多读者的欢迎，更没有想到那些滚滚而来的版税收入。

所以，我觉得最好的定位就是把优秀作为第一目标，把成功作为第二目标或是优秀的副产品。你必须首先让自己优秀起来，这样活出来的人生才是充实的、有意义的。当你成为一个优秀的人，自然就能实现自己最主要的目标，如果外在的成功也能随之获得，自然是最好的；如果没有得到，也没什么大不了。你越是抱着这样的态度，越容易成功，因为你的心态是健康的。

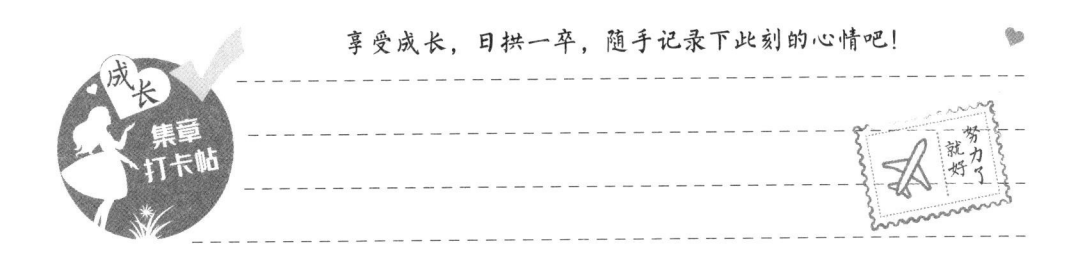

享受成长，日拱一卒，随手记录下此刻的心情吧！

不能立马解决的静下心来等等吧

□张一淇

初一那年,我的脚底长了一个怪东西,父母一眼断定是刺包,并开始给我普及它的厉害之处,说完便拿出经过火烤消毒后的剪刀开始给我"做手术"。

我嚎啕大哭,父母安慰我说:"坚持下,马上就好了。"我咬牙回头看,父母满头大汗,表情凝重地端详着,直到脓液流尽才开始包扎。本以为事情就此结束,几个星期后,伤口附近却出现了同样的症状。我吃不下睡不好,心里的恐惧不断扩张,慢慢压垮了神志,整日恍惚迟钝。我们用了很多办法也不见成效,反倒数量成倍增加。直到第23个冒出来的时候,妈妈抱着我哭个不停,拉起爸爸去外面看病。

走了许多地方,看了很多所谓的神医,说法不一。有个老爷爷说:"你这个是鸡眼,脚底的穴位很重要,数量又太多,做手术搞不好会半身不遂。"

妈妈咬牙问:"不是刺包吗?"

老爷爷又盯着我的脚仔细看,肯定地回道:"是鸡眼,一个20元,不承担术后责任,做不?"

我知道家里经济负担重,不然也不会拖到现在才来看病,不能保证健康的昂贵手术,风险太大了。

我当时年龄太小,只觉得自己患了绝症,时日不多,没来得及孝敬父母,临终还要压垮他们,愧疚充满我的脑海。

妈妈攥钱的手剧烈颤抖。我穿好鞋袜抬头说:"妈妈,我们别管它了,回家吧。"

回到家,妈妈终日以泪洗面。

而在学校宿舍,我再也不敢在人前泡脚,时常感到自卑,偶尔会在深夜跑去厕所捂嘴哭泣,抱怨命运不公。一想到父母含泪望向我的神色,渐渐地,我只想在生命最后一段时光做最好的自己。

我拼命学习充实自己，努力过好每一天，不再埋怨生活，而是笑着去发现每一处风景的美丽。渐渐地，我不再整日盯着脚底瞧，开始抬头看，眼中倒映着更远的景色。

回到家，父母夸奖我，给我准备最爱吃的饭菜，温馨的氛围弥漫整间屋子，我们笑脸相迎每一天，仿佛病痛已远去。

初二的冬天，我在雪地里玩耍，脚冻得通红，准备好热水泡脚，却看到水面上漂着一层皮，我惊讶地摸过脚底，原本长着怪东西的位置变得光滑，我大声地喊妈妈，她惊讶地问："疼吗？"

我用力摇头，眼泪唰地流下来。妈妈猛地紧紧抱住我，来回抚摸我的头发："真好，一切都会好的。"

我点头，原来是这样，生命是这样脆弱又强大，一念之间就可以让人起死回生。

第二天，爸爸带我去看了一位专治手足病的大夫。大夫看过，说："你这就是真菌感染，千日疮，不用吃药，注意下卫生，慢慢就会好了。"

恍恍惚惚地回到家中，父母忙碌地准备晚饭，脸上的喜悦不言而喻。心里的担子终于放下了，每个人都很轻松。原来，千日疮是会自愈的。高一那年冬天，脚心柔嫩如新，光滑平整。

很多事情终会迎来光明。不能立马解决的，就静下心来等一等，认真过好每一天才是对自己最负责的交代。

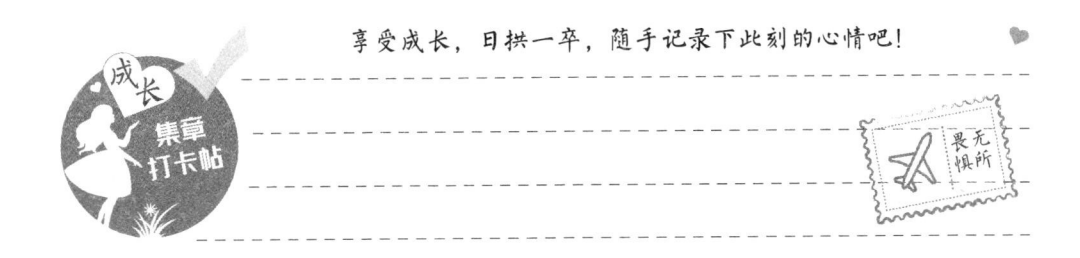

享受成长，日拱一卒，随手记录下此刻的心情吧！

不爱吃饭的我被苏轼治愈

□张艺静

有一天,我那当老师的妈突然想到一个法子,让我去读名家笔下的美食,她给我找了许多关于美食的诗词散文,但最让我感兴趣的就是苏轼的《猪肉颂》:净洗铛,少著水,柴头罨烟焰不起。待他自熟莫催他,火候足时他自美。黄州好猪肉,价贱如泥土。贵者不肯吃,贫者不解煮,早晨起来打两碗,饱得自家君莫管。

《猪肉颂》简单易懂,苏轼对猪肉烹饪方法的讲解和感想,对当时幼小的我来说非常友好:洗干净锅,在锅中放少量的水,燃上柴草,抑制火势,用不冒火苗的虚火来煨炖。等待它慢慢地熟,不要催它,火候足了,它自然会滋味极美。

我是个肉食者。说来可能有些奇怪,我小时候不爱吃饭,甚至觉得吃饭是世界上最痛苦的事,只要不吃饭干什么都行。这事儿让我爸妈一筹莫展。

于是我爸妈开始想办法，观看美食纪录片，带我出去旅游尝鲜，给我变着花样做饭，带我出去吃各式各样的菜，但好像都没啥作用。别人家的小孩儿不吃饭，好歹还会吃些零食什么的，而我却是去肯德基只要甜筒的狠人儿。

唉，叫我爱上吃饭怎么就这么难呢？

虽然我不爱吃饭，但我有一个爱吃饭、爱做饭的爸爸，可以说我也是在大厨的熏陶下长大的。由于《猪肉颂》中的烹饪方式十分简单，这让我对做饭来了兴趣。于是爸妈带我去买了猪肉，在他们的帮助下，我完成了我人生中的第一道菜——东坡肉。晶莹剔透的肉皮，肥而不腻，炖得酥烂的肉色泽红亮，尝一口，那肉像是在嘴里化开，配一口白米饭解解腻味，那感觉，是我以往从未有过的幸福。我那天竟然破天荒地吃完了一碗米饭。这对我来说是一个极大的进步。

从这之后，我仿佛打开了新世界的大门。我开始搜索名家写作的关于美食的诗词文章，读他们对美食制作和品尝的心得，比如杜甫描写香芹鲫鱼羹："鲜鲫银丝脍，香芹碧涧羹。"又或者是唐朝人喜欢的莼菜鲈鱼羹："麦陇虚凉当水店，鲈鱼鲜美称莼羹。""莼菜银丝嫩，鲈鱼雪片肥。"……但在那么多关于美食的名篇中，我最喜欢的还是苏轼的《猪肉颂》。有人说，《猪肉颂》是苏轼最没有文学性的诗文，可我觉得，《猪肉颂》虽然词句简单，字里行间却透露出一种对生活认真、耐心的态度。

"待他自熟莫催他，火候足时他自美。"我从一个不爱吃饭的小孩儿，到今天的业余美食爱好者，其中的转变就印证了苏轼的这两句诗文。也许万物都有一个过程，火候足时他自美，一切都自然而然。

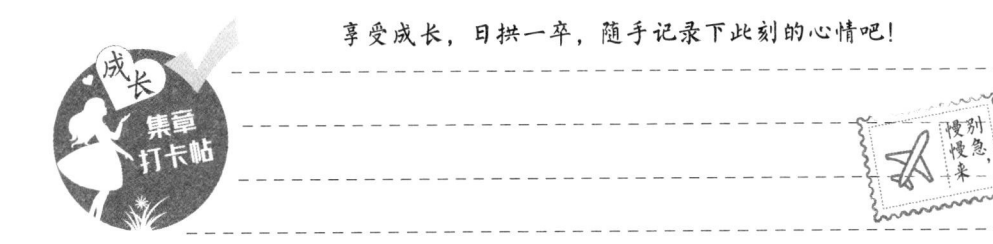

享受成长，日拱一卒，随手记录下此刻的心情吧！

711号园里的流浪猫

□阎连科

冬天到来了。对流浪猫和流浪狗来说，无论它们愿意不愿意，都必须从寒冷黑暗中穿过去。在北方，冬天暖气供应最好的应数北京。可在711号园（编注：711号园是北京世界公园附近一片闹中取静的园林，作者在此住过三年），除了水电，是没有煤气也没暖气的。每年十一月，寒潮到来时，这里的居民大多会如迁徙的鸟类一样从园里搬走。

按计划，我也要搬回北五环外的家属区。可那里属于军事管理区，对流浪猫、流浪狗的管理如同警察对小偷般警惕。我不能把那七八只猫带回到那里，又不忍心把它们丢在寒冷无比的园子里。我去和留在园里的几户人家聊天，弄清他们中也有两户人家对流浪猫存有同情心，我便颇狠心地做了一个残酷而错误的决定：在我家墙下垒了一排猫窝，又买了许多猫粮倒在猫窝前，把十几天也喝不完的水放在猫窝边。

我的计划是，保证每周一次到这园里来喂猫。一周内，粮尽后的两三天，希望那些猫会到那两户对流浪猫也有同情心的居民家里喵喵喵地叫。这个计划简单而烦琐，落实起来没有那么容易。

那些流浪猫应该原谅我的计划没有百分百落实。但我周六不能去，周日必定会带更多的猫粮向它们表达内疚和歉意。十一月我这样做了。十二月我也这样做了。每周，那些猫等着我的到达，兴奋而饥饿的叫声，如雨点一样砸在我心上，让我的心里有一种不安和内疚。

可那年元月的第三个周末下雪了。一尺厚的大雪把所有的公路都封了。四天后公路通车了，当我匆匆地开着车赶到园里时，八只猫只有四只在等着我。换水时，我发现原来的半盆水结成了冰，那发灰的白色冰面上，有猫在极度口渴时，留下的用舌头在冰上舔出的浅浅的圆凹痕。

又过了一个星期，我出差，只能第二周的周三去喂猫。又有两只不在了。我仍然没有在园里找到它们的身影或者尸体。我猜想它们不得不离开园子，沿着寒冷的大街开始流浪，去某个小区为它们匀留的一片温暖的过道或门洞和楼梯下安家了——也许它们会在路上被汽车撞死，或者被路过的一只大脚猛踢一下，飞起又落在哪儿，成为不仅流浪而且残疾的猫。再或者，它们溜墙走着走着倒下去，从此再也没有爬起来，把生命结束在了冬天流浪的路途上。

我不能再把它们就这么留在我家房檐下。不能以两袋猫粮和半盆冰水就把它们交给冬天和房檐下刺骨的寒风。我做出了一个温暖而狡猾的决定，把它们迎进室内，让它们吃足了猫粮，喝了烧开后放凉的温水，又去买了五大袋猫粮装在一个袋子里，待黄昏之后，天将暗下时，把它们一并装入一个纸箱内，看到偶尔喂喂流浪猫的老退休干部从家里出来时，我把装猫的箱子和那五袋猫粮，放进他家暖和的客厅慌忙逃走了。

回家时，我一路开车听着口水歌，哼着小曲，感觉像是做了一件充满智慧的大事情。

享受成长，日拱一卒，随手记录下此刻的心情吧！

孩子，请摘下你的面具

□ 梅 寒

开学第一天，几乎所有新生是在家人的陪伴下前来报到的。所以，当她独自拉着大大的行李箱出现在我面前，并大大方方打招呼时，我不由抬起头多看了她一眼：圆圆脸，大眼睛，扎一条高高的马尾辫，脸上零星点缀着几粒小雀斑——不影响她的好看，倒添了几分俏皮。问清缴费明细后，她鞠躬向我道谢："谢谢老师！"然后取出银行卡走向校园取款机。

我再次对着她的背影出了一小会儿神：一个上午，她是我接待过的最独立的孩子，而且有礼貌。

新学期，新的班集体，我让这个名字叫飞飞的女孩做了学习委员。飞飞似受宠若惊："我一定会努力做好的。"就这样，飞飞走进我班乖乖女的行列——上课她很努力地听讲，课后很认真地完成作业。

只是等到第一次交作业上来，我才发现，她的学习能力有些欠缺。字写得很潦草，第一次作文东拼西凑才写了不到两页作文纸。然而，让我大跌眼镜的却是另一件事。开学几周后，刚起床就收到了她发来的一条消息：老师，对不起，我太爷爷去世，没来得及请假，我就私自离校了，希望老师原谅！

那一整天我的心都似吊在半空。按她的出发时间，那天中午她应该能到家向我报平安，可一直等到晚上九点钟，我都没看到她的任何信息。几次摸起电话想打给她，又考虑到她及家人正在忙乱之中而把电话放下了。"有谁知道飞飞是否已安全到家？"晚上九点钟过后，我实在担心，就在班级群发了一条消息。

"老师，她早已到家了呀，我们今天下午还在线上聊过天的。"与她同乡的一位男生立刻在群里回复我，而打给她家长的电话，则更让我崩溃——她妈妈说她太爷爷都去世好多年了……

飞飞按时回校，主动到办公室来找我："老师，对不起，我骗了您，向您道歉……"然后是一个很深的鞠躬。孩子知错了，总得给她机会改才是，可不得不说，那件事确实严重地影响了我对她的印象。那次之后，她性情也似乎大变：课上与同学聊天，作业不认真完成，有时还讲些粗话。我几次三番提醒无效后，不得不中途换了学委。

但还是不甘心她就那么滑下去。于是，找了个时间，在教学楼下的凉亭底下，我再次与她交流。下面的故事是她讲给我的：

飞飞很小就被爸爸妈妈送到寄宿学校去，因为内向又年纪最小，在学校一直受欺凌。她告诉过老师，但并没有得到老师的重视；回到家里跟爸爸妈妈讲，得到的都是爸爸妈妈的批评。慢慢地，她就不愿意再讲，开始学着骂人。"我骗您说我太爷爷死了，那天我是真的想太爷爷了，回去后我在太爷爷的坟前哭了好久，只有他是这个世界上爱过我的人……老师您一直说我是个乖孩子，可我自己知道，我只是戴着乖孩子面具在生活……"

我的眼角已经潮湿："飞飞，请你放心、安心地在这所学校里开始全新的生活，我保证这里没有校园欺凌，老师和同学们也不会歧视你，你摘下面具，就按自己喜欢的样子生活吧。"

那次谈话，也许真的打开了飞飞的心结，她脸上的笑容渐渐多起来。偶尔还会讲讲粗话，或者完成作业不够认真，我会一视同仁地批评教育她；做得好的时候，也会不遗余力地表扬她。她第一次主动要求与其他同学共同主持班会……看她在台上略带羞涩地向同学讲解着关于生态文明建设的种种，我忽然被一种莫名的情绪笼罩，很欣慰，又有一点儿自责和难过——差一点儿就错过了她的成长。

孩子们成长的过程中，暂时的迷失、错乱，找不到方向，摇摆不定，都是很正常的。作为他们的引路人，我们要有足够的细心与耐心，停下来看一看，等一等。

享受成长，日拱一卒，随手记录下此刻的心情吧！

我是谁不重要，
我知道我是谁才重要

□阎连科

我是谁，有点儿文化的人都这样问，并无谁可以答曰。由此，随朋友去他朋友家。他朋友家住在北京西长安街，房宽，人贵，物华。入得门去，见宾朋满室，友人便向宾朋介绍我了。

说：这是作家某某，写过某某小说。

大家乜斜着看我，不知小说某某是何。

友人看场面尴尬，又说：部队的，少校。

大家看看我的便服，笑笑，点了头，握了手，坐了。

一场不欢。

不久，回到老家。老家在豫西嵩县田湖镇上，穷地，县是历年的全省贫县之

首。从洛阳坐两个小时长途客车颠颠荡荡，午时到嵩县的田湖小镇，汽车悠悠停了，有许多农民围着车窗兜售煮熟的鸡蛋和自己做的不达卫生标准的袋装汽水，还有自炒的葵花子、西瓜子等。围车窗的，只见举起的手和物品；围车门的，恨不得不收分文把那物品塞到客人的衣兜。我在下车的人流中间，待下得车来，村人把物品塞到我身上的时候，忽然认出我来，都说，"哎呀，原来是你呀连科，吃吧鸡蛋，自己家煮的。"

有一个小小的姑娘，把一袋汽水塞到我的手里，转身跑远去了，没有一句言语。望着她的背影，我想起来我曾和她哥同桌。还有别的，卖甜秆的，卖杂格（牛肉汤）的，卖苹果梨的，都是同镇的村人，都拉着我去吃一点儿什么，哪怕是卖枣的一颗红枣。

有收工的邻居，过来说了一声回来了啊，跟上吃晌午饭了，就把我的行李挑在他的锄上。

我的叔伯哥们，在街上正帮人盖楼，站在高高的架木之上，见我回来，大声地唤着，对我说家里没人，母亲到田里去了，大门锁了，让我先到他家，由嫂子烧一碗水喝。

我应承一阵走去，看见了一群跑来的侄男甥女，拉着我的手要糖吃哩，还说他们的奶奶、外婆——我的母亲在河滩锄地，知我今天回来，怕到家早了，便借车子骑到田里锄地。

于是，我终知我是谁了。

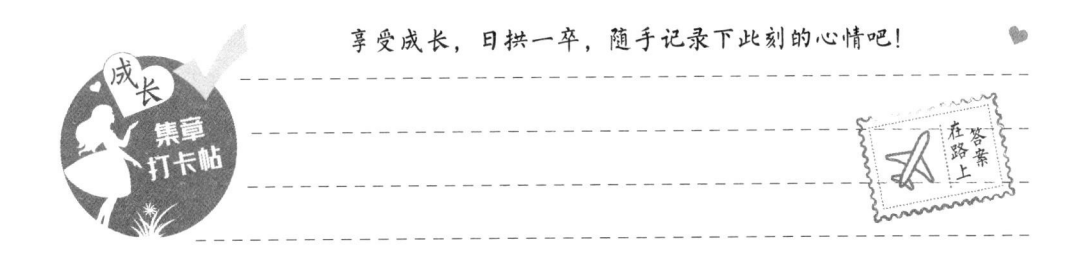

享受成长，日拱一卒，随手记录下此刻的心情吧！

人的舒服定律，鱼也喜欢

□何小军

朋友邀约去河里钓鱼，我从没在河里钓过鱼，以前钓鱼只去过专门供人钓鱼的鱼塘。河里钓鱼该怎么钓？连选钓点都是个问题。

开始我以为，河里钓鱼应该去河的中间，那里才能钓到大鱼。且想，划条小船，泊在河心，端坐船上，任凭河水东去，我自放长线钓大鱼。那风度，那气派，该是河中一景，想想都觉得过瘾。

可是，事实远不是我想象的那样，朋友并没有让我上船，而是开着车，七拐八拐把我带到了一个河湾，对我说："今天就在这里钓鱼了。"

听他这么一说，我心里不免遗憾。眼见得大河奔流，自己却只能在岸上望河兴叹。于是，我问："为什么选择这样的地方钓鱼，何不去河中间？"

朋友不答，只是让我观察周边环境。

我抬头看看天空，轻云闲散，冬阳如火。远望河水，波光粼粼，浩浩荡荡。河岸上，残柳轻扬。河湾里，微波轻泛。这样的环境，坐在这里晒晒太阳，养养心倒是蛮合适的。

这时朋友说："人觉得舒服的地方，鱼也是喜欢的。"我并不相信朋友的话，鱼的想法怎么会与人一样？鱼爱水，应该喜欢在活水危浪之中畅游才对，怎会躲在这样安静得如死水一样的河湾里？

"试试吧。"朋友说。于是，岸边的柳树下，斜斜地插上了一排钓竿，渔线抛向了水里，人坐在矮凳上，盯着那远处的红色的鱼标，耳朵听着绑在钓竿顶端的铃铛的响声。

河中钓鱼虽不如池塘里那般简单，却也不至于空手而归。瞧，不久，铃声便此起彼伏，钓友们陆续上鱼了。他们七手八脚，拉钓竿的，操鱼的，搅乱了一岸的阳光。

此时的我，不知该以什么样的心情去对待，既有钓上鱼的兴奋，又有恨鱼太不自爱的惋惜。"我说得没错吧，这河湾才是钓鱼最好的地方。"朋友说，"这鱼啊，是喜欢搏击水流，可它也会累啊，再加上这暖暖的阳光，有些鱼便想休息了，躲到这风平浪静的河湾里来，晒晒太阳。这地方，水更暖和啊，比河中间舒服太多。"

朋友是个老钓手，似乎很通鱼性。此时，我也佩服他的远见。他知道有偷懒的鱼，他了解鱼偷懒的地方，于是那些鱼便成了他的盘中餐。

那鱼知道这河湾是块舒适水域，但是否知道，这块舒适水域也是它的死亡之地？

鱼且如此，那人呢？人不是也常常喊苦喊累，想找一块舒适的地方放松放松，有的也待在那舒适之地不想离开，乐不思蜀？可能有些人并不知道，时间就是个无情的钓手，它抛下的诱饵正在绞杀你原本生龙活虎的生活。

鱼不知，人应该知道这理。

享受成长，日拱一卒，随手记录下此刻的心情吧！

长大要开蛋糕店的女孩，为什么要学物理

□途次早行客

我读硕士研究生之前，曾在一家蛋糕店做过帮工。

老板娘是个很好的人，她无论是对人还是对工作，都有着非常能感染人的热情。但因为她小时候没怎么上过学，所以知识水平实在有限，尤其是物理和化学，几乎一节课都没有上过。但是她对待工作热情，有非常强的求知欲，这也是她雇用我这个"大学生"当临时帮工的原因。

比如，从前店里蒸芋头，用的是蒸笼，芋头都放在底层；后来换了蒸箱，芋头放在底层蒸出来的效果却不好了。我对她解释说，蒸笼的热源在下面，蒸汽越往上越冷；而蒸箱是箱内四面出蒸汽，热蒸汽是向上走的，所以应该是最上面那一层熟得最好。当然，给老板娘解释"水蒸气和蒸汽不是一回事""热蒸汽为什

么会往上走"也确实费了一番功夫。

　　我也并不是全知全能。比如我就解释错了"焦糖是什么东西",也并不清楚"为什么生糯米粉手感糙糙的,做熟之后就又黏又糯",也没法儿从原理上解释"土豆淀粉为什么不能代替木薯淀粉",但最后,也算是和老板娘共同学习了很多厨房里的科学知识。后来我去上学,仍然能收到老板娘发来的很多消息。比如老板娘第一次做青团子,结果糯米粉熟后塌成一滩,"青团子"变成了"青飞碟"。老板娘想起我原来发表的"高筋粉、低筋粉"的意见,于是第二次实验就把三分之一的糯米粉换成了高筋粉,果然大获成功。

　　后来,老板娘的生意越做越大,成了我们那个小镇远近闻名的"网红"店。我觉得老板娘的成功并不是因为她按部就班地完成了所有菜谱,而是因为她对知识的尊重,对知识永远有一种不排斥且认真求索的创新与钻研精神。

　　后来,我在学校为做实验、写论文、赶项目、做汇报忙碌着,老板娘也在她的蛋糕店里烤蛋糕、写笔记、赶订单、打广告。现在想想,知识与好奇心不单单是应付考试的家伙,更是发现、探索生活情趣的重要法宝。

　　相比在实验室、在工位上伏案劳形,为论文、为项目熬夜到头秃,老板娘在她那个装修得精美的小蛋糕店里,在钢厂高炉和烟囱缝隙间夕阳日影里的小天地中经营着她甜蜜的小事业,听小伙子们弹吉他,看男孩们为小姑娘们拍美美的照片,和接孩子放学的妈妈们有一搭没一搭地聊聊家常……未尝不是一种比拿学位、发顶刊更简单、更美妙的小幸福。

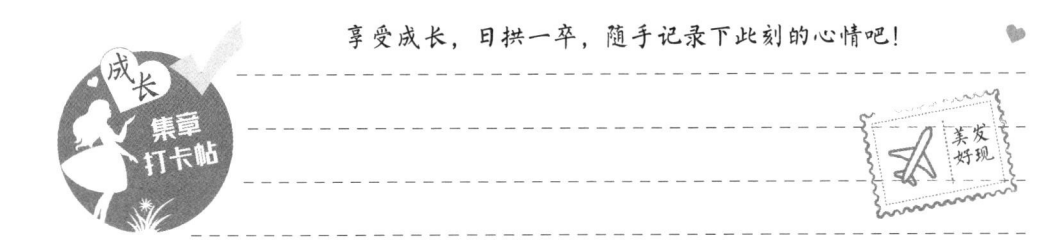

享受成长,日拱一卒,随手记录下此刻的心情吧!

比正确更愉快的事

□刘继荣

我跟孩子谈起他最近的情况：数学考试连连失利，演讲比赛被淘汰，试图加入一个高年级的街舞队被拒……我颇为惋惜地说："如果你肯听妈妈的话，接受那位数学家教的辅导；如果你当初使用我替你修改过的演讲稿；如果让妈妈先去与街舞队队长的妈妈沟通，这些失败都是可以避免的。"

孩子摇头："不！妈妈，不是这样的！"

他有些激动："从小学至中学，妈妈一直教给我各种经验和技巧，避免错误和失败。小时候觉得妈妈是诸葛亮，可现在越来越觉得，自己像是被一位能干的导游带着，在各个景点迅速奔跑。所有的路径都已标明，所有的奇观都在旅游手册上事先预习过。这样的旅途，不会迷路，不会受苦，可也没有神秘，没有惊喜。很多次，我试着做V字手势，却没有胜利感。"

我极为震撼，说不出话来。孩子的语气渐渐平静："妈妈可能觉得我固执。家教可以在3分钟内讲清的题目，我花2小时自己解出来，最后还得了一把大红叉；明知演讲稿不完美仍坚持使用；知道会被街舞队拒之门外，却还要去碰一鼻子灰。""可还有很多事，我要告诉妈妈。虽然错题不断，数学老师却夸赞我有思想、有潜力。演讲打了低分，我才明白，自己的写作水平欠佳。"说着，他皱皱鼻子，拿出男孩特有的顽皮相，"我又去缠了那些大哥哥很多次，他们仍然不要我，可那位跳得最棒的队长，答应每周教我跳舞！"

"这些都是真的吗？"我兴奋至极，与他握手、拥抱。原来，这世上有比正确更愉快的事情。

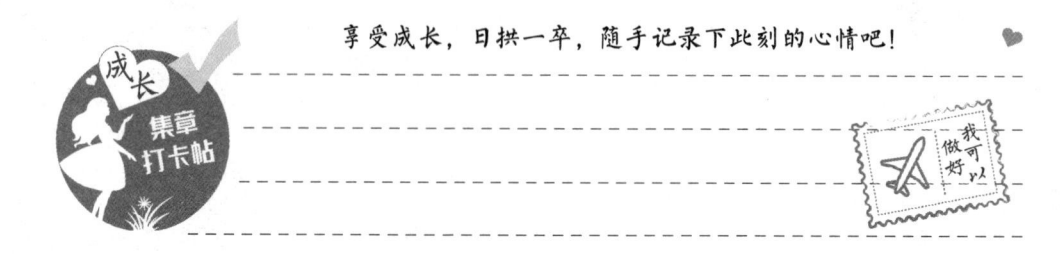

享受成长，日拱一卒，随手记录下此刻的心情吧！

第七辑

捡起一束光，
日落时还给太阳

何以为青春

　　知识无涯，时光有限，求知趁年少。千万别在所有人给你加油的时候，想着怎么在桌子上睡觉手臂才不会麻。求学路上的那段难熬时光许多人都经历过：付出很多却看不到结果。我们把它叫作扎根。殊不知，懂得埋头扎根，是一种清醒而决然的英雄主义，它让许多少年得以迎风而立，照亮自己。

高人一头的诀窍：
又"慢"又"笨"

□季羡林

"假若我再上一次大学"，我还要学现在学的这一套。没有什么堂皇的理由。我只不过觉得，我走过的这一条道路，对己，对人，都还有点儿好处而已。

我的大学生活是比较长的：在中国念了4年，在德国哥廷根大学又念了5年，才获得学位。我在上大学期间收获最大的是在德国学习期间的两件事情。我毕生难忘的这两件事都与我的博士论文有关联。

当我在德国学习的时候，德国并没有规定学习的年限。德国有一个词儿是别的国家没有的——"永恒的大学生"。德国大学没有空洞的"毕业"这个概念。只有博士论文写成，口试通过，拿到博士学位，这才算是毕了业。

写博士论文有一个形式上简单而实则极严格的过程。在德国大学里，学术问题是教授说了算。先听教授的课，后参加他的研讨班。最后教授认为你"孺子可教"，才会给你一个博士论文题目。再经过几年的努力，搜集资料，写出论文提纲，经教授过目。论文写成的年限没有规定，但至少也要三四年。拿到题目，十年八年写不出论文，也不是新鲜的事。

写论文，强调一个"新"字，没有新见解，就不必写文章。论文题目不怕小，就怕不新。我个人觉得，这是非常重要的一点。只有这样，学术才能"日日新"，才能有进步，否则满篇陈言，除了浪费纸张、浪费读者的精力以外，还能有什么效益呢？我拿到博士论文题目，用了三年的时间，搜集资料，写成卡片，又到处搜寻有关图书，翻阅书籍和杂志，看了总有一百多种书刊。然后整理资料，使之条理化、系统化，写出提纲，最后写成文章。

第二件事情是论文完成以后需要从头到尾认真核对，不但要核对从卡片上抄入论文的篇、章、字、句，而且要核对所有引用过的书籍、报纸和杂志。要知道，在三年以内，我从大学图书馆，甚至从柏林的普鲁士图书馆，借过大量的书籍和报刊，耗费了大量的时间。当时就感到十分烦腻。现在再在短期内，把这样多的书籍重新借上一遍，心里要多腻味就多腻味。然而老师的教导不能不遵行，只有硬着头皮，耐住性子，一本一本地借，一本一本地查，把论文中引用的大量出处重新核对一遍，不让它发生任何一点错误。

后来我发现，德国学者写好一本书或者一篇文章，在读校样的时候，都是用这种办法来一一仔细核对。这个法子看起来极笨，然而除此以外还能有"聪明"的办法吗？德国书中的错误之少，是举世闻名的。德国人为什么能做到呢？他们并非都是超人的天才，他们比别人高出一头的诀窍就在于他们的"笨"。

我上了9年大学，认为收获最大的就是以上两点。

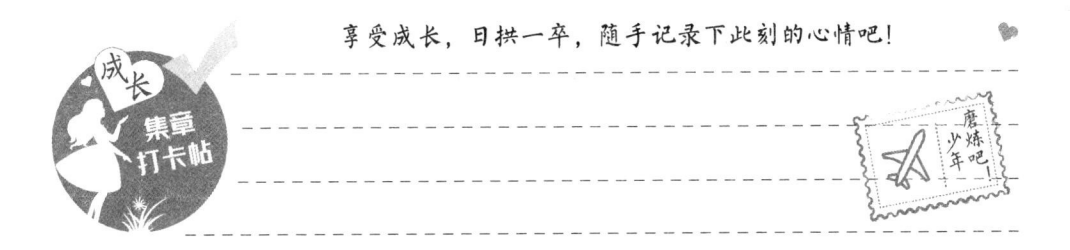

享受成长，日拱一卒，随手记录下此刻的心情吧！

读书不是求高雅，只是怕腐烂

□麦　家

我生来惧怕黑夜，为了逃避黑夜，我从小学会了读大部大部的书。读书成了我命定的一种生存方式，逃避苦难和惩罚的方式。

然而，近年来我对读书产生了一种异样的不祥感觉，有些书读着你就感到自己不是在学习、在享受，而是在受惩罚。所谓"开卷有益""书中自有黄金屋"的古训，现在感想起来似乎有点儿茫然。

说一件具体的事吧。有一年暑假我带孩子去书店，自己也想买一本德国作家施林克的《朗读者》。营业员说没有这本书，我自己在几个书架上找了找也没见着，就出了门。这时我的不长眼的背脊刚好和一个捧了十几本书的少女发生了碰撞，结果将她怀中的书全打落在地。

我一边连连道歉，一边急忙俯首将地上的书一本本拾起：《爱情小鸟》《神秘杀手》《皇宫谜案》《当百万富翁的秘诀》《如何讨好你的上司》《天不亮就分手》等。

谁都知道，这些都是曾大红大紫的畅销书。

然而，当我将这些书码好，归还给少女后，我心里不停地问自己：这些书能给她带来什么？是谁让她喜欢这些书的？写这些书的人为什么要写这些书？随着这类书在大街上越炒越红，我固执地告诫自己：绝不让这些书进入我家。不是说我求高雅，而是我怕腐烂。

你知道，我们要想在卡夫卡、福克纳们的书籍中感受到快乐和迷恋是很难的，就像你要在手提琴的琴声中感受到快乐，非得需要你耸肩缩脖地拉上几年才行。

一个人的快乐如果全是通过满足本能来达到的——没有其他品种，那么这个人一定是低级的，甚至是腐朽的。从某种意义上说，一个值得称道之人的成长过程，其实就是一个不断抵制本能诱惑的过程。只有不断抵制本能的使然，你才会有其他的、很可能是有益的迷恋和欢乐。人活一世总是因为有所迷恋，只有有了有益的迷恋，你才可能获得称道。

我深知，那些写满本能和快乐的书是一注醉人的药，一旦沾染就会迷醉难拔。所以，我坚强地抵制着它们的侵略、诱惑、凶杀、色情、神奇、秘闻、荒诞不经、大富大贵……在一道道警铃声中，我的书桌上一直保持着应有的尊严和凛然。

我以为，一册书被人害怕或厌恶，这该说是著书者最大的悲哀。但要我说，这更是读者的悲哀。这种悲哀并不局限于一本书，而是所有的书。

对我来说就是这样，由于经常读到一些使我厌恶或气愤或害怕的书，现在我竟然变得对每一册新书都有一种莫名的、神经质的惧怕，只怕翻开一阅又是一册坏我心绪的糟书。谁都晓得，好书糟书表面上你是识不破的，只有通过品读才能知晓，才能分清。

如果读书的过程像个法官审阅案宗一样紧张、谨慎，那读书又有甚乐处？换句话说，如果为读到一册好书必须忍受几册糟书的捉弄，读书又有什么意思？当你做一件事所得的快乐还没有不快多时，或者快乐和不快是一样多，那你还会不会去做这事？很可能就不做了。

是的，我就是这样对书慢慢地惧怕了，疏远了，甚至仇恨了。我原来是因为惧怕黑夜才迷恋上书的，想不到书又让我生出一大恐惧——对书的恐惧！

读书，最后读到这般地步，真是够可怜可悲的。

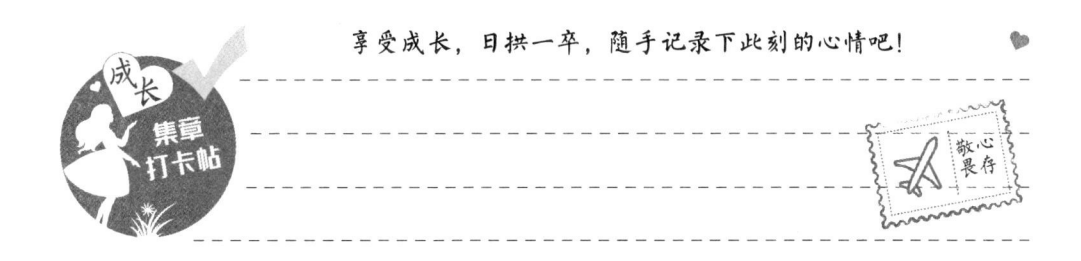

享受成长，日拱一卒，随手记录下此刻的心情吧！

我的大学

□贾平凹

1972年4月28日，汽车将一个19岁的孩子拉进西大校内，这孩子和他的那只破绿皮箱就被搁置在了陌生的地方。

这是一个十分孱弱的生命，梦幻般的机遇并没有使他发狂，巨大的忧郁和孤独，使他只能小心地睁眼看世界。他数过，从宿舍到教室是524步，从教室到图书馆是303步。因为他老是低着头，他发现学校的蚂蚁很多。当眼前出现各类鞋子时，他就踽踽地走了。他走路的样子很滑稽，一个极大的书包，使他的一个肩膀低下去，一个肩膀高上来。他唯有一次上台参加过集体歌咏比赛，其实嘴张着并没有发声。所以，谁也未注意过他。这正合他的心意。他是一个没有上过高中的乡下人，学识上的自卑使他敬畏一切人。他悄无声息地坐在阅览室的一角，用一个指头敲老师的家门，默默地听同窗高谈阔论。但是，旁人的议论和嘲笑并没有使他惶恐和消沉。一次，政治考试分数过低，他将试卷贴于床头，让耻辱早晚

盯着自己。

他当过宿舍的舍长，当然尽职尽责。遗憾的是他没有蚊帐，夏日的蚊子轮番向他进攻。冬天，他的被子太薄，长长的夜里他的膝盖以下总是凉的，他一直蜷着睡。这虽然影响了他以后继续长高，却练就了他聚集内力的功夫。

他无意于将来成为一位作家，只是什么书都看，看了就做笔记，什么话也不讲。黄昏时，一个人独行于校内树林里，他还喜欢长久仰望树上的云朵，总发现那云活活就是一群腾龙跃虎。他的身体早先还好，但是，自那次献血活动中被抽去300cc血，又将血费购买了书，不久他就患了一场大病，再未恢复过来。这下好，他却因此住上了单间，有了不上操、不按时熄灯的方便，创作活动由此开始。

最不幸的是肚子常饥，一下课就去排长长的队买饭，叮叮当当敲自己的碗，然后将一块玉米面发糕和一大勺烩菜，不品滋味地胡乱吞下。他有他改善生活的日子。一首诗或一篇文章发表，四角五分钱的收入，他可以去边家村食堂买一碗米饭和一碗鸡蛋汤。因为饭菜的诱惑，所以他那时写作极勤，但他的诗只能在班里的壁报上发表。

他忘不了教授过他知识的每一位老师，年长的、年轻的。他热爱每一个同学，男的、女的。他梦里还常梦到图书馆二楼阅览室的那把木椅，那树林中的一块怪模怪样的石头，那宿舍窗外的一棵粗桩和细枝组合的杨树，以及那树叶上一只裂背的仅剩了空壳的蝉。

整整15年后，他才敢说，他曾经撕过阅览室一张报纸上的一篇文章，而且是预谋了一个上午。他掏三倍价钱为图书馆赔偿的那本书，当时说丢了，那是谎言，其实现在还珍藏在他的书柜里。

1975年9月，他毕业了。离开校门时，他依旧提着那只破绿皮箱，又走向了另一个陌生的地方。

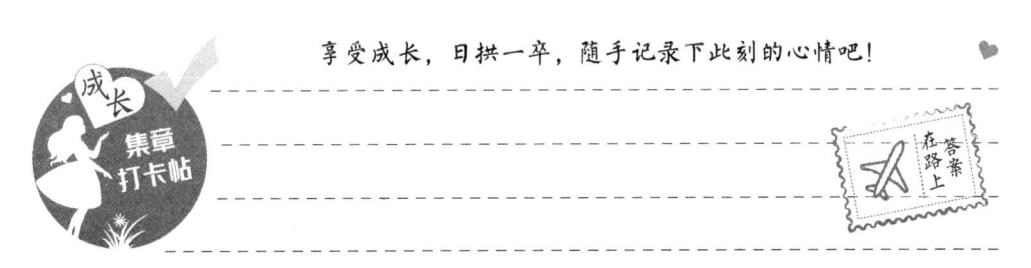

享受成长，日拱一卒，随手记录下此刻的心情吧！

学中文有什么用

□梁晓声

二十年前，外语好，便是进入外企的通行证了。十年前，仅凭外语好依然可以。但人家已不必倚重于你，你只不过是一般员工。现在，仅外语好，已不能成为进入外企的过硬的通行证了。因为外语已不再是少数受过高等教育的中国人的特长，而是许许多多中国大学毕业生的基本从业条件了。所以，你要到外企去工作，你的英文水平就要加上另外的什么了。对于你，英文+？你首先要自问，接着要决定，再接着要去那样充实你自己。这就是"知识附加"的思想自觉，在大学里就要开始。

对于中文学子，问题也是同样的，而且尤为重要——中文+？自然地，可以加上英语。这不太难。但一种现象是，对于某些中文学子，在这个问题上所持的反而是一种"取代法"的思维。既因学着中文而迷惘，而沮丧，自然地便企图干脆舍弃了中文，以英文作为硬性从业资本取代之。而这在未来的求职竞争中，是相当不利的，甚至是相当有害的。

为了诸位的未来所谋，我对诸位的建议是，你们万不可以用"取代法"对待自己的中文学业。取而代之，只不过仍是1≈1。你们一定要有用加法打理自己未来人生的能动意识。

中文+英文——这对于诸位不难。仅仅这样还不够，还要有另外一种能动意识，即从最广的意义上理解中文的超前意识。说超前，其实已不超前了。因为时代的迅猛发展，早已先于诸位的意识，将从前时代的、传统的中文理念扩展了，甚至可以说颠覆了。只要我们客观地想一想，就一定会承认——其实中文学科毕业之学子的择业范围，比以往的时代不是更窄了，而是更宽了。对国内国外的公共关系、广告设计、一个企业的宣传策划活动、一个企业的文化环境、一切的文化公司……都仍为中文学子留有发挥能力的空间。即使电台、电视台，表面看已人满为患，但据我所知，其实很缺有真能力的中文人才。

比如，你到了一家公司，人家为了试用你，对你说——请为我们的新产品想出一条绝妙的广告语吧！你若回答——我学中文不是为了干这个的。那么请你走人。因为能否想出一条绝妙的广告语，有时确乎直接证明的就是一种中文水平，连给一家公司起个朗朗上口的名字也是这样。假设——一部外国电影，或一部外国电视剧，你能起出《翠堤春晓》《魂断蓝桥》《蝴蝶梦》这样的名字吗？中国曾是一个诗国，你想不出来，你学的那些唐诗宋词，在最起码的事情上都没起什么作用啊！

事实上也是，体现于许多方面的许多一流的经典的"创意"，都与一个人的"活"的中文水平有关。就说我们中国为申办2008年北京奥运会设计的会标吧，没有一种"活"的中文思维，是设计不成的。不是中文过时了，没用了，是人再像从前那样理解中文，学了中文再抱着从前那样的中文就业观去择业的传统思想，与社会和时代不合拍了。而社会和时代，对于具有"活"的中文水平的人，那还是非常需要的。

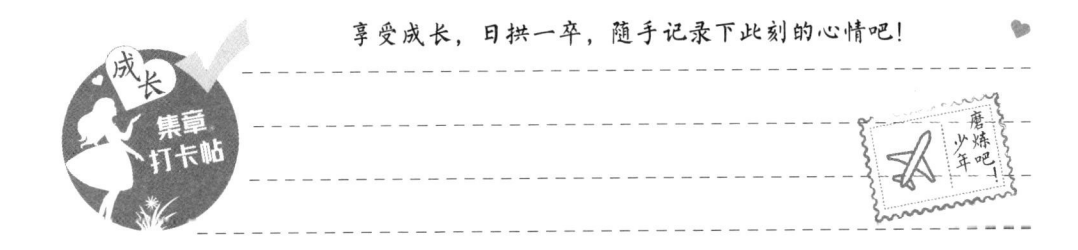

享受成长，日拱一卒，随手记录下此刻的心情吧！

因看书而受的，都不叫委屈

□张亚凌

三十三年前，我十二岁。开学就要去镇里上初中了。镇子很大，比我们村子阔气多了。我整整兴奋了一个暑假，好几次在梦里都乐出声来。背着铺盖赶到镇上的学校时，我才知道了问题的严峻。

学校没有初一学生的宿舍，要求我们借宿在镇上或镇周围的亲戚家里。有几个同学跟我一样，家离学校比较远，镇周围五六里范围内也没有一家亲戚，班主任就动员家在镇上的同学收留我们借宿。我被安排借宿在一个姓王的同学家里。

班上有个家在镇上的仁兄，上课从不听讲，却有着极精明的商业头脑：每天来学校都会带几本小说问同学们谁想租书看，一本一天二分钱。二分钱几乎是半份菜的钱啊，转眼我的伙食费全流进了他的口袋。他家怎么有那么多书？他怎么只想到用书赚钱而自己不看？这些，我一直没想明白，直想得我嫉妒喷涌，眼睛发绿。

期中考试前，那个仁兄找我说，你把答案传给我，我不要钱叫你看半学期书。

不花钱可以看半学期书？在老师们眼里，学习极好的我是最值得他们信任的好学生。可这一切，都抵不过书的诱惑。我卑劣地利用了老师对我的信任，借口钢笔不好使一次只能吸一点儿墨水，每次都是在到讲桌前吸墨水的途中悄无声息地完成答案的传递。

殊不知，这件很隐秘的事终究被一个人看到了，就是我寄宿在他家的王姓同学。他觉得我白住在他家竟然不给他传答案，实在可恶，就将我的铺盖直接扔在了他家门口的柴垛上。

没有了住宿的地方，我欲哭无泪。租书给我的那个仁兄倒是很热情地邀请我去他家住，被我拒绝了：我需要他的书以解精神的饥渴，可又不屑于跟一个只把书当赚钱工具的人做朋友。班主任知道后批评了我，而后将我安排进了一个初二年级学生的宿舍里。

放假回到村里，受的气还是与书有关，气过之后倒是说不出的舒展。

村里有个孩子家里藏书颇多，让我艳羡不已。不过，那家伙很懒。起初他对我说，你给我割一笼猪草我让你看一本书。只需要付出一点儿劳动就可以看到书，我觉得这是天大的便宜——比考试作弊踏实多了，就爽快地答应了。再后来，我甚至放下自己家里的地不锄跑到他家地里锄草。为此，没少被父母拎着耳朵训斥，可心里如神仙般快活。

我的劳动带来的实惠就是可以到他家随便挑书看，还没时间限制。如此想来何曾受过一点儿委屈？因看书而受的，都不叫委屈，心里很舒展怎会是委屈？直到今天，我依旧觉得没人打扰静心看书，是最愉悦的享受。

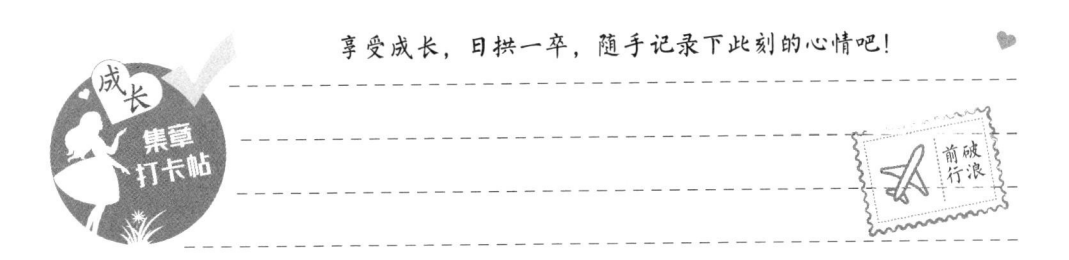

享受成长，日拱一卒，随手记录下此刻的心情吧！

人从什么时候开始好好读书最管用

□朱美禄

人应该什么时候开始好好读书？每个人都会根据自身情况做出不同的决定，因此，这个问题其实并不成为问题。但是不同的人读书取得的成就不一样，有人归结为与开始好好读书的时间有关，于是便成了问题。

据《宋史》记载，苏洵"年二十七始发愤为学"，经过刻苦学习，"遂通《六经》、百家之说，下笔顷刻数千言"。

苏洵读书起步较晚这一个案，成了一个典型，以至《三字经》中说："苏老泉，二十七，始发愤，读书籍。"纵然如此，苏洵与其子苏轼、苏辙一起跻身唐宋八大家之列，成就一点儿都不小。

唐代著名诗人韦应物出身于京兆杜陵韦氏家族，当时坊间流传着"城南韦杜，去天尺五"的说法。出生在这样的世家中，少年韦应物没少做荒唐事。"少事武皇帝，无赖恃恩私。身作里中横，家藏亡命儿。朝持樗蒲局，暮窃东邻姬。"

后来安史之乱，玄宗奔蜀，韦应物始立志读书，这一年他23岁左右。折节向学（成语，出自《后汉书·段颎传》，指改变旧习，发愤读书）后，韦应物成了杰出的诗人，也是仁厚的儒者，写下了"身多疾病思田里，邑有流亡愧俸钱"这样心系民瘼、反躬自责的诗句，感动了无数后世读者。

陈子昂是唐代著名诗人，少年陈子昂任侠尚气，热衷于射猎博戏，不好读书。据《唐才子传》记载，陈子昂"年十八时，未知书"。但"后因击剑伤人，始弃武从文，慨然立志，谢绝旧友，深钻经史，不几年便学涉百家"，于24岁考中进士，所作诗文为世所重，被推为一代文宗。陈子昂读书虽然有点儿晚，但并不妨碍取得巨大成就。

相对于古人而言，虽然现在的孩子正式入学时间提前了，但是"不能让孩子输在起跑线上"业已成为一种思维定式，似乎接受教育越早，未来成功的概率就越大，胎教的信奉者不乏其人。

孩子尚未出世就要接受教育，还不是最早的。

袁枚在《随园诗话》中说："谚云：'读书是前世事。'余幼时，家中无书，借得《文选》，见《长门赋》一篇，恍如读过，《离骚》亦然。方知谚语之非诬。"这则诗话充分表明了袁枚对早读书的不懈追求。

读书的早晚和成就的大小并不是对应关系，正像每一种花花期各不相同，但是绝对不能以花开的早晚来衡量花朵的美丽与否。

刘向在《说苑》中说："少而好学，如日出之阳；壮而好学，如日中之光；老而好学，如炳烛之明。"与其纠结于什么时候开始好好读书，不如发愿真心读书。历史上发蒙很早，却无所成就的人多如恒河沙数；而起步较晚但有所成就的人，无一例外都是真心读书的人。

所以说，有心读书，永远不晚。

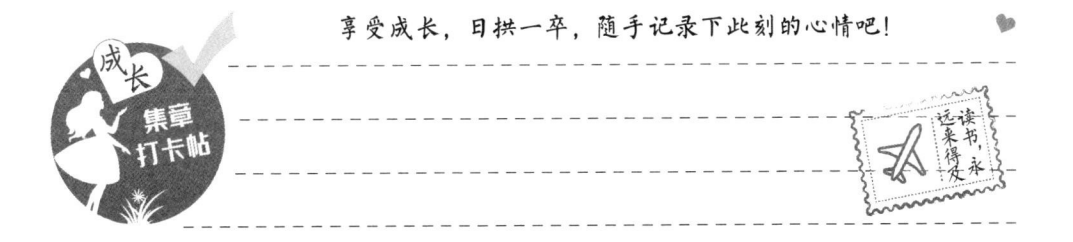

享受成长，日拱一卒，随手记录下此刻的心情吧！

你有责任保卫自己的才华

□ 熊培云

几天前，我在北京大学参加全国作文大赛，做导师兼评委。经过几个月的初赛和复赛，最终有40名选手进入决赛。

初赛时，Y同学的文章让我印象深刻，我给了他小组第一名的成绩。想到过些天能够在决赛现场见到他，我是高兴的。

我赶到决赛现场时，来自全国各地的中学生已经开始伏案写作。我在门口站了一会儿，工作人员小唐过来和我打招呼，并告诉我有两名高三学生没有来。

我连忙问她："Y同学有没有来？"

"哦，他没有来。"

我向小唐要了Y同学预留的电话号码。我试着给Y同学打了几次电话，对方一直关机。我又试图通过微信和微博找这名学生的班主任。遗憾的是，我一直都没有联系上他。

经过讨论，最后评出了10个奖项，其中一等奖及10万元奖金给了武汉的一名高一学生。

在颁奖典礼上，这名学生在台上领奖时激动得说不出话来。她的父亲当时就

在现场，而他对孩子的才华似乎并不十分了解。看着在场的学生和家长，我不时想起Y同学。虽然联系不上他，但此刻我最想告诉他的是，他在写作方面是有才华的。

几天后的一个下午，我突然接到一个电话，是Y同学打来的。他知道我在找他。我问他为什么没来参加决赛。他给出的理由让我有些惊讶——班主任说这可能是"骗局"。

因为班主任的担心，起初支持他的父母也反对他继续参赛。"我知道他们的判断是错的，但我无法说服我的班主任。"我听得出电话那头的哀伤与失落，急忙说大赛已经过去了，结果没有那么重要，没参加决赛也没有关系，重要的是你要确信自己有写作方面的才华，这是能够陪伴你一生的东西。

"接下来好好应对高考吧，在将来的日子里也要好好呵护自己的写作天赋。"我告诉他。

我自小生活在农村，读高中之前几乎没有看过课外书，倘使我还有点儿幸运，那便是我在初一全校作文竞赛时发现了自己有写作方面的天赋，而我父母也相信这一点，他们从来没有阻止我做自己想做的事情。因此，在决赛的现场总结会上，我特别谈道："为人父母者有责任发现并保卫孩子的才华，身负才华者同样有责任保卫自己的才华。"

文无第一，武无第二。才华也许不能给你带来荣华富贵，但一定可以是你一生最大的兴趣与慰藉。你要相信你的才华是属于你的，即便再小也足够装下整个宇宙。

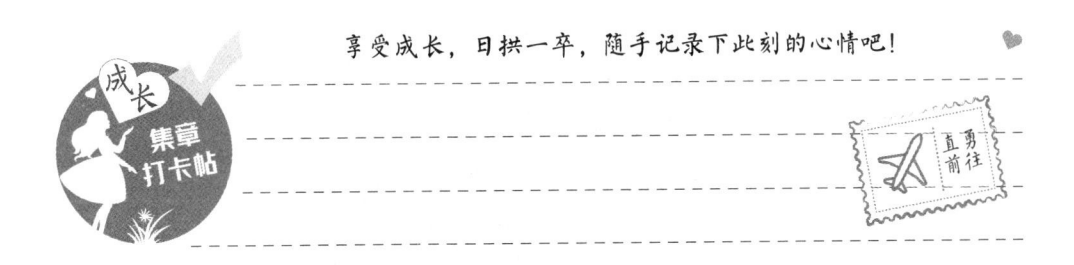

享受成长，日拱一卒，随手记录下此刻的心情吧！

我们还需要背诵并默写全文吗

□张新颖

世界加速变化和发展，对待读书这件事，是不是要把旧的习惯都抛弃呢？譬如，抄写和背诵。

抄写是过去人读书的基本方式之一。太远的时代不说，就说不算远也不算近的明代。有一位文学家叫张溥，他就有边抄边读的习惯，常常反复抄写六七遍，不弄懂不罢休。他给书房取名叫"七录斋"，正是突出这个习惯和方式。

德国现代思想家本雅明在一本名叫《单向街》的书里，专门谈过中国的抄书方式："一条乡村道路具有的力量，你徒步在上边行走和乘飞机飞过它的上空，是截然不同的……一个人誊抄一本书时，他的灵魂会深受感动；而对于一个普通的读者，他的内在自我很难被书开启，并由此产生新的向度……中国人誊抄书籍是一种无与伦比的文字传统，而书籍的抄本则是一把解开中国之谜的钥匙。"

那么背诵呢？清代的大学者戴震，不但"十三经"原文全能背诵，连"十三经"的"注"也能背诵。著名的历史学家余英时感慨说，这种功夫今天已不可能

具备了。人的知识范围扩大了无数倍而且在不断扩大，我们不可能把精力就集中在几部经史上面，但是选择少数重要的经典或篇章，反复阅读，乃至能够背诵，仍然是必要的。

可是，我们不是要反对死记硬背吗？这里要做一个区分。为了应付考试，要死记硬背一些内容。其中，有一部分考试完了也就可以抛诸脑后，对这些东西的死记硬背是越少越好。但是一些经典或重要的篇章，其意义是长久的，我们熟读乃至背诵它们，是为了从中汲取更多、更好的人生养料。而且，在熟读和背诵的过程中，理解发生了、加深了，渗透和影响发生了、加深了。这也就是"书读百遍，其义自见"的道理。

背诵也不仅仅是中国的传统，西方有的大学就设了"伟大的典籍"课程，要求学生熟读乃至背诵若干经典。爱尔兰诗人、诺贝尔文学奖获得者谢默斯·希尼，在谈到另一位诺奖获得者、著名诗人约瑟夫·布罗茨基时，还特别敬重地说道："我觉得，他改变了美国的文学习惯。他在20世纪70年代初来到美国，当时文学教育中已不讲究背诵……他来了，要求哈佛的本科生读诗背诗。我想他有点儿独裁，但我觉得他让人们明白了念诗的快乐。"

确实，背诵和抄写，都是挺笨的老方法。可是，即使是在21世纪的互联网时代，有的时候，古老的方法却是最好的方法，笨拙的精神却是最好的精神。

享受成长，日拱一卒，随手记录下此刻的心情吧！

小城里的古典文学

□章径游

在六年级结束的暑假,我到即将升入的初中门口溜达,一眼就看见一家小店堆了一屋子的书。书店可以说是没有装潢的。三面墙是书架,中间是由若干张桌子拼起来的台面。书主要按照折扣分类,比如这一架都是三折,那一架都是五折,这一堆统统五块钱一本。这是我前所未见的卖书方式。这里,就像一个书的自由市场,不仅买卖方式自由,书的内容也是自由的。

老板是一名中年男子,手里总是捧着一杯绿茶。他并不热情,看到我进去,也只是略抬头。有一次我不经意看了眼,居然字是竖排的!当时身高1.5米多的我,望着一整架闻所未闻的诗词歌赋、古典小说,发现了一个唯美而无用的新世界。

第一次进书店,我什么都没买。在店里翻看了很久,老板也不赶我。后来,在整个中学时代,我只要放学后不急着回家,就到书店蹭书看。直到我身高长到了1.6米多,老板依然不动声色地在那儿坐着看自己的书,除了结账时报个价格,

其他时候都不说话，像一个避世的高人。

多年后我发现，其实那时候的书名已经有了"文艺"的倾向。比如，张潮的《幽梦影》被改名叫"花不可以无蝶"，李渔的《闲情偶寄》被改名为"行乐第一"。而且，无论如何，这些书名仍是从作者原文中提取出来的，兼顾了经典与普及。我看书只论有趣，没有目的。

在班里，我"发明"了一系列和诗词有关的游戏：确定一个字，然后轮流说出包含这个字的诗词；用一句诗的最后一个字，作为另一句诗的开头。十几年后我才知道，那叫"飞花令"。

高中时，我的兴趣从辞藻优美的诗词歌赋转移到了历史小说。现在看来，这些书是否有多高的文学价值、文化价值，很难判定，但在当时，能在一个小城的一家小书店看到这些书，不禁让人有诸多想象，老板究竟何许人也？

有一次，我仗着手里有钱能买几本书，鼓起勇气准备和老板攀谈几句。还没开口，老板瞄到了我手里的两册《历代诗话》，说："中华书局的书不错。"那是我第一次知道买书原来还要看出版社，以及有个著名出版社叫中华书局。几年以后，我到北京上大学，还特地辗转去找了中华书局所在。

上大学后，我回家的时间不多，再次路过，这家书店的铺面转给了一家餐厅。再后来，小城也有了"网红"书店。在一个古典文学缺失的年代，无名书店突然出现；在一个传统文化又成风潮的时代，书店又适时地消失了，连同那个神秘的老板。只有一段往事，留在我一个蹭书人的记忆里。

享受成长，日拱一卒，随手记录下此刻的心情吧！

每个字都孤悬如梦

□刘亮程

"有些事，不干也就没有了。干起来一辈子也干不完。"

我用毛笔抄自己的句子，写成条幅挂起来。这些散文里的长短句，因此有了不一样的意义。写成书法的句子脱离书本，脱离原来的文章，独立成为一幅作品。

写毛笔字这件事，不知不觉已经做了几十年。写作之余，写几笔书法，似乎也跟写作有关系。

写作是用字，千万字地用，多少字被反复用坏、用烂、用得没了知觉味道。

写书法则是养字，一笔一画、恭恭敬敬地写，字单独地摆在纸上，挂在墙上，有被供养的意思。写作的人尤其要养字。既要跟字熟，心有灵犀，又要跟字生，保持一个敬的距离。不是你认得字，要字认得你了，写起来才有灵性。

以前喜欢读字，看《字典》。书读厌了读字，字字是书。

觉得读《词典》《词源》，都不如读《字典》过瘾。字一旦组成词，就仿佛被逮住降伏了。单个字都是野的，独立于天荒地老中，像一个个孤悬的梦。每个字都自成一个世界。

用字作文的人，有能力唤醒那些字，让字活起来，生出意想不到的意思。古人早已让有限的汉字生出无限的意义。但是那些字远未被用到头，每个字都有远方，都孤悬如梦。

单独读一个字，读久了会出神，觉得字也在看你，你看懂了字，字也看透了你。你所在所知的世界，就在这些字里。

读字改为读帖，是写毛笔字之后的事。从欣赏一幅字、一个字，到细读一笔一画，读得更细、更具体也更抽象。

曾经细读过楼兰出土的木简文书，不是做研究，只是喜欢那些残片上的毛笔字。文书多为戍边吏士所写，从边关写往内地，有公文、有家书，它们都未来得及寄出，便突然被黄沙封埋。残片上的每个字都像在赶路，茫茫黄沙路，漫漫戈壁路，遥遥边关路，那些被风刮歪但自有趣味筋骨的字，大义凛然的字，匆忙但又不失章法风度的字,穿越了两千年岁月,木简草纸未腐,墨色未褪,笔画未丢。对我而言,文字的内容或许已不重要,书写内容的毛笔字成为一种单独的表述,它在一笔一画的笔墨中传递给我的,远比字义更多、更永恒。

我喜欢汉代之前那些处在勃勃生长期的书法。那时候,汉字的书写笔画还没有完全安排停当,或者还有许多布局的可能,每个书写者都有可能写出一种风格来。那是汉语书法成熟前最迷人的探索期,书写者对字充满好奇、谨慎、犹豫和敬重,每一笔都认真地写,落下一笔时,下一笔的走向或全然不知,得想、犹豫,行笔速度就在想和犹豫中慢下来,笔画凝重起来。那时汉字的每一笔都有远方,都如一个初生的梦。

书写者心中既有书写内容、思想情感,又有对书写文字的审美追求。这两者的完美结合,让那时遗留的断简残纸,都有了双重价值。

书法成就了一个语言的梦。它是文字之上的字,是字的神。古人所谓惜字如金,敬字如神,是说给所有写字和作文的人的。

享受成长,日拱一卒,随手记录下此刻的心情吧!

阅读的才华比写作的才华更重要

□佚 名

在我看来,很多好作家,首先都是有极高的阅读才华的。

比如米兰·昆德拉,他的小说写得极好,在《小说的艺术》这本书中,也完全展露出他作为一个读者高超的阅读才华;比如曹雪芹,他在《红楼梦》里,曾经借贾母、黛玉之口来评论前人的诗作,一样是犀利别致,让人印象深刻;比如莫言,他的偶像是福克纳,他写过一篇文章《说说福克纳老头》,也是非常有趣;再比如鲁迅先生,在《中国小说史略》中,精彩的洞见简直层出不穷……几乎所有的好作者,都曾经站在读者的角度,写出过精彩的文学评论,而且很多作者,在我看来,他们的阅读才华,甚至远胜于写作的才华。

要想将充沛的思想放进自己的作品中,高超的阅读才华是必不可少的。阅读的才华,其实也就是理解的能力。要学写作,要想写得好,必须先学会阅读,读

明白了，自然就能写得出来。阅读一方面能帮助你训练直觉，训练理解力；另一方面，能帮你建立一个好的写作标准，感受到好的文字是什么质感，好的结构是怎么去编排的。

阅读的才华绝对是可以锻炼提高的，而提高的方式，我认为有三条：

第一，你要学会去给自己找问题，去寻找文字中的蛛丝马迹，去揣摩很多看似无关紧要的细节，多问一问，他为什么这么写？换了我，我会怎么写？然后试着从不同的角度去回答这些问题，搞不好就被你发现了一座大冰山。

读书，最忌讳贪多和虚荣，像猪八戒吃人参果似的，稀里呼噜就吞一堆，然后把书一丢，我看完了，接着向人炫耀。有用吗？你消化了吗？浮躁，急功近利，这都不是阅读的好态度。

第二，要学会写书评，写读书笔记。读完一本书，有什么所得，琢磨出什么，想到些什么，就随手写下来。哪怕一开始啥也写不出来，那么，能在书上做个标记，画个重点，写个疑问，也总比啥也没有的强。有意识地训练自己去想，去表达，时间长了，阅读的能力就会逐渐提高。

第三，学会去看别人的读书笔记。不管你看没看懂，去看看别人怎么说，搞不好就能给你点化出一些思路，慢慢地，就能找到感觉了。今天解一个穴，明天解一个穴，慢慢任督二脉就被打通了，再看以前看不懂的书时，也能看出自己的心得，颇觉趣味无穷，这种感觉真是幸福无比。

这是一个积累的过程，是基本功，没近路可走，但是你踏踏实实地走下去，困而求知，无论天分高低，总会逐渐看到自己的进步。

在我看来，这才是学习阅读，也就是学习写作的正路吧。

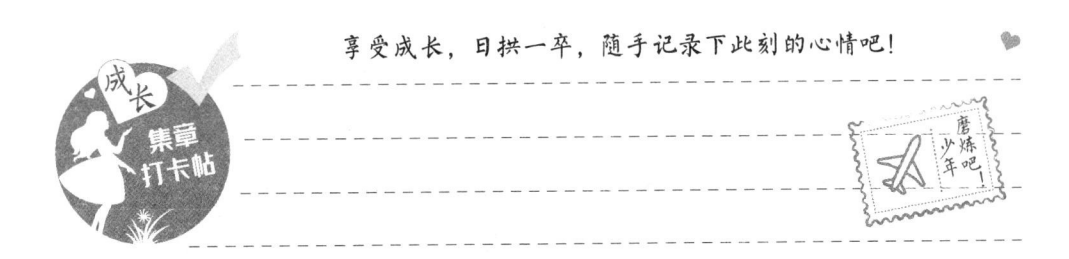

享受成长，日拱一卒，随手记录下此刻的心情吧！

学习曲线决定你的学习力

□郝培强

什么叫"学习曲线"？横轴是时间，纵轴是能力。我认为终身学习的人的学习曲线应该是没有尽头的。

有人在论坛上问："现在硅谷都在宣扬二三十岁创业、成功、成为明星的例子，有没有人能够举一个四五十岁成功的例子？"有个人回复说："我在42岁创办了Craigslist。"Craigslist是分类网站的鼻祖。

在任何一个不断变化的环境中，终身学习者只占1%。我的结论是：一个终身学习者可以秒杀在任何一个领域的同侪。

学习的方法有很多种。如果我们要考试了，要在一个星期之内从完全不懂到能够考试，那么我们的学习曲线将会非常陡峭。我觉得这是错误的方法。

大多数认为自己不聪明的人都在用一种错误的方法学习。我经常遇到一些非常神奇的初学者，有人说："我看这本关于iOS的书看了三天还没有看完。"我想问的是，这本书是三天就该看完的吗？

我一直强调不要急,为什么?因为一着急你就会做错误的事情。比如,一开始你以为你是神,可以在一个星期内或三天内学会一个非常难的东西,一旦做不到,你就会觉得你什么都做不了。我觉得正是这样的原因让大家以为自己不够厉害。

我经常和很多人说,刚进入一个项目的时候,学习曲线要平。比如我,要是一次就走三万步的话,大家很可能会在急诊室看到我。那我第一次的目标是怎么定的呢?我背了个包,带了很多补给,不知疲倦地走了很久。后来我算了一下,我走了六七千米。有一次,我为了见一个朋友,跨了条江,走了十五六千米。后来,我觉得我自己太厉害了,就一发而不可收。

会学习的人在开始时都是非常慢的,会给自己设定基准,给自己反馈的空间,并且永远不会把自己控制得太狠,让自己一下子崩溃。

享受成长,日拱一卒,随手记录下此刻的心情吧!

成长是个渐进的过程

□暖乎乎

我的大三一点儿也不好玩。大一、大二可着劲儿疯玩，一晃大三了，突然发现，身边的同学一个个都在酝酿着毕业后的去向：想考研的舍友开始制订像高三学生一样的作息，早起晚睡，不在自习室就在去自习室的路上；想工作的同学天天在网上学习应聘技巧，海量投放简历；想出国的同学每天抱着"红宝书"，写申请材料时恨不得把小时候用的尿布的牌子都回忆起来……考研？工作？出国？每个大选择背后，又藏着无数小选择：考本专业还是跨专业？做我喜欢的工作还是我妈喜欢的？去英美还是便宜的欧元区？同学之间见面的问候都变成了："你什么打算？"突然之间，各种外力、内力把自己推到了岔道口，一时间不知该如何是好。我想说说我从大学到现在这几年，几次处在岔道口的情形。

第一次是大三，选择考研还是工作。我记得一开始我是准备考研的，从英语专业跨到对外汉语专业。因为觉得自己中文表达不错，当老师也符合自己一直以来"给别人积极影响"的价值观，而且考虑到如果以后从事对外汉语教学，不管在哪个国家好像都生存得下去。选了想去的城市和学校，买了全套的教材，看了各种过来人的经验帖，收集了各种考研励志帖，每天都在学校最北边的英文系和学校最南边的中文系之间穿梭，就这么穿梭了几个月。有一天我在照镜子的时候，看着镜子里面那个灰头土脸的自己，突然觉得这家伙好像我不太认识了。我想了想，也许我从心底，并不真的那么想考研吧。于是，我便放弃了。

第二次是大四，选择做什么工作，我是学商务英语的，最好找的工作就是国际贸易，我也确实尝试过，实在很难提起兴趣。我也去网络公司做过实习编辑，可单纯写字，跟商业完全脱离了关系，我又不甘心。想来想去，最后我选了营销咨询行业，虽然也不知道具体都会做什么，但知道大方向是对的。这种"对的"感觉，会让心里很踏实。

第三次是2012年，我跳槽加转行，从第一份工作换到现在这份工作。工作会帮一个人了解自己，能做什么，不能做什么，喜欢什么，讨厌什么。在营销咨询行业待了两年半，我想要在某个细分领域沉淀下来，而且很清楚自己想做跟营销

相关的事情。于是选择到一家多元化的公司做市场研究。

有时我常常会想，如果我考上了对外汉语研究生，如果我在贸易公司做了翻译，如果我当了网络媒体的编辑，如果我没有离开第一家公司，现在正在过怎样的生活？但在几次选择中，我渐渐明白，一次选择不是一辈子，只要是彼时彼刻自己排在优先地位的，就是一个好选择。

换作以前，我会跟问我如何找机会的同学说"把你能想到的方法都试一下"，跟问我到现在考什么硕士的人说"追随你内心的声音"；现在，我只想说，在我短短的生命历程里，越发觉得成长是一个渐进的过程。我发现无论是大学生还是工作五年内的年轻人，大家面临的选择都指向两个问题：什么是我真正想要的？怎么得到自己真正想要的？这两个问题贯穿我们的青春，甚至是生命，解答这两个问题，是一种能力，需要日渐培养。

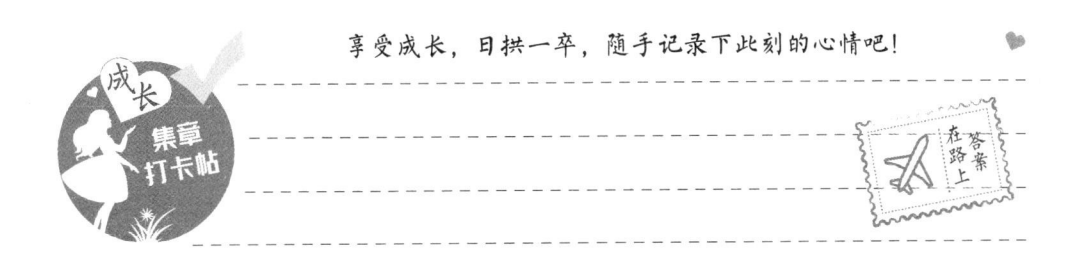

享受成长，日拱一卒，随手记录下此刻的心情吧！

读者敬启

　　本书为正规出版物。在阅读过程中，若遇内容方面任何问题，请与我们联系，联系电话010-51900054。如果因此影响到您的阅读体验，我们深表歉意！感谢您对本书的细致阅读，这是我们更加精益求精的动力！